論創ミステリ叢書 7

松本恵子探偵小説選

論創社

松本恵子探偵小説選　目次

創作篇

翻訳・翻案篇

評論・随筆篇

凡例

一、「仮名づかい」は、「現代仮名遣い」（昭和六一年七月一日内閣告示第一号）にあらためた。

一、漢字の表記については、原則として「常用漢字表」に従って底本の表記をあらため、表外漢字は、底本の表記を尊重した。

一、難読漢字については、現代仮名遣いでルビを付した。

一、あきらかな誤植は訂正した。

一、今日の人権意識に照らして不当・不適切と思われる語句や表現がみられる箇所もあるが、時代的背景と作品の価値に鑑み、修正・削除はおこなわなかった。

松本恵子探偵小説選

創作篇

皮剝《かわむき》獄門

一

「どこのお方か知らないが、そのような所に立っておいでなさらないで、中へ入ってお休みなさい。どうせ五月の気まぐれ雨ですから一時《いっとき》たったらやみましょう」

と切り下げの隠居が細目に開けた格子戸の陰から声をかけた。

軒下に立って、当惑げに雨雲の走ってゆく暗い空を見上げていた四十格好の男は、あわてて腰をかがめながら、

「へい、ご親切様に有り難うございます。あいにく雨具の用意がございませんので、しばらくお宅の軒下を拝借させていただいております」

「何の遠慮はご無用、まア入って一服おつけなさい。あの黒い入道雲が過ぎてしまうまでは、ちょっと間がありましょう。お見受けしたところ、貴郎《あんた》は何か商売でもなすっておいでなさるお方だね」

隠居は男が紺の大風呂敷を背負っているのに目をつけて言った。

「へい、左様でございます。手前は小間物商《こまものしょう》を渡世《とせい》にしております者でございます」

「小間物屋さんですかい、それはちょうどいい。私は銀の耳掻きがほしいと思っていたところだから、もし持ち合わせがあったら見せてもらいましょう」

「銀の耳搔きならちょうど新しく仕入れた、お格好な品がございます。それからご隠居様のお用いになりますような、小形の黒斑《くろふ》の櫛《くし》、銀の平打《ひらう》ち、珊瑚《さんご》の根掛《ねが》けその他いろいろございますから、なにとぞご覧下さいませ」

男は背中の荷物を揺すりあげると、格子を潜《くぐ》って中へ入った。三尺ばかりの土間を隔てた障子を開くと、そこは青畳を敷いた小綺麗な六畳間で、欅《けやき》の長火鉢の上では南部の鉄瓶が白い湯気をたてている。正面の薄暗い仏壇には磨き上げた燭台や器具が光っている。

男は背負っていた荷物を上がり框《かまち》に下ろすと風呂敷を解いて、積み重ねた箱を順々に取りあげて隠居の前に並べた。

「これは柄が長くていいね。おいくらです」

隠居は細長い銀の耳搔きを手に取って言った。

「それでございますか、せいぜい勉強して二朱ほどにお願いしておきましょう」

「それはまたたいそうお安いね。おやおやこの珊瑚は色がいいことね。若いものが見たらさぞ欲しがるでしょう。お留やお前もここへ来てごらんな、小間物屋さんが来ておいでだから……」

隠居は、勝手元で水仕事をしている女中に、声をかけた。

前掛けで濡れた手を拭きながら入ってきたお留は、目の前に並んでいる小間物を見ると顔を輝かせて、

「まアいろいろございますこと。どうせ私には手が出ないけれども、目正月《めしようがつ》でもさせて

いただきましょう」

と言ってそこへ座った。

「さアどうぞご覧下さい。この朱塗りの櫛《くし》はいかがです。お安くいたします」

と言って安物の櫛をすすめたが、お留は返事もせずに、美しい珊瑚の玉を掌《てのひら》に乗せてしきりに眺め入っていた。

「お留や、それを気張ったらどうだい」

と隠居が笑いながら言うと、お留は軽く溜め息をして、

「ほんとうに見事な光沢《つや》でございますこと。こんなのはさぞ、ご本宅のご新造様にお似合いでしょうね。あのつやつやした黒いお髪にこの根掛《ねが》けをなすったら、どんなにお綺麗でしょう」

お留の言葉を耳にすると、男は商人《あきんど》らしい抜け目のない調子で、

「ご本宅はどちらでいらっしゃいますか。どうぞこれをご縁に、ご本宅の方へもお出入りを願いたいものでございます」

と言って頭を下げた。

「そうだね。そのうちにあっちの家《うち》へも寄ってごらん。すぐこの先へいって米屋って言えばじき分かるよ」

「ああ、こちらは米屋さんのご隠居様でいらっしゃいますか。あの大きな旅籠《はたご》屋さんでございますね。よく存じております、ではぜひ一度伺ってみましょう。

手前は橋本町の願人坊主《がんにんぼうず》の隣家《となり》に住んでいる彦兵衛と申す者でございます。何分ご贔屓《ひいき》に遊ばして下さい。……どれ、もう雨もはれたようですから、そろそろ御暇《おいとま》いたしましょう、誠にどうも有り難うございました」

彦兵衛は広げた荷物をかたづけると、隠居に厚く礼を述べて戸外《おもて》へ出た。

雨はいつか上がって、西の空が赤く焼けていた。行きかう人々の忙しい足元にもそろそろ夕闇の色が迫ってきた。彦兵衛は暗くならぬうちにと、足を早めて家路に向かった。

彼が一攫千金を夢見て、はるばる江戸へ上ってから、既に五年の星霜《せいそう》を経た。正直一途に稼ぎつづけた甲斐があって、他人の信用も得、相当に暮らしてゆくだけにはなったが、まだまだ国元に残してきた妻子を呼び迎えるほどの成功はしていなかった。

いとしい妻子の身を案ずるにつけ、小間物《こまもの》を商《あきな》うくらいの、細い儲けでは飽き足らない。何とかして大きな儲けをするような商売をしたいと、折々は焦るような心持ちも出ないではなかったが、大阪者の実直な気質から、どこまでも堅気《かたぎ》に細く長く暮らそうというのが彼の本心であった。

それゆえ依然として小間物のうちに大きな夢を包んで、雨の日も風の日も、こうして商売を続けているのである。

人間万事塞翁之馬《さいおうのうま》。人間の一生ほどわからぬものはない。不幸が思わぬ幸福を産みだすと思えば、幸福がまた変わって恐ろしい不幸を背負ってくることがある。我々にとって何が幸福になるか分からない。同時に何が不幸になるか分からない。

ある聖者《ひじり》は、「幸と不幸とがチャンポンに起こるのが人生である。幸福の次にくるのは不幸である。不幸の次にくるのは幸福である。それゆえ不幸がきても泣くな。幸福がきても喜ぶな」と教えている。

彦兵衛の過ぎてきた一生にも、多くの不幸と幸福があった。現に今日一日だけでも、彼の身の上に様々な変化があった。せっかくの書入日《かきいれび》を雨に降られて、半日を棒に振らなければならぬと、雨雲を眺めて天を恨んでいた彦兵衛は、その恨めしい雨のおかげで米屋の隠居と知己《しりあい》になり、思いがけぬ上得意を一人増したわけである。

それ以来彦兵衛はしばしば米屋の隠居のもとへ出入りするようになった。隠居は彼の実直な人物を見込んで、時折彼に仕入れの金を貸し与えたりするほどになった。

彦兵衛もそれを徳として隠居のためには何かと親切を尽くし、借りた金は几帳面に利子をつけては返済するようにしたので、ますます信用を得て、話せばいつでも金の融通をしてもらえるのであった。したがって彼は常に格安品を仕入れることができるので、商売は次第に繁盛していった。

二

「お留や、ではお前急いでおいでよ。早く帰って、ご隠居様に朝ご飯を差し上げなくてはならないから。それから彦兵衛さんが見えたら、この間の平打《ひらう》ちを早く届けるように言ておくれ」

「はい、かしこまりました。彦兵衛さんは毎日のようにおいでになりますから、今晩にでもお届けするように申しておきましょう。ではご新造様、さようなら。またお忙しい時にはいつでもお手伝いに上がります」

前日の午後から泊まりがけで米屋へ手伝いに行っていたお留は、たったひとり残してきた老主人の身の上を案じて、ソワソワと落ちつかない気持ちで、四五丁離れた隠居所へ急ぎ帰った。

見ると表戸がなかば開け放しになっているのに、家《うち》の中はまだ雨戸が閉まって薄暗いので、お留は不思議に思いながら、

「ご隠居様、ただいま戻りました」

と声をかけたが答えがない。いつも早起きの隠居がこんなに遅くまでふせっているはずがないので、お留は恐る恐る隠居の居間へ入ると、思わず叫び声を上げて裸足《はだし》のまま戸外《そと》へ飛びだした。

「人殺し！　人殺し！」

お留は真っ青になって震えながら、声を限りに呼ばわった。それを聞きつけた近所合壁《がっぺき》の人々はドヤドヤと集まってきて口々に、

「どうしたんだ！　誰が殺されたんだ！」

と矢継ぎ早に尋ねた。

「ご隠居様が……」

お留はおろおろしながら言った。

「米屋の隠居が殺されたとよ。……誰か早く米屋へ知らせにゆけ。俺は訴えにゆく」

と居合わせた男の一人は、番屋を目がけて走っていった。

不意の急報《しらせ》に驚いて駆けつけた米屋の主人市郎左衛門は、人垣を押しわけて家《うち》の中へ入った。隠居の部屋を一目見ると、気丈な主人もさすがに顔色を変えた。

つい前日まで元気であった隠居が、鮮血に染まってみじめな最後をとげている。六畳の座敷一面に血が流れて、足の踏み場もなかった。しばらくそこに棒立ちになって、呆然と恐ろしい光景を見つめているところへ、検死の役人がやってきた。

検死の結果、隠居は何者かに咽喉《のど》をえぐられて即死したものと分かった。座敷を検《あらた》めたが、簞笥《たんす》や長持ちの中は何も紛失していなかったが、かねて隠居が大切にしていた貴重品の入った、背負い葛籠《つづら》が空になっていた。

「ここにはどういう品が入っていたのだ」

役人は米屋の主人に尋ねた。

「ここには猩々緋虎《しょうじょうひとら》の皮、古渡りの錦《にしき》、金襴《きんらん》、八反掛け茶入れ、秋広《あきひろ》の短刀、金銀の小道具類がしまってありました」

「フム、盗賊の仕業だな。その他に紛失いたしたものはないか」

「他に何も紛失いたしたものはないようでございます」

その時まで主人の後ろに小さくなっていたお留は、つと顔をあげて、

「お役人様、お仏壇をお検《しら》べ下さい。ご隠居様がご門跡《もんぜき》様へ奉納なさる、百両のお金がしまってあるはずでございます」

と言った。

「何！　百両の金！」

役人はつかつかと仏壇の前に歩み寄った。仏壇に灯《とも》してあった蠟燭《ろうそく》は元まで燃えつくしてしまって、蠟が真鍮《しんちゅう》の燭台の下に流れていた。役人はそれを見て、

「蠟燭を灯しっぱなしにしておくなんて無用心だ」

と独り言のようにつぶやいた。お留はそれをきくと、あたかも自分の落ち度をとがめられたようにあわてて、

「まアどうしたのでございましょう。いつもご隠居様はお休みになる前には、きっとお灯火《あかり》を消して、ちゃんとお仏壇の扉を閉めておおきになりますのに」

と弁解《いいわけ》がましく言った。役人はちょっと眉をひそめて、

「百両の金包みは見えないが、お前の見たのはいつ頃であった」

と言った。

「私がご本宅へ出かけます前に見ました時には、確かにこちらの燭台のそばにございました」

「蠟燭を灯す時刻は決まっていたのか」

「はい、いつも五ツの鐘を合図につけることになっておりました。ご隠居様はたいそう几帳面でいらっしゃいましたから、何事もきちんと決まっておりました」

「蠟燭《ろうそく》に灯《ひ》をつけたのはお前かね」

「いつもは私がつけるのでございますが、昨日は日暮れ前にご本宅へお手伝いに出ましたから、きっとご隠居様がご自分でおつけになったのでございましょう」

「お前の他に誰か、その金がここにあったのを知っていた者はないか」

「はい、何でございます。ちょうど私が出かけます前に、お出入りの小間物屋《こまものや》さんが見えて、ご隠居様に金子《きんす》を百両借していただきたいとご相談なすっていらっしゃいました。するとご隠居様は持ち合わせはあるが、あいにくご門跡《もんぜき》様に納める金なので、せっかくだが貸すことはできないとお断りになっていらっしゃいました。その時ご隠居様はお仏壇を指して、『あのとおり明日《あす》早々に持ってゆくつもりで、用意してある』とおっしゃいました」

「小間物屋というのは何者だ」

「彦兵衛さんとおっしゃる方でございます」

と言ってお留は、問われるままに詳しく彦兵衛について語った。役人はお留の陳述を聴き取ってしまうと、再び市郎左衛門に向かって、隠居の日頃の行状などを詳細に尋問した。そして最後にもう一度家《うち》の内外、および被害者の倒れていた位置等を検《あらた》めた上、ひとまず南町《みなみまち》の番屋へ引き揚げた。

その日の午後、彦兵衛は隠居殺しの有力な嫌疑者として馬喰町《ばくろちょう》の番屋に挙げられた。彼は極力無罪を主張したが、その日のうちに橋本町の質屋から彦兵衛が入質《いれじち》した隠居の重宝類が発見されたので、彼の罪跡は明白となった。

その質物《しちもつ》について彦兵衛は、隠居がそれらの品を一時融通して、金を都合するようにと言って自分に貸し与えたものであると申し立てたが、他に証人がないので彼の申し立ては取り上げられなかった。ことに米屋の主人市郎左衛門はあくまで彦兵衛の有罪を力説し、また付近の人々も、隠居の恩を仇《あだ》でかえした彦兵衛の罪を憎む心から、彼に対して色々と悪《あ》し様《ざま》に申し立てた。

そのようなわけで、彦兵衛はのがれることができぬ破目に陥った。しかし彼はどうしても己の罪科を否定してやまなかった。奉行所でもたとえいかに証拠が上がっていたところで、当人が自白しないかぎりはどうすることもできないので、ついに彼を拷問にかけて実をはかせることにした。

最初のうち、彦兵衛は頑強に「知らぬ。存ぜぬ」の一点張りで通したが、だんだん拷問が激しくなってきたので苦痛に堪えかねて、とうとう隠居殺しの罪を自白してしまった。

その後彦兵衛は、南町奉行大岡越前守《えちぜんのかみ》の面前に引きだされ、「恩を仇に返せし極悪非道の行為、憎みても余りあり。よって死刑の上、皮剝獄門《かわむきごくもん》の極刑に処すべし」という宣告を下された。

間もなく面皮《めんぴ》を剝《む》かれた彦兵衛の首が、鈴ケ森の処刑場《しおきば》に曝《さら》された。

三

江戸で小間物屋彦兵衛が死刑に処せられた顚末が、大阪に住む遺族のもとに達したのは翌年の夏の末であった。

日頃の彦兵衛の気質をのみこんでいた妻は、永年連れ添うた良人《おっと》がそのような大それた罪を犯したとは、どうしても信じられなかった。これには必ず何か深いわけが潜《ひそ》んでいるに違いないと、ほとんど直覚的に感じたのであった。

十五歳になる長男の彦三郎は、母が悲嘆の涙に暮れている様を見て、

「お母さん、どうぞ私を江戸へお遣わし下さい。私は江戸へ行って詳しい事情を探索して参りましょう。そしてせめて父さんのお骨《こつ》なりとも持ちかえってお弔《とむら》い致しましょう」

と熱心に言った。息子の頼もしい言葉を聞くと、母親はホロリとした。年端《としは》もゆかぬ息子をはるばる江戸へやるのは心もとないかぎりであるが、江戸へ行ったなら事実の真相を確かめることができて、あるいは亡き良人の汚名をそそぎ得るかもしれぬと思って、彦三郎の願いを許すことにした。

彦三郎が健気《けなげ》にも旅装をととのえて住みなれた大阪を後にしてから、既に一ケ月を経過した。寂しい彼の道中にただひとりの道連れとなった新月も、いつか満月となり、それも一夜一夜にかけて、鈴ケ森にさしかかった頃にはもはや姿を見せなくなった。

彦三郎は闇を辿《たど》って処刑場《しおきば》の中をさまよい歩き、せめて亡き父の骨なりとも探しだして故郷へ持ち帰りたいと思いながら、星あかりに四辺《あたり》を透かすと、塔婆《とうば》の間に白骨が累々としていて、いずれが父の骨とも見分けがつかない。

骨肉の者の骨には、血が浸み込むと昔からの口碑《いいつたえ》がある。彦三郎は自分の小指を嚙み切って血を絞りだして、流るる鮮血を白骨に注いで見たが、血汐はむなしく骨の上を流れ落ちてしまうのであった。

彦三郎はこうして永《なが》の道中雨風にうたれてようやく江戸へ来たものの、父の骨さえ見出だすことができないようでは、この先々どうして父の罪科の真相を確かめ得らるるであろう。父がこの世に在るならまだしも、既にお処刑《しおき》になってしまった今日、「父さんはそのような恐ろしい罪を犯すような人ではなかった」と言ったところで、誰が取り上げてくれよう。あれこれと考えると、彦三郎は急に力抜けがして、連日の疲労が一時に襲ってくるように覚えた。彦三郎は路傍《みちばた》の石に腰を下ろして、しんしんと痛む足をさすっていた。

並木の間に提灯《ちょうちん》の光がチラチラ見えて、二人の男が高話をしながら近づいてきた。二人は駕籠昇《かごかき》で、川崎あたりへ客を送っていった帰りと見える。彼らは物陰にいる彦三郎には気づかぬ様子で、駕籠を草の上へ投げだして一人が小用を足している間に、一人は一服つけながら最前からの話を続けた。

「小間物屋《こまものや》彦兵衛が獄門に上げられたのはこの辺だっけな。本当に可哀相なものさ。あれこそ無実の罪ってやつだ」

「そうとも、近所の噂じゃア中々の正直者で、人殺しなんかするような人間じゃアねえってていうことだ。弘法も筆の誤りということがあるから、大岡様のお裁断《さばき》だって当てにはならねえ」

「俺はどうしても勘太郎の野郎が臭えと思う。あの天水桶《てんすいおけ》の一件を覚えているだろう」

「ウム、あの晩天水桶で血刀《ちがたな》を洗っていたっけな。俺たちが奴を見かけたのは、馬喰町《ばくろちょう》だったじゃアねえか。野郎がいつも博奕《ばくち》を打ちにゆくのは緑町だから、あの刻限に方角違いの馬喰町なんかうろついていたのはまったく怪しいさ」

「じゃア助十《すけじゅう》、そろそろ出掛けるかな」

「よしきた、相棒」

二人は駕籠《かご》を担ぎ上げて歩きだした。この会話を小耳にはさんだ彦三郎は、これこそ神の助けと躍り立つ胸を押さえて、ひそかに二人の後をつけていった。

八ツ山、芝口を過ぎて彦三郎は、二人の駕籠舁《かき》がとある露地中の長屋へ入るのを見届けると、自分は付近の河岸《かわぎし》の材木置場へいって夜の明けるのを待った。

旅の疲れでトロトロしたと思うと、間もなく町ゆく人々の声に目を覚ました。川向こうに並んだ大屋根の鬼甍《おにがわら》に朝日が美しく照り輝いていた。彦三郎は駕籠舁の男が商売に出かけぬ前にと、前の晩覚えをしておいた長屋の木戸口を入っていった。

彦三郎は駕籠の置いてある家《うち》の前に立って、案内を乞うた。

「どなたですね」

と言って戸を開けた男は、格子の外に立っている若衆を見ると、てっきりお客と合点して、

「おい助十、お客様だぜ。早く支度をして下りてこい」

と二階に向かって声をかけた。彦三郎はあわてて相手を押しとどめ、

「あの、私はお二人様にお目にかかって、折り入ってお願いしたいことがあって参ったのでございます」

と言った。そこへ助十が寝ぼけ眼《まなこ》を擦《こす》りながら二階から下りてきた。

「おい相棒、このお客が何か俺たちに用事があるとよ」

権三《ごんぞう》の言葉に、助十は上がり框《かまち》へ座蒲団を出して、

「お若衆、まアここへおかけなすったらどうです。そしてゆっくりご用を伺いましょう」

と如才ない調子で言った。

「有り難うございます。突然お邪魔に出まして、さぞご不審のことと存じますが、実は私は、昨年馬喰町の米屋の隠居を殺したという廉《かど》でお処刑《しおき》になった小間物屋《こまものや》彦兵衛の倅《せがれ》、彦三郎と申す者でございます。親父《おやじ》に限ってそのような恐ろしい罪を犯すはずがないと思っておりますので、わざわざ大阪から出てまいったのでございます。

ところが図らずも昨夜、鈴ケ森で貴郎《あなた》方の立ち話を伺ったので、今日こうして詳しいお話を承りに参ったのでございます」

彦三郎は声を曇らせながら言った。

助十《すけじゅう》は当惑らしく後ろを顧みて、

「おい権三《ごんぞう》とんだことになったな。四辺《あたり》に人がいねえと思って余計なことを喋《しゃべ》ってしまったよ。だが乗りかかった船だ。こうなりゃ仕方がねえ。何もかもぶちまけて話すとするか」

と言った。

「そうだ、袖ふれ合うも他生《たしょう》の縁だ。こうして俺たちの立ち話が、彦兵衛さんの息子さんの耳に入ったっていうのは、仏の引き合わせかもしれねえ。なアお若衆、三人寄れば文珠の知恵ということがある。俺たちだって江戸ッ子だ。こうなりゃ、やるところまでやっつけますさ。とにかく他聞《たぶん》を憚《はばか》る話だから、汚いけれどもまア二階へお通んなさい」

と権三もそばから口をそえた。

助十と権三は口を揃えて彼らの知っているだけのことを語った揚げ句、

「そんなわけで現にこの長屋へ来て以来五年にもなるが、いつも取られ通しでピイピイしていた勘太郎が、あの翌日に限って急に博奕《ばくち》に勝ったとかぬかして金《かね》びらをきったり、それからというものはちょいちょい十両勝った、二十両儲《もう》けたといっては造作を入れたり、建て増しをしたりしているから、その金の出所が怪しいと俺たちは睨《にら》んでいるんだ。だが俺たちがこんなことをいくら言っても、らちのねえ話だから、これはいっそう橋本町の家主様に話してなんとかいい知恵を借りたがいいと思う」

と助十が言った。彦三郎に異存のあるはずはない。

三人連れ立って橋本町の家主八右衛門を訪ね、事の次第を子細に物語った。八右衛門はしばらく首を傾げて、何事か思案していたが、やがてハタと膝を叩いて、

「そう聞いてみると、わしにも色々と思いあたる節がある。だがお裁断《さばき》が済んで既に一年にもなろうという今日、わしらから表だってそのような訴えもできない。そこで一つ狂言を仕組もうというのだ。とにかく彦三郎さんが直々に大岡様へ申し上げるのが一番の得策だから、わしはお前さんに縄をかけて、御上《おかみ》へ出すとしよう」

と言った。三人は八右衛門の言葉をのみこみかねて、互いに顔を見合わせていたが、何と思ったか助十は、

「おい冗談じゃァありませんぜ。縛って突きだすとは一体どういうわけだ」

と顔色を変えて怒鳴り立てた。

「まア気を落ち着けてよく聞くがいい。つまり彦三郎さんを狂人《きちがい》に仕立てるのさ。わしが彦三郎さんを御奉行所へ引き立てていって、彦兵衛の忰《せがれ》彦三郎がお処刑《しおき》になった父親を返せと言って、わしのところへ暴れ込み難儀をするからと申し上げて、召し連れ訴えをするのだ。そうすれば御上では色々とお尋ねになる。

そこで彦三郎さんが事件を申し立てるのさ。彦三郎さんの孝心をめでて、わしは及ばずながらできるだけ力を尽くすが、助十さんも権三さんも、証人に立つのに異存はあるまいな」

「それはもう、貴郎《あなた》が肩を入れて下さるとなれば俺たちも気が強いから、知っているこ

とはみんなすっぱぬいてやりますさ。俺たちの考えじゃア、どうも勘太郎とあの強欲大屋の勘兵衛は共謀《ぐる》になっているらしい」

と権三《ごんぞう》がむきになって言うと、助十《すけじゅう》も口を揃《そろ》えて、

「本当にあの勘兵衛の野郎は癪《しゃく》に触ってならねえ。勘太郎に鼻薬を嗅がされると見えて、彼奴《やつ》の機嫌ばかり取っていやがる。そしてこちとらのように正直な貧乏人をいじめていやがる。今度こそ日頃の恨みを晴らしてくれる……」

といきまいた。

助十と権三はその日の稼ぎに出なければならないので、彦三郎を八右衛門に托して暇《いとま》を告げ立ち去った。八右衛門は彦三郎をねんごろにいたわって、昼飯《ひるめし》を馳走した上、細引でぐるぐる巻きに縛り上げて、南町の奉行所へ引き立ててゆき、次のような口上書を差し出した。

恐れながら書付を以って願い上げ奉り候

一、橋本町一丁目家主八右衛門申し上げ奉り候。去冬御処刑に相成り候彦兵衛悴《せがれ》彦三郎と申す者、父彦兵衛無罪にして御処刑に相成り候こと、私申し上げ候方宜《よろ》しからざる故なり。因《よっ》て父の敵に候えば討ち果たし彦兵衛に手向け度《た》き由《よし》申し候に付き、公儀の御成敗は我々力及ばずと申し聞け候えども、一向得心仕《つかまつ》らず、殊に若年と申し大阪より一人罷《まか》り下り候儀乱心の様に相見え、旅宿承り候処《ところ》、必至の覚悟に御座候間宿も取り申さ

ずすぐさま私方へ参り候由《よし》にて悪口《あっこう》仕り候に付き、諸人《しょにん》異見を差し加え候えども、物狂わしき体にて引き渡し候処も之《これ》なく候間拠《よんどころ》なく、当人召し連れ御訴え申し上げ奉り候。何卒《なにとぞ》御慈悲を以って彦三郎の御理解仰せ聞けられ、大阪表へ罷《まか》り帰り候様御取り計らい偏《ひとえ》に願い上げ奉り候。以上、

橋本町一丁目家主

八右衛門

四

八右衛門の計画はうまうまと効を奏して、彦三郎は南町奉行所大岡越前守《えちぜんのかみ》の前に引き出されて、逐一事情を陳述することとなった。橋本町家主八右衛門ならびに福井町家主勘兵衛および同支配長屋《ながや》居住駕籠《かご》舁《かき》渡世、助十、権三、その他関係者一同ことごとく白州に喚《よ》びだされた。言うまでもなく勘太郎は直ちに召し取られて白州に引き据えられた。

越前守は言葉を励まして、

「勘太郎、その方は昨年十一月十七日夜、子刻《ねのこく》過ぎまで外出しておったということであるが、どこで何を致しておったかありていに申し述べよ」

と言った。勘太郎は顔色一つ動かさず、平然として緑町の友達の家にいった由を答えた。

「友達の家へいったものが、なにゆえ血刀《ちがたな》を提《ひっさ》げて帰った。その方、当夜の着衣におびただしく血痕の付着しておるのは、いかなるわけであるか」

越前守《えちぜんのかみ》はそばのものに目配せをすると、同心は血泥《ちみどろ》に塗《まみ》れた衣類を勘太郎の目の前に突きつけた。それは勘太郎がひそかに縁の下へ隠しておいたものである。勘太郎はうろたえて、

「実は博奕《ばくち》打ち仲間と間違いがありましたのでございます」

とオドオドしながら言った。

「相手は何者だ。これほどの血を流したからには定めし相手に重傷《ふかで》を負わせたであろう。去年の十一月の傷なれば、まだ明瞭に傷跡が残っているはずである。当人を喚《よ》びだして傷跡を検《あらた》めれば、その方申し立ての真偽が明白になる。さア喧嘩の相手は何者であるか」

越前守の口からはキビキビした言葉が流れ出た。口から出任せを言った勘太郎はこう理詰めにされては返す言葉もなかった。一つの嘘《うそ》言は百の嘘言を生む。一つの嘘言は目立たぬが、百と数が増えれば嘘言の穴が大きくなる。

最初から嘘言で固めた陳述をしている勘太郎は、口を開くごとに穴を大きくしてゆくようなものであった。やがては自ら掘った穴に身を埋めねばならぬ破目になった。彼は黙って首を垂れるより他に術《すべ》がなかった。越前守はわざと勘太郎の答えを待たずに権三《ごんぞう》と助十《すけじゅう》に向かって、

「勘太郎の申し立てによると、当人は喧嘩を致したということであるが、同じ長屋に住んでいるその方らは、定めし仲裁《なかなおり》の咄《はなし》でも耳に致したであろうな」

と尋ねた。両人《ふたり》は口を揃えて、それを否定した。

「それほどの喧嘩に何の沙汰もないとは不思議ではないか。勘太郎、その方はこれに対して何と申し開きをするか」

鋭い言葉に勘太郎はいよいよ答えに窮したが、あくまで己の罪を否定して、隠居殺しの一件を白状しなかった。越前守は最後に表に「奉納」と記してある包み紙を示してさらに言葉を続けた。

「勘太郎、これに見覚えがあろう、なにゆえにこのようなものがその方の宅にあったのか……これは殺害された隠居の筆跡であると、米屋の主人が申し立てている。隠居の百両を入れてあった紙片《かみ》が、どうしてその方の手に入ったか包まずに返答を致せ」

その包み紙は勘太郎の留守に家宅捜索をやった役人が、被告の妻の小簞笥《たんす》から発見したものであった。勘太郎の妻は去年十一月十七日の夜遅く良人《おっと》が帰宅した途中で、通行人と喧嘩をしたとき相手が落としていったのを拾ったと称して、百両の金子《きんす》を持ち帰った旨を申し立てた。

彼女はかくべつ夫の言葉を怪しみもせず、そのまま包み紙を反古《ほご》紙とともに小簞笥へ押し込んでおいたのであった。勘太郎は思いがけぬ証拠を突きつけられて、もはや言い免れる余地がなく、恐れ入って罪状を白状した。彼はその日博奕に負けて馬喰町《ばくろちょう》の金貸しのもとへ金策に出掛けた途次、隠居の家《うち》の前を通りかかった。

すると家の中では彦兵衛がしきりに金子の無心をしていたので、さては女ひとりと侮って強盗の輩《やから》が押し込んでいるものと早合点し、なかば好奇心にかられて、物陰から家内の様子を伺っていると、隠居は百両の紙包みを彦兵衛に示し、仏壇の中へしまった。

間もなく彦兵衛は隠居から一包みの品物を借りて立ち去るのを見届けたので、急に悪心を起こし、夜になるのを待って隠居の家へ忍び込んだのである。ところが相手は案外に気丈で、声をあげて助けを呼ぼうとしたので、いきなり隠居の咽喉《のど》に短刀を突き刺し、倒れるのを見済まし、仏壇の中から紙包みごと百両を奪い取って、悠々とその場を立ち去ったのであった。

かくして、ひとしきり世間を騒がした馬喰町《ばくろちょう》の隠居殺しの犯人は明白となった。

しかしいかに彦兵衛の汚名が雪《そそ》がれようとも、死んだ者は再び帰らぬ。彦三郎は父の身のあかりが立てばなおさら、怨みをのんであの世に旅立った父を呼び返してこの喜びを分かちたいと、かなわぬ望みをしみじみと感ずるのであった。彦三郎の心中を察した八右衛門は越前守《えちぜんのかみ》の前に進み出て、

「恐れながら申し上げます。かく彦兵衛の無罪が明らかになりましたからには、なにとぞ彦兵衛をこの子にお返し願います。たとえ御上《おかみ》のなされ方とは申せ、罪ない者をお処刑《しおき》なされたことは、このままには済まされまいと存じます」

と申し立てた。恐れ気もなく越前守に難題をもちかける八右衛門を、彦三郎は呆《あき》れ顔に見つめていたが、

「お慈悲にせめて亡き父の死骸《なきがら》なりとも頂かせて下さい」

と嘆願した。助十《すけじゅう》、権三《ごんぞう》は音に聞こえた天下の名奉行をやり込めるのはこの時ぞとば

かり、

「死骸では駄目ですぜ。生かして返していただきましょう」

と躍起となって喚《わめ》き立てた。

越前守はしばらく黙して人々の攻撃の的となっていたが、やおら一同を制して、

「その方らの言い分はもっとも至極である。越前もこれには一言《ごん》もない。とにかく隠居殺しの真犯人を挙げる上に、手柄のあった彦三郎に褒美として取らせるものがある」

と言葉静かに言って、そばに控えた同心《どうしん》に何事か耳打ちした。やがて同心に伴われて入ってきた男は、顔色こそ青ざめてはいるが、まぎれもなく去年の冬お処刑になったはずの小間物屋《こまものや》彦兵衛であった。彦三郎をはじめ、居合わせた人々は、唖然としてしばしは言葉もなかった。思い設けぬ対面に彦兵衛父子《おやこ》は言葉もなく互いに相抱いて涙を流した。

越前守はこれらの光景《ありさま》を心地よげに眺めていたが、人々がこの不思議な謎を解きかねている様を見て、

「彦兵衛の無罪は最初から分かっていた。だいいち彼が重宝類を入質《いれじち》したのは日暮れ前の寅《とら》の刻で、その時刻には隠居が生きていたことは、隣家の女房の証言で確実である。またその日、女中のお留が新しく取りかえた蠟燭《ろうそく》が燃え尽くしていたことを考えると、隠居が殺されたのはどうしても辰《たつ》の刻から、巳《み》の刻の間と見ねばならぬ。

なぜとならば、隠居は五ツの鐘を合図に仏壇に灯火《ひ》を点《つ》け、四ツの鐘に寝床《ねどこ》につく習慣であったということである。隠居が寝巻きを着ていたところから推察すると、寝る時刻が

きたので床《とこ》につく用意をして、まさに仏壇の灯火を消そうとする刹那、犯人に襲われたものと認められる。

一方、彦兵衛は入質《いれじち》して得た商売の資本を、盗難にあってはならぬとて家主八右衛門に預けにゆき、その夜は八右衛門の家《うち》で風呂に入り、四ツ過ぎまで話し込んでいたということは、八右衛門および近隣の者たちの証言で分かった。

またどうつもって見ても、盗んだ品を直ちに付近の質屋へ持ってゆくということは受け取れない話である。百両の金を盗んだものなら、何も足のつきやすい品物などを盗みだすはずはない。

それらのことを照らし合わせると、彦兵衛が犯人でないことは明白であった。しかし米屋の主人市郎左衛門はどこまでも彦兵衛を罪人であると言い張り、一方真犯人の見当がつかないので、一時世間の目をくらまし、真犯人に油断を与えるために、わざと彦兵衛に有罪を言い渡し、ちょうどそのとき牢死した囚人のあったのを幸い、彦兵衛の身替わりに立て、重罪なればとて面皮《めんぴ》を剝《む》いて獄門に梟《か》けた次第である。

この越前の目に過ちなく果たして今日、真犯人を取り押さえることができた。もっともこのたびの犯人逮捕に関しては彦三郎、八右衛門、助十《すけじゅう》、権三《ごんぞう》それぞれの尽力を認めて褒め遣わす。いずれ沙汰を致すから今日はこれで引き取るがいい」

あっぱれ深慮のはからいに、一同は恐れ入って引き下がった。

隠居殺しの犯人勘太郎は江戸じゅう引き回しの上、獄門にかけられた。家主勘兵衛およびその妻子は江戸表を追放になった。勘兵衛から召し上げられた家財は、ことごとく助十、権三の二人に分配された。米屋市郎左衛門は罪なき者の罪を言い張った廉《かど》で、重きお咎《とが》めのあるべきところ、格別のお慈悲をもって彦兵衛が質屋より借りた金子《きんす》の元利ともに支払うこととして、その罪を免ぜられた。

勘太郎の有り金六十両は、彦三郎、助十、権三の三人に二十両ずつ下しおかれ、彦兵衛には一旦お取り上げになっていた小間物《こまもの》を下げ渡されて、この事件は落着した。

真珠の首飾

今日もまたあの男に会った。毎日決まった時刻に代々木から省線電車で丸の内のX保険会社へ通勤している私は、しばしば若い人たちの視線が自分の上に注がれるのを意識する。しかし私は今までけっしてそのようなことに心を乱されなかった。私は代々木の小さな借家に、両親と三人でつつましく暮らしている若い娘である。去年の春、女子商業学校をでるとすぐに今の会社へ入ったのである。

こうして若い女が男の中に交じっていると、とかくさまざまな誘惑を受けるもので、ちょっとの油断でもあれば、男はすぐ付け込んでくるものである。私はいつも気を引きしめて隙を見せなかった。たいていの場合、二三度袖をひかれても相手にならなければ男は見切りをつけて引きさがってしまうものである。

ところがあの男はしつこく私に付きまとっている。今日でもう一ヶ月になる。私が昼食《ひる》の時間に花月の食堂へゆくと、きっとあの男は二三分遅れてやってくる。一週間目に私は食事の場所を森永の喫茶部へ移すと、またあの男が一つおいた先の卓子《テーブル》についていた。あの男は、けっしてそばへきて話しかけるような失礼なことはしない。ただ不思議にも私の食事をする場所へは、いかに所を変えても必ず来ているのであった。

最初のうちはうす気味が悪いので、不自由な思いをしながら丸の内じゅうの食堂を逃げ回っていたが、もうホトホト我慢ができなくなった。今日はとうとう銀座の不二屋までいってしまった。ここなら大丈夫と安心してサンドウィッチと珈琲《カフェ》を注文してから、フト顔をあげると、いつの間にか帳場の陰になった卓子にあの男が来ていて、ジッと私の方を見つめていた。

私は憤然として席から立ったが、非常に大胆な決心をして、ツカツカと男の前へ進んで向かい合った椅子についた。

「ボーイさん、私の珈琲はこちらへ運んで下さい」

私はできるだけ落ち着いた調子でいった。するとあの男は耳の付け根まで赤くしてうつむいてしまった。ボーイが注文を聞きにくると、

「エ……ビスケットを一斤《きん》」

と口早に言って席を立つなり、食事もせずにあたふたと戸外《おもて》へ飛びだしてしまった。思う壺にはまったので、私は心ひそかに凱歌《がいか》を奏した。けれども次の瞬間、私は自分のはしたない行為を恥ずかしく感じた。

夕方、二三の友達と連れ立って会社を出ようとすると、庶務課長と立ち話をしている人があった。見たような後ろ姿だと思ってそばを通り過ぎてから振り返って見ると、あの男であった。

「お京さん、あそこで井上さんとお話をしている方は誰？」

私は二三間《げん》先へ行った時、友達の一人に尋ねた。

「あれは会計課の室田さんよ。どうしてそんなことをお聞きになるの?」

「何でもないのよ。ただ時々お見かけするから……」

「あの方はそれはおとなしい方なのよ。めったに他人《ひと》と口もおききにならないわ。なんでも詩をおつくりになるんですって」

私はお京さんの話を聞いているうちに、だんだん気が滅入ってきた。同じ会社に勤めている者が朝夕の出入り、その他の折に偶然に顔を合わせたところで何の不思議があろう。会社には三百人以上の社員がいるので、課の違う人たちとはめったに顔を合わせる機会が無い、したがって私は今日まであの男が同じ会社にいる室田という人だということを知らなかった。

その後室田さんにはけっして会わない。私の心は不思議に物寂しさを感ずるようになった。あんな不作法な態度《まね》をしたので、きっと感情を害してしまわれたに違いない。機会があったらお詫《わ》びをしたいと思っているのに……私は室田さんの姿を求めてやまなかった。電車の中でも、丸ビルの中でも、会社への出入りにも……。

それはあのことがあってから一週間目である。朝少し早目に会社へ行くと、お京さんと和子さんとで室田さんの噂をしているところであった。

「あのね、室田さんは先週の土曜日に会社を退《ひ》いておしまいになったのですって……」

「まアどうして、急におやめになったのでしょう」

「あの方も変わっていらっしゃるわね。何にも理由をおっしゃらないで突然に辞表をお出しになったのよ。それきり先月分のお給金も取りにおいでにならないんですって」

私は書類の整理をしているふりをしながら聞き耳を立てていた。そこへ小使が小包を持ってきて私に渡した。見ると差出人の名がない。私はなぜということなしにその小包をその場で開けないで机の中へしまってしまった。

私は夜、家《うち》へ帰ってから自分の部屋で不思議な小包を開けた。中には無造作に薄紙で包んだ真珠の首飾りがボール紙の小箱に入れてあった。これがもし皮張りの箱にでも入れてあったら、もっと私の注意をひいたかもしれないが、私はもう最初から練り物と睨《にら》んで馬鹿にしてしまった。

私は真珠が大好きで指輪でもブローチでも真珠ばかりである。父も母もこの頃は以前のように、「若い娘はルビーか何か、もうちっと派手なものがいい」などと言わなくなった。しかしいくら真珠が好きでも贋物《にせもの》だけは身に着けたくない。私はかねてから真珠の首飾りが欲しいとは思っていたが、どうせ私のような身分では本物の真珠を買うことはできないと諦めていた。

私は目の前に投げだした首飾りを未練がましくも、もう一度手に取って見た。それは何とも言えない落ち着いた美しい光沢を持っていた。見れば見るほど引きつけられてゆくような蠱惑的《こわくてき》な美しさを持っている。練り物にしてもあまり安い品ではない。少なくも二十五六円位の価格のものである。いったい誰からの贈り物であろう。

私は知っている人たちの名を一人一人思い浮かべてみたが、恋文《ラブレター》なら日に二三本でも書いてよこす暇人《ひまじん》はあるが、二十円以上の品物を無名で贈ってくれるほど裕福な人は無さそうである。で、ただ一人それらしく思われるのは、私の方の課長の井上さんである。この人は何かにつけて私に好意を示している。随分の年輩であるが、まだ独身者だと聞いている。

私は理由もなくこのような贈り物を受けるわけにはゆかない。しかし自分の想像だけで井上さんへ返しにゆくのも変なものである。とにかく井上さんが贈り主であるかどうか、確かめる必要があると思ったので、私は翌日会社へこの首飾りをしてゆくことにした。無論お友達の口がうるさいと思ったので、首飾りをブラウスの内側にたくしこんで他人《ひと》に気づかれぬ用心をしておいた。

その日の午後、課長室へ呼ばれたので、私は真珠の長い首飾りをひっぱりだして、仰々しく胸を飾って井上さんの前に立った。井上さんは手紙の速記をさせた後、つと手を延ばして私の真珠をひっぱり、

「どうしたの？　たいそう立派なものをしていますね」

と尋ねた。その瞬間私はすぐこれは井上さんの下さったものではないということを知った。私は何気ない様子で、

「練り物でございますわ」

すると何かの用事でその場に来合わせていた大明堂《だいめいどう》という宝石商の主人がそばから、

「練り物？　ちょっと拝見、いやこれはどうして大した品でございますな、私の店でも

これと同じ品を扱っておりますが、五百円から致しますぜ。店へお持ちになればいつでも現金五百円でお引き受けいたします」

と言った。私はこの思いがけぬ言葉の真偽を計りかねて、相手の顔をマジマジと見つめたが、相手にはいささかも冗談らしいところはなかった。やがて大明堂の主人が用談を済ませて帰ってしまうと、井上さんは、

「大明堂の親父《おやじ》が言うまでもなく、私は一見して、本物の真珠と睨《にら》んだ。そんな素晴らしいものがどうして手に入ったのですね」

と尋ねた。私はつまらない疑念をかけられても馬鹿馬鹿しいと思ったので、ありのままを話してしまった。

「いくら何だって、こんな高価の品を無名で贈ってよこすなんて、そんな馬鹿な話がありますか」

井上さんは容易に私の言葉を信じなかった。

「それでは箱や小包の紙がそっくり家にございますから、明日お目にかけてもよろしゅうございますわ」

「そんな出所の不明な品を貴女《あなた》が持っているのはよろしくないから、小包の差出人が分かるまで私が預かっておいてあげましょう」

と井上さんが言ったけれども、その時ふと室田さんのことが私の脳裏に閃いたので、

「では私、父に話して、贈って下すった方《かた》が分かるまで、父に預かってもらいますわ」

と答えた。井上さんは幾度も、

「きっと、お父様にお話しなさいよ」

と念を押した。私は家《うち》に帰るとすぐに父にこのことを話して、とうぶん父に預かってもらうことにしたけれども、室田さんの件だけは、なぜか自分でも分からないが、父にも明かさないで胸のうちに秘めておいた。

ちょうどこのことがあってから三日目であった。会社へゆくと事務室の人々がみな何となく落ち着かない様子で、お互いにヒソヒソと小声で話し合っているのがただごとでなく思われた。私は自分の椅子につくと隣席のお京さんに、

「何かあったの？」

と尋ねた。

「大変な事件よ、会計課で五百円の行方が分からないのですって、犯人の目星はあらかたついておりますけれどもね」

と眼を丸くして言った。

「まアそうなの、で犯人は誰なの？」

「そんなこと言わなくたって、たいてい察しがつくじゃアありませんか。帳簿係が月給を棒に振って不意にいなくなれば、その裏に何か犯罪があるのは当然でしょう」

この言葉は強く私の胸を突いた。ほんとうにとんでもないことになったものである。いよいよあの真珠の贈り主は室田さんに違いない。会計課の帳簿係くらいの薄給で、五百円

という真珠の代価を容易に支払えるものではない。

確かに室田さんは会計のお金をごまかしてこの真珠を買って下すったのだ。刑事問題にならぬうちに、一刻も早くあの真珠を大明堂へ持っていって五百円を会社へ返済して、室田さんを救わなければならない。私は井上さんのところへ行って、急に気分が悪くなったという口実を設けてお暇を貰った。

私は家へ帰ると父に贈り主が分かったからと言って、首飾りを出してもらい、すぐに大明堂へ駆けつけた。主人は私が真珠を出すと、

「お売りになるのですか、よろしゅうございます。しかし近頃はなかなか不景気で、このような高価な品は、はけ口が少のうございますから、手前の方でもその金利を見ませんと何でございますから、四百五十円位にしていただけませんでしょうか」

と切りだした。私はこの場合、どんな恥ずかしい思いをしても、どうしても五百円耳をそろえてもらわなければならないので、必死になって談判をした。そしてしまいには、

「それじゃア私、よその店へ行ってみますわ」

と言って立ち上がりかけると、

「まアお待ちなさい、それほどにおっしゃるなら、五百円でいただくと致しましょう」

と言って主人は、ようよう私の言い値で買い取ってくれた。

私は百円札を五枚受け取ると手提げ袋の中へ入れて、ケープの中でしっかりと握りしめ、急いで店を出た。

重要な用事を一つ片づけると、急に気がゆるんで空腹を感じてきたので、私は不二屋へ入って奥の卓子《テーブル》についた。次の用件はどうかして室田さんを探しだすことである。けれども室田さんは、現在《いま》のところいわばお尋ね者同然であるから、うかつに居場所を探すわけにはゆかない。そうかといって私は、室田さんが東京のどの辺に住んでいたかも知らないくらいであるから、てんで見当もつかなかった。それにそんな悪いことをしたからには、必ず行方をくらましてしまっているに違いない。

私は紅茶の冷えるのも忘れて、それからそれへと考え込んでいた。そのとき店へつと入ってきた男の背格好が室田さんに似ていたので私は思わず、

「おや?」

と叫んで立ち上がった。同時に大きな植木の間を潜《くぐ》って顔を出したのは、まぎれもない室田さんであった。室田さんも私を見つけてはっとした様子で立ち止まった。私は室田さんを手招きした。室田さんは帽子を取ってオズオズした足どりで私のそばへ来た。

「室田さん、貴郎《あなた》はまア何という無分別なことをなさる方でしょう」

私は低い声でたしなめるように言った。室田さんは長い睫《まつげ》を伏せて、しばらくもじもじしていたが、

「どうも悪くお取りにならないで下さい。僕はもうけっして貴女《あなた》にご迷惑をかけまいと決心したんです……どこか遠いところへ行ってしまう覚悟をしたのです。けれども、もうたった一度だけ貴女にお目にかかりたかったのです。ただお顔を見るだけで満足している

つもりでした」

と言い終わって、静かに私の顔を見上げた。私は生まれて初めて若い男の人の眼をこんなに近くに見た。室田さんは小児《こども》のように澄んだ、清らかな瞳の持ち主であることを発見した。こんな美しい眼の人が、どうしてあのような大それた盗賊《とうぞく》などを働いたのであろうと、私は訝《いぶか》しくさえ思った。

「室田さん早くこのお金を会社へ持っていって返していらっしゃいませ。ちょっとした出来心で遊ばしたのでしょうが、いま悔い改めてもまだ遅くはございませんわ」

私は手提げ袋の中から取りだした紙幣《さつ》束を室田さんの膝の上にそっと乗せた。

「ちょっと待って下さい。なぜ僕はこのお金を会社へ持ってゆかなければならないのです。お話の筋がよく呑み込めませんが」

「もうここまできたのですから、しらばくれっこは無しにしましょう。貴郎は会社のお金を五百円ご融通なすったでしょう」

「僕?　いいえけっしてそんなことはありません。貴女は会計課のあの出来事を思い違いしていらっしゃるんですね。あの犯人はもうちゃんと分かりました」

「まア……私はもうすっかり……ごめん遊ばせ」

私はなんという大きな間違いをしたのであろう。この時の私こそ実に世にも憐れな有様であった。顔からほんとうに火が出そうであった。

「でも貴女はほんとうにいい間違いをして下さいました。これがなければ、貴女が僕に対してご好意を持っていて下さることを知らずにしまうところでした」

「私がこのような思い違いをする原因《わけ》があったのでございます。それはそうと真珠をお贈り下さいましたのは、もしや貴郎《あなた》ではございませんでしたでしょうか」

「ああ真珠の首飾りですか、実はあれをお贈りしたについては、少々説明しなくてはならないことがあるのです。僕は未知の婦人に贈り物などをするのは失礼だと知っておりました。それでわざと名をお知らせしなかったのです。

僕は会社づとめがいやでいやで堪らなかったのですが、生活のためにやむを得ず、今まで辛抱していたのです。

ところが郷里の兄がとつぜん亡くなりまして、思いがけぬ父の遺産が全部僕のところへきたものですから、急に会社を退《ひ》いてしまったのです。もうこれから僕は自分の好きな文学に没頭することができます。

貴女《あなた》にお贈りした真珠の首飾りは、父から貰った金で買ったのです。これでもう何もかも、ご了解なすったでしょう」

と言い終わって室田さんは気づかわしげに私の顔を見つめた。

私はなんとも返事の仕様がなく、まったく途方に暮れてしまった。あまりに軽はずみなことをしてしまって、いまさらどうすることもできない。真珠を売ってしまったのは何と言い訳をしたものであろう。私があまりいつまでも黙っているので、室田さんは、

「どうぞあの首飾りだけをお納め下さい。僕は今後けっして貴女にご迷惑をおかけする

ようなことは致しませんから。もし今すぐにでも邪魔になるから東京を退去しろと仰せになれば、僕は貴女のご命令に従います」

と言った。

「いいえ、私こそ貴郎に沢山おわびをしなくてはなりません。実はいつぞや貴郎がここへお出でになりました時、あんな失礼なことをして、私はほんとうに後悔しておりました。どうかして一度お目にかかって、あの時のことをおわびしようと思っておりました。それからもう一つ大変なことができてしまいました」

「何です。僕にできることなら何でも致しますから、お話し下さい」

「私はすっかり思い違いしていたものですから、あの真珠を大明堂《だいめいどう》へ行って売ってしまいました」

「ああ、そうですか、何かまうものですか、もし貴女があの首飾りを胸にかけて下さるというご好意がおありなら、もう一つ買ってさし上げます、で大明堂ではあれをどのくらいで引き取りました?」

私は会社で大明堂の主人があの首飾りを見た時のこと、それから今朝《けさ》行って四百五十円というのを、ようよう五百円で買い取ってもらったことを話した。すると急に室田さんは声をあげて笑いだし、

「ハ……実に驚きましたね、実は大明堂の主人からあの真珠を買ったのです。しかも千五百円で……」

と言った。

この先の物語は、書くだけ蛇足《むだ》である。活動写真でも、芝居でも、小説でも、この種の御語《ものがたり》はたいてい同じ結果に終わるものである。

白い手

卓上電話がけたたましく鳴ると、石川探偵はちょっと眉をひそめて、忙《せわ》しく動かしていたペンを傍らへ投げだし、受話器を耳にあてた。しかし、「もしもし」という若々しい女の声を聞くとたちまち眉間《みけん》から皺が消えていった。

「今日は都合が悪いのですよ……素敵に忙しくって……」

「貴郎《あなた》は私が何か頼む時はいつも素敵に忙しいのね。もう一ヶ月あまりも貴郎はご自分の役目を怠っていらっしゃるわ」

「でもね職務上どうも仕方がないですよ。学生時代と違ってね。何しろ非常な抱負をもってこの職についたのですから、それにいま重大事件を取り扱っているのです。だから今日だけはご勘弁を願います……」

受話器をおいた彼の顔にはまだ微笑が残っていた。彼は明白に愛すべき彼女のことを思い浮かべているのである。

石川探偵は去年の春、帝大法科を卒業した若手のチャキチャキの法学士である。彼は非常に探偵小説が好きで、学校にいた頃からおよそ海外の探偵小説で彼の書棚に集まらぬものは一つも無いほどであった。その道楽が高じたあげく、学校を卒《で》るなり、自ら進んで警視庁の探偵という風変わりな職についたのである。

しかし小説と違って、実際生活では理屈ばかりで名探偵の功績をあげるわけにはゆかなかった。第一めったに石川探偵を煩わせるような事件が持ち上がってくれない。ところがこの一ヶ月ばかり、いよいよ、彼の出動を要する重大事件が起こりつつある。

それはかねがね探偵小説雑誌で彼と知己《ちき》になった、地下鉄サムが日本の省線電車中に出没しはじめたという事件である。紐育《ニューヨーク》の地下鉄道を荒らし回っている有名な掏摸《すり》のサムが、はるばる日本へ出稼ぎに来ているなどとは誰も信ずるものはないが、わが石川探偵だけは硬く信じて疑わなかった。

さてこの地下鉄サムがいかにして省線電車に現れるようになったかというのが問題であるが、実は誰一人正体を見届けたものはないのである。とはいえ、この春以来電車内で蟇《がま》口《ぐち》を掏《す》られる者が続出するので、庁内の掏摸係が朝夕の通勤時間《ラッシュアワー》に省線電車に乗り込み、鵜の目鷹の目で見張っているが、それほど顔の売れた掏摸にも出会った験《ためし》がなかった。

春野探偵は掏摸専門といわれているだけに、およそ東京の掏摸で見覚えのないものは一人もないはずである。新米の掏摸にしてはあまりに巧妙《たくみ》すぎる。そこで、春野探偵の知らない掏摸で、しかもそれほど敏捷《びんしょう》な奴とすれば、まず地下鉄サムより他はないという断案を下したのが石川探偵であった。

彼は探偵小説から得たあらゆる知識を絞ってサム逮捕に努力しているのである。こうした理由で彼は許婚《いいなずけ》の百合子とも滅多に会わないほど、仕事に没頭していた。

今日も百合子から大久保へ一緒に帰らないかという電話がきたが、断ってしまったのである。百合子は大久保の家から毎日丸の内へ通っている。彼女は丸ビルの五階の一室を借りて婦人雑誌を発行している。彼女はいわゆる知識階級に属する新進婦人で、しかも閨秀《けいしゅう》作家である。ゆくゆくは、婦人ばかりを糾合して大出版会社を興そうという素晴らしい意気組みである。

それほどの大抱負を持ちながら、婦人ばかりでなどという偏狭な考慮に捉われるのは、やはり、「小さき者よ、汝《なんじ》の名は女性なり」と言いたくなる、と石川が一矢《いっし》向けたところ、百合子は即座に、

「婦人ばかりといっても、男の人たちをけっして仲間に入れないというのじゃアないのよ。ただ婦人ばかりが主脳になるっていうことなの。たとえば私が社長、鈴子さんが副社長、露子さんが営業部長っていうような具合にね。そして小使とか、門番とか、人夫とかには男を使ってあげるわ」

と答えた。こんな塩梅《あんばい》でまごまごしていると、石川探偵は百合子の会社の小使にでも雇われるような運命になりそうなので、どうしても百合子の夢が実現されないうちに、警視総監くらいになってしまわねばならない。だから、このたびの地下鉄サム逮捕の件は、いわば警視総監への一階段で、彼にとっては最も意義ある重大事件であった。

石川探偵はそう考えて、今夜も退出時間の五時が過ぎてもまだ事務室に残っていた。そこへ最近巡査を拝命したらしいダブダブの制服を着た部下が入ってきて、

「例の乞食老爺《こじきおやじ》ですがね。やはり当人の申し立てどおり、有楽町辺を始終物乞いしている男だそうです。あの辺の交通巡査、新聞売り子などについて調査してきました」

と言った。それは問題の掏摸《すり》の嫌疑者として引致された老乞食に関する報告である。

「そうだろうとも、あのだらしのない顔つきを見ただけでも、そんな素早い仕事をやる掏摸とは思われない。第一あの風体《ふうてい》で電車に乗れるものじゃアなし、また乗ったにしても乗客は臭くってそばへ寄せつけまいよ。掏摸という商売は何より人に接近することを要するものだからね。だが奴の申し立てが真実とすれば、掏り取った蟇口《がまぐち》を電車の窓から投げることになるが……」

と石川探偵がつぶやくと、

「しかしこの不景気な時世に、危険を冒して掏《す》った獲物を惜《お》しげもなく投げ捨てるなんてそんなべら棒な話はありますまい。とにかくもう一度呼びだして、尋問したらどうです」

と傍らから巡査が口を出した。石川探偵は軽々しく部下の言葉を容《い》れるような真似はしない。彼はまず二三秒、何事か熟慮するような様子をしてみせてから、

「男をここへ連れてきてくれたまえ、僕自身でもう一度取り調べてみよう」

と言った。

やがて巡査に導かれて入ってきたのは、芝居に出てくる乞食そのままの代表的な服装《いでたち》をした老人であった。自然のなすがままにおいたればこそ、かく縞目《しまめ》も分からぬほど、汚れくさって、木綿糸を並べたようなボロボロな着物ができあがったのであろう。

泥色をした顔には万筋《まんすじ》がよって、額の上には砂塵《ほこり》を浴びた針金のような頭髪《かみのけ》が逆立っている。病犬のような臭気がムッと鼻をつく。石川探偵は魔除けのようにさかんに煙草《たばこ》の煙を四辺《あたり》に吹き散らした。

「お前はあの蟇口《がまぐち》や紙幣《かみ》入れをどこで拾ったか、ありのまま旦那にお話しするのだ。偽《うそ》を言うと承知しないぞ」

と巡査が言うと、乞食《こじき》はオドオドした様子で、物を貰う時のようなお辞儀をしながら答えた。

「ヘイ、けっして偽などは申しません。わしは正直者で通っております。だから正直の頭に神宿ると申しますとおり、神様がわしに蟇口を沢山おさずけ下さったのでございます。わしがひもじいお腹《なか》を我慢して正直に働いているので、天からたくさん蟇口を降らせて下さいました。けれども蟇口を拾ったらお上《かみ》へ届けるのが正直者の道と聞いておりますので、一旦お届けしましたのでございます。落とし主は神様にきまっておりますから、どうぞお下げくださいまし」

彼は風采《なり》に似合わぬ爽《さわ》やかな弁舌で申し立てた。

「馬鹿なことを言うな、蟇口の落とし主はちゃんと分かっている。お前の共犯者はどこにいるね。ほんとうのことを言わぬと、お前は掏摸《すり》の共犯者として処分されるのだ」

「イイエ、旦那様、わしはけっして偽は申しません。もしわしが偽をついていたなら、今頃乞食などはしておりません。こちらの旦那様にも申し上げたとおり、有楽町のガード下におりますと、天から降ってくるのでございます。最初の晩は五ツ、それから二三日して七ツ、また九ツ、蟇口も紙幣入れも定期乗車券もございました。定期券は十二ほど降ってまいりましたが、つまらないから拾いませんでした」

「蟇口や紙幣入れが降る時刻は？」

「ハイ、いつも日が暮れてからでございます」

石川探偵は乞食を伴って警視庁の門を出た。丸の内の高い建物に区画された帯のような空に星が散っていた。帰路《かえり》を急ぐ人々の足が闇のうちに黒くハッキリと動いている。ややもすれば後れがちになる乞食は、通行人とすれ違うたびに物乞いたげな様子を見せたが、さすがに探偵の手前、「どうぞ、やって下さい」とも言いえないで、黙々としてついていった。

二人が有楽町のガード下までくると、乞食は、

「旦那様、ここでございますよ」

とあたかも我が家へ戻ったような、くつろいだ調子で言った。

見上げる鉄橋の上を、上り下りの省線電車がほとんどひっきりなしに、すさまじい音をたてて通ってゆく。

「旦那様、もうじきに降ってまいりますよ」

と言いながら、乞食はペッ、、、タリ、、と地面《じべた》に座ったが、彼のいうように蟇口はたやすく降ってこなかった。石川探偵はガードから数間《けん》離れた街路樹の下に立って、熱心に空を仰いでいた。しかし彼の視線は三十五度の角度に注がれていた。そこには今しも明るい窓を並べた省線電車が走ってゆく。と、最後車《さいこうしゃ》の窓から真っ白な手がヌッと出た。石川探偵がハッと思った瞬間、

「ホーレ、旦那様」

と乞食は叫びながら、蜘蛛《くも》のように地面を這い回ったが、やがて両手に数個の蟇口《がまぐち》を掴んでムックリと起き上がった。

「やはり僕の想像したとおり蟇口は天から降るのでなくって、電車の窓から降るのだ」

と石川探偵はつぶやいた。

その晩八時に大久保駅で電車を下りた石川探偵は、いつものように果物屋の前を曲がらずに、大通りをまっすぐに左へ折れて、彼女の家を訪ねた。

「まア、よくいらしったわ。割合に親切ね。家族の人たちは今夜活動写真を観《み》にいってしまって、私ひとりお不在番《るす》なのよ。寂しくってどうしようかしらと思っていたわ」

と百合子は快活に言いながら石川探偵を応接間へ導いた。

「僕はとうとう例の掏摸《すり》を捕まえましたよ」

「まア、貴郎《あなた》が？」

「犯人は白い手の淑女なんですよ」

と言って彼は相手の顔を見つめた。

「美人ですか」

百合子はやじるような口調で笑いながらいった。

「とぼけちゃァ困りますね……僕の推理でゆくとすべては明白なのですが、ただ一つ分からないのは犯罪の動機なのです。まず被害区域が有楽町駅と大久保駅間に限られているので、犯人は同区域間の居住者で、しかも朝夕一定の時刻に電車に乗る勤め人と睨《にら》んだのです。

それが単なる掏摸を目的とするものでないということは、有楽町および大久保駅付近で拾得される被害品の中味が、ことごとく完全だということが証明しておるのです。もう一つ不思議なのは、被害者がみな丁年《ていねん》以上の男子ばかりだという事実です」

「してみると、男というものはよほど間抜けなのねえ」

石川探偵はそれには答えないで、

「百合子さん、その動機を聞かせて下さい、貴女《あなた》はほんとうに無法なことをなさる」

と詰問するように言った。

「どうして私にそんなことをお聞きになるの」

「僕の知っているかぎりでは、朝夕事務所に通うのに真っ白な手袋などをしているのは貴女より他にありませんよ」

「それで私をお責めになるの？　もし白い手の主が掏摸《すり》の犯人だとおっしゃるなら、貴郎《あなた》こそ掏摸のご本人ではありませんか、少なくも白い手を動かしたのは貴郎ですよ」

百合子は逆に相手をやり込めた。

「さア、その詭弁を説明してください」

「詭弁ではありません。貴郎が自分の仕事にばかり没頭して私を保護して下さらないから悪いのです。朝夕混雑した電車の中で、私はずいぶん失礼なことをする男たちに遭《あ》うのよ。そのたびに私はくやしくって、どうして復讐してやろうかと思うのです。

人中でそんなことを荒立てれば、結局自分の恥になるばかりです。どうせ日本の電車では、淑女に無礼を働いた男を引きずりだしてくれるような紳士はありません。ですから何かの方法でそんな奴らをひどい目にあわせてやるよりほか仕方がないのです。

私がこんないいことを思いついたのは、ある日狼《おおかみ》のひとりが車掌の検札に切符を持ち合わせないで、罰金をとられて、ベソをかいたのを見たのが動機なのです。

それから後、私は左の手を握られると、右の手でそいつの懐中物を取ってやったのです。

明日から忠実に私を護衛してくださらなければ、地下鉄サムがますます活動しますよ」

と言って冷ややかに微笑した。

石川探偵は唖然として美しい愛人の顔を見つめたまま二の句がつげなかった。

万年筆の由来

一

朝、眼をさますと、いつの間にか雨戸が開いて部屋の中がきちんと片づいている。昨夜《ゆうべ》友人のKと遅くまでしゃべっていて、床《とこ》につく時分には、火鉢に吸い殻の林を作り、盆の中には食べ散らした果物の山ができていた。

「果物もいいが、こう残骸が出るから、いやになるね」

と言って苦笑したKのことが頭に浮かぶ。いくら散らかしてもこうして寝ている間に片づけておいてくれる人があれば有り難い。しかしこれがワイフならいいが、潔癖屋の、やかましやの下宿の内儀《かみ》さんじゃアつまらない。さぞまた恩にきせたり、皮肉を言ったり、愚痴をこぼしたりすることであろう。

元来私は朝寝が好きだが、それよりももっと、眼をさましてから、一分でも多くこうして床の中で、愚にもつかぬことを考えたり、あるいは眼を節穴にして、漠然と時間を空費するのが好きである。だから今朝《けさ》も、なかなか起きようとはしないで、つまらないことをボンヤリ考えている。

机の上の時計は一目で見えるように、ちゃんとこっちを向いている。内儀さんのやったことに違いない。これももし美しい妻と名づくる女性がやったのなら、ことに我がマドンナがやったのなら、まさしく私の顔に微笑が浮かぶべきところであろうが……。

眼がさめると同時に煙草《たばこ》に火をつけるのが、私の習慣であるが、あいにく手の延びる範囲にバットの箱が見当たらない。ちょっと起き上がって机の上を見れば、昨夜一本だけ箱の中に残しておいたのがあるはずである。しかしその起き上がって見るのが、容易ならぬ努力である。

さっきから頭脳《あたま》はしきりに命令しているのだが、なかなか命令どおり身体《からだ》が動きたがらない。ああタバコ！ タバコ！ 煙草を思うと我がマドンナの美しい顔が私を悩ませる。いよいよタバコが、一本より無くなったのは有り難いことである。その一本を吸ってしまえば、公然とマドンナを訪問することができるのである。

マドンナというのは横町のタバコ屋の店先に控えている看板娘に、ひそかに奉《たてまつ》った名である。私は生まれつき無性者であるから、タバコなどは滅多に自分で買いに行ったことがなかった。ところが二月ほど前に、何かの拍子に自分で買いに出かけて、図らずもそのマドンナを発見したのである。

年の頃なんかは、てんで見当もつかないが、なにしろ美人である。ボッティチェリの描くマドンナの面影をもっている。頭髪《かみ》の色は何だったかよく知らない。そんなことはどうでもいい。とにかくけっして忘れられぬ顔である。それ以来私は、タバコだけはいかなる用事をさしおいても、自分で買いにゆくことにきめた。言葉なぞは交わしたことはないが、ただ店へ入っていって、

「バットを一つ」

と言うと、マドンナはだまってバットの箱を渡してくれる。私はけっして剰余銭《つりせん》の面倒などをマドンナにかけたくなかった。タバコを買う時には、必ず五銭の白銅に、銅貨を一枚そえてゆく。だからバットの箱を受け取ると六銭を台の上において、最後にちらと一目だけマドンナの顔を拝してくるのである。

私の心の中に描くマドンナは日に日に成長してゆく。私はこの二ケ月間、いかに精励な画家といえども及ばぬほどマドンナの画《え》の数々を心の中に制作した。

二

私は日に二度でも三度でもバットが切れてくれさえすれば、必ず買いにゆく、それゆえ私にとってバットの最後の一本を吸うくらい愉快なことはないのである。

「そうだ、マドンナの画を描くのだ」

と、心の奥で叫びながら、私は勇気をふるって飛び起きた。

整然とした机の上には、バットの箱が無い。内儀《かみ》さんが、空だと思って捨てたのかもしれないが、よく確かめもせずに買いに出掛けるのは、なんだか気がとがめる。いかに崇拝しているマドンナがいるとはいえ、タバコを買うのを正面から口実にして見にゆくのは、いささか卑怯な気がしてならない。

最後の一本がなくなった時、必要にかられてタバコを買いにゆく。そして、タバコを買いにゆくから、自然と我がマドンナを見るという段取りにならないと気が済まない。それで私はバットの箱が見当たらないのを喜びながらも、一通り部屋じゅうを探してみた。そこへ瘠せた内儀さんが上がってきて、

「これではまたお昼飯《ひる》と一緒ですね。主人《たく》がね申しておりましたよ。お若い伸びざかりに、三度のご飯もきちんと召し上がらないようでは、とても学問なんかなされないだろうってね。親御様の身になったらなどと、心配しているのでございますよ。あんな無愛想な人ですが、あれでなかなか親切でよく気がつくんでございますよ」

話の向きがだんだん横へそれはじめた。私を非難しにきたのか亭主を褒《ほ》めにきたのか分からなくなってきた。この内儀さんの頭脳《あたま》は非常に毛根の多い大根と同じで、話の筋が四方八方へとりとめもなく広がっていって、黙ってしゃべらせておくと際限がない。

「バットはどうしました。この机の上に置いたタバコの箱ですよ。捨てたのですか」

私はなじるように言った。私は予定のごとく話の腰を折ってやった。

「まア、あれは空箱ではなかったのですか。いいえ、ようござんすよ。代わりに主人のを差し上げますよ。敷島《しきしま》の方がニコチンが少なくて衛生にはいいそうですよ。ちょうど他所《よそ》から貰ったのが一箱ございますから。

私どもが長年面倒を見てあげた方が、昨日お見えになりましてね、持ってきて下すったのでございますよ。大学出の法学士なんですの。お若いのによくお気がつくと感心いたし

ましたわ。主人《たく》が敷島《しきしま》ばかり頂くのをちゃんと覚えていてね……」

私は大根の言葉なんか放っておいて、さっさと階下《した》へいって顔を洗うと戸外《そと》へ出てしまった。

空がはれて風が爽《さわ》やかである。私は学問をして偉くなろうという野心は無いが、早く学生生活から足を洗って、呪わしい大根の監視を逃れたいという希望を、今日のような天気晴朗な日にはしみじみと感じる。

もう三年間も同じ宿にこうして落ち着いているのは、けっして私の性格が忍耐強いとか、あるいは他に私を引き止める理由があるとかいうのではない。ただ下宿を探し歩いたり、引越しをしたりするのが、面倒臭いからである。

それにどうせどこへ行ったって、私の性に合わぬ人物が存在しているに違いないと、人世をやや達観して諦めているからである。

何にしても、私の干からびた日常生活では、マドンナを見ることが、唯一の幸福である。マドンナは私にいい夢を見させてくれる。私のようにろくに他人と口もきけない人間には夢がいちばん嬉しい。

三

宿からタバコ屋まで一丁ばかりの短い距離を歩く間に私は——天気のことと、宿の内儀《かみ》さんのことと、昼飯のことと、学校のことと、郷里の親父《おやじ》のことと、人生のことと、マドンナのことと！——これだけを考えた。

愚鈍な頭脳《あたま》でも、短時間にけっこう活動するものだと、自分ながら感心した。そして例のごとく反対側の敷石の上に立ち止まって、タバコ屋の店へ視線を投げたが、どうしたわけかマドンナの姿が見えない。こんなことは今までに一回もないことである。私は不安を感じた。——とうぜん失望を感じるはずであろうが——。

私は五六間《けん》行き過ぎてもう一度戻って見た。それから思いきって向かい側に移って見た。やはりマドンナはいない。私は店先でちょっと躊躇《ちゅうちょ》したが、奥の方で誰かが覗《のぞ》いているようであったので、怪しまれてはつまらないと思って、

「バットを一つ」

我がマドンナへ捧げるローザリーの一節を唱えた。眼の凄い、いがぐり頭の男が出てきて、うさん臭そうに私の顔をジロジロ盗み見ながら、バットの箱を差し出した。

私は相手に心の秘密を握られたような気がして、あわてて踵《きびす》を返したが、今日はもう何もする気がない。下宿へ帰ってまた内儀さんの声を聞くのはなお辛い。学校はむろん欠席と決めてしまったので、そのまま病院の裏を回って動物園のわきへ出た。

午砲《ごほう》が足の下に響いてきた。動物どもは雑音のオーケストラを始めた。私は空腹を感じていたが、どの店もどのカフェーも暗く陰気で、塵埃《ほこり》っぽいように思われた。無気味でとても入る気になれない。

私はノラ犬になって動物園の中をうろつき回った。猿の前で四十五分、象の前で三十分、オカメインコの前で二十八分、ライオンの前、虎の前、豹《ひょう》の前では各三分ずつ、カンガルーの前で十五分、蛇の前に一時間を消費した。それから動物園を出ると、博物館へ入り、各部屋をことごとく素通りにして、夕方五時頃、ぼんやりと下宿へ帰った。長火鉢の前に座って、亭主の吸い残した敷島《しきしま》の殻を煙管《きせる》へつめて吹かしていた内儀《かみ》さんは、私の顔を見ると、

「ご覧なさいまし、貴郎《あなた》のところへこんな立派なおつかいものが参っておりますよ」

と言って床《とこ》の間《ま》の大きな菓子折を指さした。私はこれまで他人からおつかいものなどを受けた覚えはない。第一こんな大袈裟な水引きのかかったものなどをくれるような人間は、私の知り合いのうちにはない。

「間違いですよ。そんなもの知りませんよ」

「だって、家《うち》へ来て、お二階のお客様へ差し上げてくれって言えば、貴郎にきまっているではありませんか」

「いったい誰がこんな馬鹿げた真似をしたのです」

私はいささか当惑して、二尺ほどの大きさの菓子折を眺めながら言った。

「貴郎が毎日バットを買いにいらっしゃる、あのタバコ屋さんですよ」

タバコ屋さんと聞いて、私はぎょっとした。マドンナの件は友人にさえ、打ち明けていないのである。無論マドンナに対しても、素振りにも見せないのであるから、私の心中を

誰も知っているはずはない。それがどうしてタバコ屋からこのような贈り物を届けたのであろう。まさかマドンナが私に贈ってくれたなどとは、空想にもならない話である。私は少し薄気味が悪くなった。

四

「とにかくこんなものを受け取る理由はないから、返して下さい」

「そうですか、もっとも私も少しおかしいと思いましたよ、どうしてタバコ屋から、こんなつけ届けをするのかと思いましてね。何の間違いか知りませんが、返しがてら探ってきましょう」

内儀さんは、両手に余るような菓子折を抱えて出ていったが、例によって途方もないところへ、話の筋を飛ばしていると見えて、帰ってくるまでにはかなり手間取った。

一時間ばかりすると内儀さんはまたさっきの菓子折を担いで戻ってきた。そして小声で、

「何なんでございますよ」

といつも何か重大なことを話しだす折の前置きをして、

「あのタバコ屋はね、これなんでございますよ」

と指先で自分の鼻を叩いて見せたが、私がキョトンとしているのを見て、

「花合わせで博奕《ばくち》をやっているんですよ」

と言った。

「博奕《ばくち》をやったって私の知ったことじゃアない、それがどうしたんです」

「貴郎《あなた》は毎日あの店へゆくでしょう」

ここでまた私はドキリとしたが、わざと落ちついて、

「タバコ屋へタバコを買いにゆくのは、あたりまえでしょう」

と言ってやった。

「ところがですよ。脛《すね》に傷持つ身は、そうあたりまえには考えないのでございますね。てっきり貴郎を刑事と思い違いしているらしいのですよ。それで言い草がいいじゃアありませんか。いろいろ偉い方たちがおいでになるのだから、どうか内済《ないさい》にしておいてもらいたいって、こう言うのでございましょう。

私はもうすっかりそれで、読めてしまいましたからね、何食わぬ顔をして、いろいろカマをかけてやったのでございますよ。結局貴郎は刑事になりすまして、このお菓子を取っておおきになる方が、国家のためでございますよ。どうせ不正なお金だから、少しでも取ってやらなくては……」

そこで内儀《かみ》さんの正義が色々な方面から説きだされた。私は事がマドンナに関していないと分かったので、やや安心した。しかし内儀さんのおしゃべりが進むにつれて、とうとうとんでもないことが話題にのぼってきた。

「あの娘もとうとう虫がついて、昨日《きのう》お産をしたのですってさ。まア驚くじゃアございい

ませんか、それでその男っていうのが……」

もうここまできては、内儀さんがいかにしゃべろうと、私の耳には入らない。私は「男っていうのが……」以下は一言も聞いていなかった。

我がマドンナの偶像は粉微塵《こなみじん》に壊れてしまった。私はそのことばかりを考え続けていた。マドンナが……マドンナが……だがほんとうのマドンナは、キリストを産んで全世界から崇《あが》められているではないか。

美しきマドンナ！　ボッティチェリのマドンナも子供を抱いている。キリストの父と名乗るような大それた男は世の中に一人もいない。そしてマドンナとキリストの二人だけが栄光を頂いているではないか。

だから我がマドンナだって……だから我がマドンナだって……私の理論はどこまでいっても「我がマドンナだって」以上に先へ進まない。どう考え直しても、私には、子供を産んだ我がマドンナを穏やかな心で拝むわけにはゆかない。

五

私にとっては、全世界を失ったような事件にぶつかっているにもかかわらず、私はしきりに空腹を感じた。こんな場合に腹がへるとは実に幻滅の極みである。失恋をして嘆く人が太っていては、詩にならないと同じく、失恋して食欲があったりしては、失恋する資格さえ無いような気がする。

しかし二十三歳の健康な青年が、前の晩に食べたきりで、翌日の夕方まで絶食していたら、生理上、食物を要求するのは当然の結果ではあるまいか。私はそんな余計なことまで考えながら、内儀《かみ》さんが運んでくれた夕食を済ませた。もっとも何をどれほど咽喉《のど》へ通したか記憶していない。

食事が終わると私は帽子も被《かぶ》らず、戸外《おもて》へ出た。足の向くままに歩くうちに、広小路の夜店へ出た。最初私の足が止まったのは、万年筆売りの前であった。三十格好の男が白いボール箱の上で万年筆を並べて、しきりに口上を言っている。

——さア皆さん、現代の紳士に欠くべからざる万年筆、ウォーターマン式名古屋製万年筆。堅牢《けんろう》無比、一本わずか二十五銭、一度インキを入れれば一週間は保つ。インキの経済を第一として普通のペンを用いると、万年筆を用いるとでは、一分間十字の差を生じます。帝都の復興は吾人《ごじん》の日常生活の能率増進にあり、万年筆は帝都復興の基礎であります——。

議論が次第に世界的になってゆくので、私は感心して見物しているが、行人《こうじん》はわずかに一瞥を与えるだけで、さっさと行き過ぎてしまう。男はなおもしゃべり続ける。

——諸君、この万年筆には復興債券の籤《くじ》がついております。二十五銭を投じて万年筆を一本買った方には、籤を一本、もしも当たれば債券一枚、その債券が当たれば五千円、さア二十五銭で五千円を当てる方はありませんか——。

素晴らしい勢いである。男は折々私の顔を盗み見る。私に買わせようと思っているのかもしれない。私は少し男の視線が気になったが、誰か籤を引くところまで見たいという好奇心から辛抱して見物していた。

そのうちに、一人立ち、二人立ちしてそれでも、七八人の人がたかかった。中には、手を出したそうな顔をした、田舎者もまじっている。男はしきりにしゃべりつづけていたが、何を思ったか不意に人垣をわけて、私のそばへやってきて、小声で、

「旦那、恐れ入りますが、どうぞこれを持って、あちらへ行って下さい、どうも旦那の眼が光っていると商売がしにくうござんして――」

ペコペコ頭をさげた。私は何のことだか、さっぱりわけが分からないが、無理やりに握らせられた万年筆をもって、下宿へ帰った。明るい電灯の下でよく検《しら》べてみると、ほんものの立派なウォーターマン式のペンである。価格は二三円のものだ。どうしてこんなものを、私に摑ませたのであろうと、さんざん考えた揚句ようよう意味が通じた。私があまり永く立って見物していたので刑事と勘違いしたのだ。

我がマドンナは、今日私を二度まで刑事にしてしまった。何という皮肉な恋の終局であろう。私はその万年筆をもって、この記念すべき記録の一頁《ページ》を書くことにしたのである。

手

一

穏やかな秋晴れの午後であった。飛行機が一台、屋根の上を通っていった後は、一層あたりがひっそりとしていた。低い生け垣に沿って枝をはっているコスモスの花の上に、赤とんぼや蟷螂《カマキリ》が居眠りをしている。

丈吉は籐椅子によりかかって、青く澄んだ空をぼんやりと眺めていた。彼の膝の上に広げてあった『犯罪心理学』と書いた厚い洋綴じの一冊は、もうとうに床へ滑り落ちていた。まったくそんな堅苦しい書物などを読んでいたら眠ってしまいそうな穏やかな日である。その静けさを破って、突然カタカタカタカタと朴歯《ほおば》の下駄を地面に叩きつけるようにして走ってくる足音が近づいてきた。

こんな場合には、特に下駄の音というものは、何か変事があったようにただならぬ響きをもっているものである。丈吉もそれを感じたので、ハッとして椅子から起き上がった。

やがて足音は隣家の門口《かどぐち》でとまって、

「君！　君！　大変だ！　また魔の踏切で人が轢《ひ》かれたぞ！」

と大声をあげた。

付近の家の戸障子がガラガラあいて急にあたりがざわめきだした。丈吉は足元の書物を蹴り飛ばすようにして、そとへ飛びだした。

大人も子供も緊張した顔をして、あっちに一かたまり、こっちに一かたまり額をあつめて、白昼線路に血を流した、恐ろしい轢《れき》死《し》人の噂をしていた。

「凄いぞ！　頭を割られて、顔なんか無茶苦茶だ。線路じゅう真っ赤になっている」

「労働者だっていうじゃァないか」

「真っ昼間、自殺もおかしいなァ！」

丈吉はそれらの噂を聞き流して、踏切の方へ急いだ。ちょうど一方はN町の大通りへ、一方は停車場へ、一方は踏切へ出ようとするT字形の角へ出た時、N町の方から一人の男が首を垂れてトボトボ歩いてきた。

その辺の人は誰も彼もが興奮しているのに、この男はまァ何という沈みきった無表情な顔をしているのであろう！　丈吉は相手が近づくのを待って声をかけた。

「若杉さん！　どうかなさいましたか？」

丈吉の言葉に若杉と呼ばれた男は、ほんの一瞬間だが、脳天を打ちのめされたような、驚愕《きょうがく》を顔に現した。

「ああ、高村君！　つい考え込んでいたもので……そうそう娘の肖像画が大変よくできたそうですね、どうも有り難う。母も大喜びしていました。今晩あたり拝見に上がろうと思っていたところです」

取って付けたように言った。

「いやお礼なんておっしゃられると恐縮です。下手の横好きでね……それに洋画を始めてからまだ二年ばかりにしかなりませんから……今日いっぱいで、すっかり完成しますから、そのうちに持って伺います」

「どちらへ？」

「今そこにまた轢死人《れきし》があったと言うから、見にゆくところなんです」

「轢死人？」

「ええ、私がここへ引っ越してきてから、これでちょうど一ダース目ですよ。最初から一日欠かさずに見に行ったものですから、どうも見ないと気が済まないのです」

二人の足は自然と踏切の方へ曲がっていった。二三人の青年がガヤガヤいいながら走ってくるのに出会ったので、丈吉はその中のひとりを捕らえて声をかけた。

「轢死人の身元は分かりましたか？」

「よくは分かりませんが、なんでも若杉とかいう家ののら息子だっていう噂です」

と言い捨てて青年はさっさと行き過ぎてしまった。丈吉は「若杉」という言葉に胸を打たれて、

「浩次君じゃアないですか？　早く行ってみましょう！」

と叫びながら、連れの腕を摑むようにして足を速めた。若杉は青くなって唇をピクピクけいいれんさせていた。

浩次というのは、若杉の弟である。若杉家は、この界隈《かいわい》でも屈指の資産家で、若主人の

若杉一郎と妻との間には八歳になる女の子があって、老人夫婦は離れ家に隠居して、幸福な暮らしをしている。

しかしどこの家庭にも骸骨《ストルトン》があるといわれているように、若杉家にも一つの忌まわしい陰影がさしていた。それは次男の浩次である。彼は何が原因であるか、兄の一郎が結婚してから急に人物が変わったように、自堕落になり、朝から酒浸りというようなことになり、ついに放蕩《ほうとう》に身を持ち崩して、揚げ句の果て、お定まりの満州落ちということになってしまった。

厳格な父親は次男を勘当してしまったが、兄の一郎は父親に内証で浩次に二三千の金を持たせて日本をたたせてやったのである。ところが最近に浩次は労働者におちぶれてヒョックリ内地へ舞い戻ってきたのである。彼は相変わらず冷や酒をあおっては、若杉家へ暴れ込み、幾らかの金を摑んでは浅草辺の木賃宿へ帰ってゆくのである。

最初は付近の者も気づかないでいたが、たびたび足しげくやってくるので、近頃では若杉ののら息子といえば、誰知らぬ者はないほど評判になっているのである。

踏切のそばに集まった連中が、

「確かにそうだ、若杉の次男坊だ」

「のんだくれでなくて、真っ昼間電車に轢《ひ》かれる間抜けがあるものか！」

「自殺なら、日が暮れてから飛び込まアね」

などと口々に罵り騒いでいたが二人の姿を見ると、

「それ来た！　来た！　若杉の主人がやってきたぜ！」

と目引き袖引きした。その中のおせっかいな男がわざわざそばへ走ってきて、

「旦那、とんだことになりました。どうもご愁傷さまで……」

と鉢巻きを取って、息をはずませながら言った。それは若杉家へ出入りしている魚屋であった。

若杉は無言で、人垣を押し分けて、草原に横たえてある死人を覗《のぞ》き込んだ。

人々を追い払おうとして苦心していた若い警官が、若杉の顔を見ると、急に厳粛な態度になって、

「やはり皆の噂はほんとうなのですか？」

と尋ねた。若杉は顔面を粉砕された労働者風の若い男の死骸に眼を落として、大きくうなずいて見せた。

その時の若杉の顔には、肉身の弟の変死を悲しむとか、思いがけぬ事件に驚愕《きょうがく》するとかいうのではなく、実に不思議な表情が現れた。

丈吉は相手の顔を見つめていて、――この男はどうして、こんなずるそうな顔をしたのであろう――と怪訝《けげん》に思った。なぜなら、若杉一郎という人物は、弟の浩次と違って、非常に真面目な、少しでも曲がったことの嫌いな男で、けっしてずるい顔つきなどするはずはないと、丈吉は堅く信じていたからであった。

そうこうしているうちに、警察から検視官が来て、一通りの手続きを済ませた上で、死

骸は若杉が引き取ることになった。浩次は泥酔していたために、運転手が激しく警笛《けいてき》を鳴らしたにもかかわらず、線路際をよろめき歩いていて、電車に跳ね飛ばされたのであった。付近の人々も、けたたましい警笛を聞いたと証言している。

丈吉は若杉に手伝って、無残な死体を戸板に乗せた。その時誰か、

「手が落ちている！」

と叫んだので、ふと気がつくと、死体の右手が腕の付け根のところから切断されて、切り口に生々しい黒血《くろち》が塊っていた。丈吉は、頬のあたりが総毛立ったように感じて、眼をそらすと、一団の人々が線路と、土手の間の叢《くさむら》を覗き込んでいる。

丈吉は若杉の嘆願するような視線に励まされて、枯れ草の中に転がっていた腕を拾いあげてきた。丈吉は死んだ腕が案外に重いのでちょっと驚かされた。それとその手が持っている表情を見て、小首を傾《かし》げた。

二

若杉家からは、それから二日目に素晴らしく立派な葬式が出た。丈吉は会葬者の中にまじって、檜作りの大きな柩《ひつぎ》が、六人の大男に荷《にな》い出されて葬儀会社からきた金ピカの自動車へ乗せられるのを見送っていた。

門の前で、見物に集まった人々が勝手なことを喋りあっていた。

「金持ちの息子には違いなかろうが、あののんだくれの葬式にしてはあまり立派すぎるじゃアないか」

「だが兄貴は殿様みたいな暮らしをしていたし、同じ兄弟でも弟は土方なんかしていたんだもの、せめて葬式でも立派にしなくては、兄貴も寝覚めが悪かろう！」

「どうだい、あの棺桶を見ろ！　檜作りだぜ。我々が死んだら、まず丸桶の中へ、足をひっ、ひ、ぴょ、し、っ、て膝を抱えてうずくまされるんだ」

「馬鹿野郎！　そんなに羨ましいなら、手前もあの棺《かんおけ》の中へ入れて、地獄へ運んでいってもらえよ。まだ手前の一人や二人は入れそうだぜ」

「若杉さんもこれで重荷が下りたろう。あんなろくでもない人間がいたんじゃア外聞も悪かろうし、どんなに気苦労の種だったか知れやアしない」

「まったくあんなのは生きていればいるだけ、他人に厄介をかけるんだから、一刻も早く死んだ方が家のため、国のためさね」

人々は誰ひとり浩次の死を悼《いた》む者はなかった。それは当然のことで、若杉家としても彼が死んでしまったことは銭金にかえられないほど有り難いことに違いない。

それにしても、これほど他人からも蔑《さげす》まれていた浩次のために、このような手を尽くした葬儀を営むというのは、やはり肉身の者の心になってみれば、浩次の死は悲しいことに違いないとうなずかれる。

しかし丈吉は若杉家にいる間じゅう、家の中に何か凄惨な気がみなぎっているのを感じて、言いがたい不安を覚えた。なんだか浩次の魂が死にきれずに、その辺りでうごめいているように思われた。だからいよいよ柩《ひつぎ》が外へ運びだされて、青山の墓地へ向かう段取りになった時には、丈吉はほっとして誰よりも真っ先に門を出た。

浩次の遺骸は、火葬場へは行かないでそのまま青山の墓地へ送られて土葬にされた。そのために若杉家では莫大な費用を投じて、特に五坪の墓地を買い入れたのであった。

それから数日過ぎてからのことである。若杉の老母が丈吉を訪問した。彼女は一通りの挨拶が済むと、

「先生、誠に恐れ入りますが、どうぞこの子の肖像画を一つお願いしたいのでございます」

と言って、一葉の写真を出した。

それはまだ青年の希望に輝いていた頃の、浩次の写真であった。老母は我が子の写真に見入って、暫時は言葉を続け得ないほど激しい感情と戦っているように見えた。丈吉も腕組みをして少し離れたところから、浩次の顔を凝視していた。

浩次と一郎は兄弟とはいいながら、一目見たのではほとんど他人といってもいいほど違ったタイプの顔をしていた。一郎は面長で、おだやかな一重目蓋《まぶた》で、眉から鼻にかけての線が女性的な優し味をもっている。額はどっちかといえば四角で、柔らかいちぢれ毛である。

それと反対に弟の浩次は頭髪が濃く、眉なども太く、二重目蓋で張りのある大きな眼で鼻から口元にかけて、男性的な強い線が現れていて、音羽屋《おとわや》ばりの凛々《りり》しい顔立ちである。

「写真で拝見すると、ちっとも似ていらっしゃいませんね」

丈吉の方から沈黙を破った。

「はい、ほんとうに二人は似ておりません。子供の時から顔が違っているように、性質もまるで反対でございました。一郎はあのとおりおとなしくて、誰にでも優しくいたしましたが、浩次は幼い時から乱暴者で、さんざん親に心配をかけました。

それでも年頃になってからは、少しはおとなしくなったと思って喜んでおりますと、今度はお酒の味を覚えはじめまして、それからはまるで悪魔に取りつかれたように、恐ろしい子になりました。そしてとうとうあのように死に恥までさらすようなことになりました。

親の目から見ましてさえ、何一つ取り柄のない人間でございましたが、やはりこれが愚かな親心とでも申しましょうか、私はあれがいちばん可愛くてならなかったのでございます。不肖な子ほどよけいに不憫《ふびん》なものでして、あれに背かれれば背かれるほど、私はあの子のことを思いました。

ああして恐ろしい最期を遂げましたことは、他人様からお考えになったら、若杉家の瘢瘤《たんこぶ》が取れたと思し召すでしょうけれども、私はあれが亡くなってしまいましてからは、もうとりかえしのつかぬ思いをいたしております。

生きております間は、いつかは目の醒《さ》める時がくるであろうという希望もございましたが、死んでしまってみますと、もう何もかもおしまいでございます。私どもの一つの大きな希望をなくしてしまったのでございます。

親孝行な長男の手前、こんなことを言いましては済まないのでございますが、これが親の本心でございます。どうぞ先生、私どもの心をお汲《く》み下さいまして、浩次をお描き下さいまし」

と涙とともに語るのであった。丈吉は一も二もなく、老母の乞いをいれて、浩次の肖像画を描くことを承諾した。

翌日から丈吉はカンバスに向かって、浩次の写真を見ながら絵筆を動かしはじめたが、不思議に叢《くさむら》の中から拾いあげた浩次の手が目先にちらついて、ものにつかれたような恐怖を感じた。

浩次の顔や身体《からだ》つきには、少しも一郎に似たところはなかったが、彼の手だけは実によく似ていた。

「やはり兄弟は争われないな、この椅子につかまっている手など、兄貴そっくりだ!」

丈吉は、思わず感嘆の声をあげた。その時また例の死んだ手が、はっきりと眼前にうかんだ。

「おかしいぞ! あの手は浩次君の手とはまるで違う! それとも切断されると手の表情が変わってしまうのかしら……」

丈吉は絵筆を投げすてて、頭を抱えて考えこんだ。

三

それから数日後に、若杉がぶらりと訪ねてきた。彼は壁際の書架の上に置いてある、描きかけの弟の肖像画を見て、脅えたように眼をそらしてしまった。丈吉は若杉と対座すると、思い出したようにその絵を顧みて、

「あなたと浩次君とはちっとも似ていないけれども、手つきだけは、生き写しですね」

と言った。

「そうかしら……」

若杉は自分の手を眺めながらいった。

「肉身というものはじっさい争われないものですね。顔つきや身体《からだ》つきはまるきり似なくても、手の表情だけは、実によく似るものですよ。そう、今、あなたがマッチ箱を取った時の手つきと、お嬢さんが物を取る時の手つきとは、そっくりですよ。

それからお嬢さんが膝の上に手をきちんと置いた時の格好は、ご隠居様の手つきそのままですね。無論お嬢さんの手は肉つきがよくて、つやつやしていますし、ご隠居様の手は皺だらけですが、私のいうのは手の表情のことです」

「手の表情なんていうことは、今まで耳にしたことがありませんね。あなたは特別に画家だから、そんな風に感じるんではありませんか」

「あるいはそうかもしれません。しかし私は人間の手に非常に興味を持っているのです。人間の身体じゅうでいちばん表情の現れるのは手だと思います。眼だの口だのよりも遥かに感じが強く現れます。ロダンの彫刻を見ると、いつも私はその感を深くするのです。あの人の作品を見ると、どこよりもいちばん手に激しい表情があります。今度から気をつけてご覧なさい。なかなか面白いものですよ。

若杉家の手というものがちゃんとありますからね。あなたの血縁の一族に注意してご覧なさると、きっとわかります。

いつかも汽車の中でこんなことがありました。前の席にいる婦人が網棚から荷物を下ろしたり、袋の中から何か出したり、弁当箱のひもを解いたりする時の手つきに、実に親しみがあるのです。

それで私は――これは確かに僕の知っている家族の一員だぞ――と考えたのです。そして注意して見ているうちに――確かにこれは斎藤家の手だ――と思ったのです。

斎藤というのは大変に親しくしている友人の家なのです。永い旅のことですから何かの拍子にその婦人と言葉を交わすようになり、だんだん話してゆくと、果たしてそれは斎藤君の兄さんの娘さんだったのです」

と語って、丈吉は相手の顔をじっと見つめた。彼の心にはまたしても浩次の手に対する疑惑が浮かんでいたのであった。

「すると、あなたは人間の心が一番よく現れるのは、手だとおっしゃるのですか」

と言った若杉の顔は、ひどく陰鬱《いんうつ》になっていた。丈吉はちょと躊躇《ちゅうちょ》していたが、
「そうです、だから私は手によって何人《なにびと》であるか判別することができると信じているのです。もし私のこの説をもっと科学的に成立させることできるとすると、非常に面白い発見になると思うのです。

現に——こんなことをいって、いいかどうか知りませんが——私はさきの轢死人《れきし》は浩次君ではないという考えをもっているのです。つまりあの時、叢《くさむら》の中に落ちていた手にはぜんぜん若杉家の表情が出ていなかったのです」
と言ってしまって、丈吉は重荷をおろしたようにホッとした。
「えッ！　あれが浩次でないって？　どうして、そんなことを想像なさるんです！」

若杉は真剣な態度で詰問した。
「無論これは私一個の理論なのですから、そうむきにならないで下さい。ただ、さっきからお話ししたような私の手に対する感じから出た結論に過ぎないのです。しかし物事を断定するのは一種の信仰によるものですからね。

たとえば、あの場合死体は確かに浩次さんであると断定するにしても、幾億万といる人間の中から、これは自分の弟であるといって選びだすには、そこに信仰がなくては決定することはできないではありませんか。

それと同時に、私が浩次さんの手ではないと考える場合にもそこに一つの信念が働いているのです」

こうして自分の考えを述べているうちに、丈吉はなんだか自分の説が大変に正しいような自信をもってきた。ことに相手が自分の言葉にひどく打たれたような様子を見せたので、ふと独断的な予言者めいた気持ちになって、

「若杉さん、あなたはとんでもない間違いをされたのではないですか？　浩次さんはどこか遠い旅の空で、無事に働いているのではありませんか」

と大胆に言い放った。若杉は見る見る、死人のように真っ青になって、そのまま失神してしまいそうになった。丈吉は自分の言いすぎに気づいて、

「ああ、失敬しました。気にかけないで下さい。あなたに向かってこんな話をするんじゃアなかった。亡くなった弟さんのことなどを、こうした話題の中に入れられるのは、あなたとしてはずいぶん不快なことでしょう。ほんとに失敬しました」

とあわてて言い訳をした。けれども、若杉はそれに対して何とも答えなかった。そうかといって怒った様子も見せなかった。彼はただ夢遊病者のように、フラフラと席を立って、挨拶もしないで丈吉の元を辞し去った。

＊　＊　＊

その暁方、一番電車が通った時、「魔の踏切」で、第十三人目の轢死者《れきし》があった。犠牲者は若杉の主人であった。世間では、誰も若杉一郎が自殺しなくてはならぬという理由を発見することはできなかった。それで人々は「死人が招く」という昔からの言葉どおり、

浩次の死霊が兄を招いたのだと噂しあっていた。

しかしなにゆえに若杉が愛する両親や妻子を後に遺《のこ》して自殺したかという、真相を語る一通の告白状が丈吉の元に届いた。おそらくそれは若杉が帰宅して後直ちに認《したた》めて「魔の踏切」へ向かう途中で自ら投函したものであろう。

――丈吉君！　これは僕の告白書である。どうぞ僕の臨終の願いだから、すべてを君の胸中におさめて、永遠に秘密にしておいてくれたまえ。僕は今晩、君に「非常な間違いをしたのではないか」と言われた時には、実にとどめを刺されたように感じた。君の言葉は見事に事実を指摘している。僕は恐ろしい殺人罪を犯しているのである。

というのは、けっして僕が弟を線路へ突き落として殺したという意味ではない。あのとき僕が弟浩次のなきがらとして引き取って葬ったのは、実は名も知らぬ赤の他人であった。

なぜ？　その理由は僕が自分で手にかけた弟の死骸を処分する手段に他ならなかった。あの日、君に声をかけられた時、僕は警察へ自首して出る決心であったのだが、不幸な轢死《れきし》人を世間で僕の弟だと言っているのを聞いた時、ふと卑しい悪心を起こしたのである。

僕はあのどこの者とも知れぬ男の死骸を引き取って、弟の死骸と一緒に一つの棺《かんおけ》の中に納めて、うまうまと墓地へ運んで葬ってしまった。世間では誰ひとり僕を疑う者はない。弟の葬式を特に立派にしたということは、僕が親に対して孝行だということで十分に説明がつく。

だから僕がこのまま、君の芸術家らしい「手の議論」を何気なく笑って聞き流してしまえばそれきりのことで、永久に僕の罪は発覚しなかったかもしれない。

しかし僕は君の議論を聞いているうちに恐ろしくなってきた。このまま生きていると気違いになって、自分の犯した罪悪を口走ってしまいそうな気がする。僕としてはそれは堪えられないことである。どうか年老いた両親や、若い妻子にこの罪の重荷を負わせたくない。だから僕は秘密を抱いて、自殺してしまう決心になったのである。

僕は弟を殺して以来、日夜弟の手の幻想に悩まされていた。弟が酒に酔って暴れ込んだ時、僕は最初ただ取りしずめるつもりで押さえつけていたが、弟がもがくにつれて、残忍な感情が高じてきて、ついに絞殺してしまった。

そのとき虚空を摑んで悶えた弟の手が今でも僕の眼の前にちらついている。ああ、何という恐ろしいことであろう！

弟の手の幻に日夜脅かされている矢先に君の話を聞かされたので、僕はいっそう身を責められた。それに弟があれほどまでに堕落したについてはまったく僕に責任がある。なぜなら僕は弟の愛人を奪ってしまったのである。

しかも弟がどんなに彼女を愛していたかを承知していながら、金力と兄の威光とで、彼女を自分の妻にしてしまったのである。

それゆえ弟がいかに僕を恨み、世を呪おうとも、それは当然のことで、けっして弟を責めるべきではない。可哀相な弟よ！　僕は浩次のことを考えると実に慚愧《ざんき》に堪えない。それだのに、まだ世を瞞着《まんちゃく》して生き永らえようと謀《はか》ったとは何という卑怯なことであろう。今日こそ僕はいさぎよく自殺して果てる決心をした。

丈吉君、君の言葉が僕を一生涯に一度だけ、男らしくしてくれたことを心から感謝する。

若杉一郎記

無生物がものを云ふ時

絞殺事件

赤坂溜池《ためいけ》の電車通りに面して軒を並べている商店の中に、K商会という缶詰の卸問屋がある。神戸に本店があって、そこは支店である。店には代表者大川良治（五二）とその下に、田代六郎（二八）が働いているだけで、他に店員はいない。

八月三十一日午後二時から二時十五分の間に、大川は自身の手拭いをもって何者かに絞殺された。

最初死体を発見したのは田代である。彼は出先から帰ってくると、大川が心地よげに、椅子によりかかって、店の大金庫の前で仮眠《うたたね》をしているのを見た。

その日はとくべつ蒸し暑い日であったので、月末の帳簿を調べていた大川は、氷水を飲んで一息入れているうちに、ついうとうとしてしまったと見えて、首に手拭いをかけ氷水のコップをそばに置き、卓上には帳簿が広げたままになり、インキ壺にペンが挿《さ》してあった。そのそばに手提げ金庫の蓋が開け放しになって、紙幣や、銀貨、銅貨などが見えていた。

田代は途中で腹痛を起こしていたので、それらの光景をちらと見たまま急いで店を通り抜けて、長い廊下の外れにある便所へ行った。それはちょうど二時であった。それから十分ほどして誰か便所の前を走り抜けて裏通りへ出てゆく気配がしたので、しばらくして怪しみながら店へ戻ってくると、大川が椅子を枕にして仰向けに倒れていた。見ると手拭いで頸部を絞められて顔が紫色になっていた。田代は慌てて大川の肩に手をかけて抱き起こそうとしているところへ、氷屋がコップを集めにきたので、

「交番へいって巡査を呼んできてくれ！」

と叫んだ。

氷屋の陳述

大川さんは一時半頃、どこからかの帰途《かえり》に手前のところへお寄りになって、「氷を一つ」と注文してゆかれました。これは毎度のことで、大川さんでも田代さんでも、よく通りしなに注文をしてゆかれるのです。

それで私はすぐに「氷水《スイ》」を一つお届けしました。そのとき大川さんは手拭いで汗をふきながら帳簿を調べておられました。そして、

「君、ただの氷一つくらいで足を運ばせては気の毒だなア、あいにく今日は田代が夕方でなくては帰らない……」

とおっしゃいました。田代さんがいるときっとアイスクリームの注文があるのです。あの方は氷は気味が悪いといって、召し上がらないのです。

それから二時十五分過ぎごろに空いたコップを取りにゆくと、店の戸が閉まって内側から錠が下ろしてあるのです。お留守かなと思って中を見ると、田代さんが大川さんの肩を摑んで椅子の上に押しつけていました。

この暑いのに戸を閉めきって変なことをしているなと怪しみながらガラス戸を叩くと、田代さんが凄い形相をして飛んできて、私に巡査を呼んでこいと早口におっしゃいました。私は慌てて岡持《おかもち》を投げだして四ツ角の交番へ駆っていったのです。

田代はその場から有力な容疑者として挙げられた。

警察で田代を犯人と目した理由

（一）現場の手提げ金庫の中にあった二十何円かの現金がそのまま残っているゆえ、物取りの所業ではない。殺人の動機は怨恨《えんこん》である。ところが田代は大川からその月限り解雇を申し渡されている。しかも表面は業務縮小というのであるが、実は大川が自分の甥を店へ入れるためなので、田代はその翌日から失職しなければならなかった。これは表面に現れている有力な動機である。

（二）彼は前述のごとく十数分間、便所へ行っている間に凶行があったといっているが、彼が便所にいたことは誰も証明するものがない。またその日の二時には日本橋の某食料品店へ行くことになっていたにもかかわらず、彼はその約束を破棄してその時刻に店へ戻った。それについて彼は腹痛を理由にしているが、彼が行っていた宇田川町の斎藤商店から、溜池《ためいけ》へ帰る途中に共同便所はいくらもあるのに、なぜわざわざ店まで戻ってきたかということが不審とされた。

(三) 彼は二時に店へ戻ったと述べているが、果たしてそれが事実か誰も知らない。事によったら一時半、すなわち氷屋が氷水を持ってきて後、間もなく戻ってきて、大川と何か言い争いでもしてこの凶行を演じたのかもしれない。

(四) 彼は店へ帰った時に、大川が現金を出したまま昼寝をしていたので、無用心だと思って入口の戸を閉じかけたが、すっかり閉めてしまっては風通しが悪くて暑いからと思いかえして、半分閉めかけたままにして、奥へ行ったのに帰ってきて見ると内部から錠が下ろしてあったと陳述しているが、これは彼ひとりの弁解で他に証明する者はない。とにかく氷屋が発見した時は内側から錠が下りて、田代が大川の死骸に手を掛けていたのである。

こうして四囲《しい》の状況がことごとく田代に指をさしている以上、田代がいかに頑強に無罪を言い張ったところで、彼が確かに犯人でないことを裏書きする者がなければ、どうにも逃れる途《みち》がない。他に動かすべからざる犯人の出ないかぎり、田代はこの嫌疑を負わねばならぬ。

警察では田代が解雇されるについて大川に怨恨を抱き、もう一つは月末で金庫に少なくとも五百円の現金が入っているのを知っていて不意に店へ帰ってきて、昼寝をしていた大川の首をしめて遺恨《いこん》を晴らし、死骸をどこかへ隠匿して、店の金を攫《さら》って逃走する計画であったところ、運悪く氷屋に発見されたので仕方なしに交番へ訴へ、便所うんぬんの口実を作ったものと認定している。

田代の妻より弁護士某に送りたる手記

私はこれで三度警視庁に召喚されて厳しい取り調べを受けました。田代が殺人犯人として拘引されたことは、私をどんなに驚き悲しませたかということは、いまさらここに述べる必要はありません。それよりも私はいかにして良夫《おっと》の無罪を証拠立てたらいいかということに腐心しました。

愛する夫を救うために、私は自分のもつかぎりの知恵を絞って考えました。まず私は警察では、田代を犯人ときめて四囲《しい》の状況を見ていますから、私は最初から夫が犯人でないとして、この犯罪全体を冷ややかに考察してみました。

なるほど、前にあげた四ヶ条を読みますと、これほど明白な犯罪はありません。これではどうしても田代が犯人にきまっています。

この中でただ一つ田代を救い得べき途《みち》は、警察側の薄弱な点、田代が二時に店へ帰って、二時十五分まで便所に行っていたという事実を証明することです。どうしてもその十五分間、田代が大川さんと一緒にいなかったということについて誰か証人を出さなければなりません。

私は最初警察に喚《よ》ばれて取り調べを受けた帰途に、夜中でしたが現場を見せてもらいました。店は犯行発覚後、何一つ手がつけてないということでした。私はH刑事の監視の下に、陰惨な感じのする部屋の中央に立って、部屋の中のあらゆる無生物に向かって呼びかけました。椅子、卓子《テーブル》、金庫、壁、ガラス戸、棚に並んだ見本品、床につもった塵埃《ほこり》、天井の蜘蛛《くも》の巣、それらの無生物だけが、誰が真犯人であるかを知っているのです。

私が三度《みたび》悲痛な眼をあげてそれらを見回した時、ついに私の叫びに答えてくれたものがありました。それは土足に踏まれた一枚の引き札です。福宝館の活動写真の広告ビラです。私はH刑事の隙を見て、その引き札を拾いました。

私は土足にふみにじられた引き札を見た時、それは田代が店へ帰って後に配られたものだと思いました。

なぜなら田代は大変に几帳面な人で、どんなつまらない広告ビラでも、自分の店の中に落ちていた場合には、けっしてそれを踏みつけて入る人ではありません。必ず拾って卓子の上に置くか、折り畳んで自分のポケットへしまうか、あるいは丸めて屑籠へ捨てます。日頃のそうした気質を知っている私は、その引き札がきっと何かを私に語ってくれると考えたのです。それで私は翌朝起きぬけに溜池《ためいけ》へ出かけていって近所の店で問い合わせましたところが、それは二時少し過ぎに配られたものと判明しました。

さらに私は福宝館の宣伝係に尋ねて、そのビラまきを依頼した先を教えてもらい、博信社というその店を訪ねて、ビラをまいて歩いた老人に会いました。

老人はよく覚えていました。ビラを配った時に店のガラス戸が閉まっていたから、戸の隙間から押し込んだと言いました。その答えに私は胸を躍らせながら、もしやしてその時、店の中を覗《のぞ》いて見なかったかどうかを尋ねてみました。

店は少し薄暗いので、ちょっと前を通りかかったくらいではよく見えませんが、ガラス戸に顔を寄せればはっきりと見えるのです。

老人は暑いのでどこでも戸が開け放ってあるのに、その一軒だけ閉まっていたのでビラを差し込みながら中を覗いたら、男が椅子にふんぞり返って、前に氷のコップを置いて昼寝をしていたと申しました。

そして正面の壁にかかっていた時計が、きっかり二時十分を指していたと答えました。どうしてそんなことを記憶していたかというと、人が働いている真っ昼間、呑気らしく昼寝などしているのをちょっと羨ましく思ったのと、もう一つはその男が大変に行儀の悪い寝姿をしていたからだと申しました。

次に私は氷屋の主人に会って昨日の出来事をもう一度詳しく聞きました。氷屋は最初店の前を通り過ぎてそれから五六軒先の糸屋と自動車屋へ氷水の空コップを集めにゆき、帰途に店へ寄ってあの騒ぎを発見したのだそうです。私は氷屋がなぜ店へ寄るのを後回しにしたのか尋ねてみました。

氷屋の言うのでは、店の前を通ったら大川さんが気持ちよさそうに眠っていたから起こすのは気の毒と思って先に糸屋の方へ行ったのだと申しました。そこですかさず、最初に通った時の店の模様を聞きました。

第一に時間のことです。氷屋はラジオの演芸放送を聞いた後で、一休みして二時ちょっと過ぎくらいに家を出たと申しました。氷屋から店まで普通に歩いて二三分でゆけます。そしてその時は戸が半分閉めかけてあったというのです。

それから大川さんは顔に手拭いを垂らして背後の金庫に頭をもたらせて楽そうな格好で眠っていたと言いました。なお、その時はけっして何の異状もなかったということを付け加えて語りました。つまり氷屋が一時半に氷水を持っていった時には大川さんは机に向かって仕事をしていたのです。

それから二時二分あるいは三分過ぎに前を通った時、戸はなかば閉まっていて、大川さんは金庫によりかかって仮眠《うたたね》をしていたのです。その時はきっと田代が帰ってきて奥の便所に入っていたに違いありません。そして老人がビラを配った時は二時十分で、既に凶行のあった後で老人が眠っていると思った大川さんは、もう死骸になっていたのです。

おそらく田代が便所から戻ってきたのは、ビラまきの老人とほとんど入れ違いくらいだったのでしょう。そこへ糸屋から帰りしなの氷屋がきたのです。これでやや田代に弁護の余地が与えられました。

もし田代が犯人で、内側から入口の戸に錠を下ろしたほどなら、なぜ窓かけを下ろして往来から店の中を覗かれないようにしなかったのでしょう？　それから氷屋が最初通った時、大川さんはまだ生きていてビラまきが通った時には死んでいたとすれば、二時三分後から二時十分までの間に凶行を演じたものが、次に氷屋がくる二時十五分までなお店にまごまごしているはずはありません。だから田代はけっして犯人ではありません。

次に田代が果たして便所へいったかどうかということを証明するために、私は二つのことを提出します。田代は非常に神経質でけっして他所《よそ》の便所へはゆけない人です。まして共同便所へなど入るはずはありません。おそらく事情が許せば用便を足すために、大久保の自宅まで帰ってきたかもしれません。けれどもそんな馬鹿なこともできず、余儀なく店へ戻ったのでしょう。

前日よそで出された麦湯が少し酸味《すみ》があったから、きっと腐っていたのだと神経を病んでいましたから、腸を壊したものと見えます。それで出先から店へ帰ったのなら、どこかで落とし紙を買ったはずです。

幾度も繰り返して申しましたとおり、田代は潔癖で消毒紙でなくてはけっして使用しない人です。一帖ずつロール紙に包んで売っている消毒桜紙をどこかで求めたに違いありませんから、田代がどこで買ったか尋ねてその店を調べれば、おおよそ田代が店へ帰った時間も判明するでしょう。

もう一つ田代が便所へ入ったかどうかは、店の便所の窓を検《しら》べてもらえば分かります。あの人はどんな暑い時でも、戸を全部閉めきってしまう癖をもっています。近頃のように暑い時節にはどこでも便所の窓は上下開けてあるのが普通ですが、もし田代が店の便所へ入ったのなら、後で入った人はきっと窓がぜんぶ閉まっていたのに気づいたでしょう。

さて、最後に私は、いくら田代が二時に店へ戻ったことを知る人がないとしても、広い世の中に誰か一人くらいはありそうなものだと考えました。それでもう一度店の前に立って四辺を見回している時、ふと筋向こうの足袋《たび》屋の店に小僧が五六人、表通りに向かって胡座《あぐら》をかいてせっせと針を動かしているのに目がつきました。

私は好奇心の強い小僧たちが六人もいたら、その中の誰か一人くらいはK商会に田代が入る姿を見たかもしれないと思ったのです。それでさっそく店へ行って店の小僧たちに執拗《しつよう》な質問をしました。

果たしてその中の一人が二時頃、黒い上着に白ズボンをはいた人が店へ入ったといいました。するともう一人が、黒い上着ではない、上下とも白い洋服だと言うのです。それから甲はその男が麦稈《むぎわら》帽子を被《かぶ》っていたといい、乙は無帽であったと言うのです。

私は二人の話から甲少年の見たのと、乙少年の見たのとは別人だと推定しました。すなわち甲少年が見た黒の上着に白ズボンをはいて麦稈帽子を被った男は田代で、その後から白シャツに白ズボン、そして帽子を被らない男が店へ入ったのです。

これだけの材料を得て私はこういうことを推定しました。

それは田代が店へ戻って現金の入った手提げ金庫を出し放しにしてあるのに、表戸をまる開けにしておいては無用心だと思って戸をなかば閉じて便所へいった後で氷屋が店の前を通り、その次に一人の浮浪人がぶらぶらやってきて店の中を覗《のぞ》き、大川さんが眠っているのを見て手提げ金庫に誘惑され、ふらふらと中へ入って現金に手をかけようとした時、大川さんは眼を覚ましたのです。

それで浮浪人は驚きのあまり、慌てて大川さんの首にかかっていた手拭いを摑んで締めてしまったのです。それで凶行後初めて我に返り、四辺を見回すと、裏へ抜ける通路が目につく、一方往来には通行人があるので、表へ出る勇気がなく、急いで戸を閉じて内から錠を下ろして裏口から逃走したものです。

便所の中で田代が聞いたのは、その男の足音だったのです。それから間もなくビラまきの老人が戸の隙間からビラを差し込んで、大川さんが椅子を枕に倒れている姿を見て通り、その後で田代が便所から戻ってきて死体を発見したのです。

私がまとめましたこれだけの材料を基に、なにとぞ良夫《おっと》の冤罪《えんざい》をお雪《そそ》ぎ下さいますように切にお願い申し上げます。

なお、同封致しました大阪の伯父からの手紙にございますとおり、田代は伯父の関係しております大阪の鋳物会社へ入社することに決定しておりますゆえ、田代はK商会を解雇されたからといってけっして生活に困るような心配はないのでございます。したがって大川さんに遺恨をもつ理由もございません。このこともご参考まで申し添えておきます。

それから一週間後、嫌疑の晴れた田代夫妻は、大久保の家を畳んで、大阪へ旅立っていった。

赤い帽子

「赤い帽子なんか被《かぶ》って馬鹿だな！」

「やい赤い帽子！　モダンガール！」

明るい飾り窓を覗《のぞ》いていた万里子《まりこ》はちょっと躊躇《ちゅうちょ》したが、急に微笑しながら人波を横切って、腕を組み合っている三人の青年に近づいた。

「赤い帽子……」

と言いかけた第三の青年は、不意に自分を覗き込んだ、いたずらっ子らしい万里子の大きな瞳に面食らって、あとの言葉をのみ込んでしまった。

「赤い帽子なんて馬鹿だわね。貴郎《あなた》、ほんとうにそう思う？　もしそうなら私握手するわ」

万里子はいきなり青年の手を握った。

「私、とてもこの帽子いやなの。こんなものを被って銀座を歩くなんて憤慨だわ。あんたたち三人で私の味方になってくれない？　お願いだわ！」

「……」

「……」

「……」

彼らは哀れなる三個の、洋服屋の人形になってしまった。

「とにかくこんなところでは気がきかないわ。あそこへ入って相談しましょう」

万里子の命令で三個の人形は、不二屋の店へ入った。

「私、アイスクリーム三つ！　貴郎方は？」

「僕もアイスクリームで結構です」

「それじゃア四つ！」

「僕は珈琲《コーヒー》の方がいいです」

「それじゃアイスクリーム四つに珈琲！」

「僕はアイスクリームを貰います」

「それじゃアイスクリーム五つに珈琲一つ！」

「あの、僕は珈琲だけでいいんです」

「いやな人！　アイスクリーム三つは私が食べるのよ」

三つのアイスクリームは、驚くべき速度で万里子の唇に消えてしまった。

「さアこれでいい。では用件に取りかかりましょう。さっきも言ったでしょう？　私この帽子、いやで堪らないって……で、ぜひ新しいの欲しいんだけれども、お父さんがどうしても買ってくれないのよ。だから貴郎たち一緒に来て私に加勢してくれない？

三人も、口を揃えて赤い帽子なんか被って歩くなア、馬鹿だなアって言ってくれれば、いくら頑迷《がんめい》なお父さんだってきっと別の帽子を買ってくれるわ。この帽子、私に似合わないでしょう？　とても変でしょう？」

「いいえ、けっして似合わないことなんかありません、素敵にいいと思います。さっきは酔っぱらっていたんで、あんなことを言ってしまって、失敬しました」

「ほんとうに失礼しちゃった！　実のところ、貴女《あなた》があんまり素敵だったんで、何か話しかけたかったんですけれども、往来ですれ違った人にやたらに言葉をかけるわけにもゆかないでしょう？　それであんな出鱈目を言ってしまったんです」

「僕は貴女と並んで歩いていた紳士を、貴女のハズかと思ってやいちゃったんですよ。とうぜん我々のグループに置くべきモダンベビーを、あんな親父《おやじ》に所有されているんだと思って……だが貴女はこんなところにいて大丈夫ですか？　お父さんが心配していられませんか？」

「かまわないわ。何なら三人で家《うち》まで送ってきてくれない？　モダンベビーが迷子になって泣いていたから、連れてきたって……そして家のパパからご褒美を貰えばいいわ」

「ほんとうに送っていってもかまいませんか？」

「ええ、ようございますとも。私、パパに、不良青年に囲まれて危うく誘拐されるところを、貴郎方《あなた》三人の紳士に救ってもらったって言うわ。一体パパの奴、お友達と話に夢中になって、私を置いてきぼりにしたのが悪いんだわ。ちょっと真珠の首飾りを見てる間に行っちゃったのよ。

でも花野屋へ行ったんだから、これから皆で押しかけていって、天ぷらを食べない？　じゃア貴郎たちの名刺ちょうだい！　私はベビーだから名刺なんて持ってないわ。でもお父さんから貰えばいいでしょう？」

三人の青年は思いがけなく、この素晴らしいモダンガールと友達になる機会を得て有頂天になった。彼女の胸に輝いているダイヤモンドの飾りピン、クリーム色の革手袋をはめた手首に巻いている宝石入りの時計等は、彼女が富裕な家庭の令嬢であることを語っている。

三人の青年を従えた万里子《まりこ》は尾張町の角を曲がって、花野屋と書いた提灯《ちょうちん》を掲げたお座敷天ぷらの店へ入っていった。中にいた二人の紳士は怪訝《けげん》な顔をしてこの一団を迎えた。

「万里子、どうしたの？　またつまらない人形か何か買っていたんだね！」

二人連れの若い方の紳士がなかば咎《とが》めるような、なかば愛撫するような視線を万里子に送った。万里子は笑いながら三人を顧みて、

「とうとう捕まえてきたの！　この間妹のポケットに恋文《ラブレター》を入れたり、人混みの中で私の手を握ったり、富士子さんを学校のかえりに待ち伏せしたりしたのは、この人たちよ！　さア、もう一度言ってごらんなさい、赤い帽子なんか被《かぶ》っているのは馬鹿だって！

ここにいる頭のはげた叔父さんは、警視庁の保安課長よ。貴郎方の名刺はこの人に渡してしまうから……それからご紹介します、これは私の良夫《ハズバンド》よ、拳闘の選手で柔道四段だから、よく覚えておきなさい」

万里子はいきなり赤い帽子を脱いで、眼を白黒させている三人の青年に向かって叩きつけた。三人は爆弾でも投げつけられたように飛び上がって、ラッパズボンを翻して表へ転げ出た。

子供の日記

ぼくの満九歳のお誕生日に、大すきな咲子おばちゃんが日記帳をくだすった。おばちゃんは日記を毎日つけなくてもいいとおっしゃった。

でも自分の見たことや感じたことを書いておけば大人になってから読んでみると面白いし、いろいろとためになるとおっしゃった。

おばちゃんはぼくの作文をほめてくだすった。それで、この青い表紙の自由日記をくだすった。

咲子おばちゃんは、ぼくのことを文学てき才能があるとおっしゃった。かんさつがするどいとおっしゃった。「さいのう」だの「かんさつ」なんていう言葉はむずかしくて、ぼくにはいみがわからないけれども、何かいいことらしい。

○月××日

いいお天気できもちがいい。大森のおばさまがノコギリソウの苗をもってきてやるとおっしゃったから、ぼくは毎日おばさまの来るのをまっている。

ぼくは大森のおばさまって、そんなに好きじゃないけれど、いつも約束をまもってくれるから、ほかの人たちほど、きらいではない。

ノコギリソウってどんな花かしら、そんな名まえはじめてきいたから、ふしぎでたまらない。早く見たいなア。ぼくが、

「大森のおばさまが、早く来ればいいのになア」

といったら、咲子おばちゃんが、

「なぜそんないやなこというの」

といった。

「だって早くノコギリソウ見たいんだもの、花だのにどうして、のこぎりなんていうのかしら」

「花じゃないのよ、葉がのこぎりの歯みたいだから、そういうのよ。ノコギリソウなんてちっともいい花でなんかないわ」

咲子おばちゃんは、すこし怒ったみたいな顔をしていった。

ぼくは葉がのこぎりみたいだと聞いてなお早く見たくなった。のこぎりみたいに金《かね》のかたい葉かしら。一本一本のこぎりの形をした葉なのかしら？

「大森のおばさま、きっと今日あたり持ってきてくれるよ」

とぼくがいうと、咲子おばちゃんは二本の細いまみえを、鼻の上のところにきゅっとよせて、額にかにみたいなしわをつくって、

「こんな晴れたいいお天気の日に、大森のおばさまのことなんかいうの、よしなさいよ。

うわさをすればかげがさすって、いうじゃないの」

といった。

咲子おばちゃんは、とてもきれいな顔しているけれども怒ると、とても変てこな顔になる。だから怒らなければいいと思う。

ママや咲子おばちゃんは、どうして大森のおばさまを、あんなにきらいなのかしら。変だなア。それよりもっと変なのは、大きらいなくせに、大森のおばさまが来ると、いっしょうけんめいにごちそうしたり、いつしょに映画や芝居をみにいったりする。

そしておばさまが帰ってしまうと二人で何だかこそこそいって泣いたり、ぷんぷんしたり、それから、

「ああくたびれた。あのおばさまが来ると、しんけいをずたずたにされてしまうわ」

なんていって半日ぐらい病人みたいになって、ねたりする。

そんなにきらいな人なのなら、けんかしてしまって、もう家へこさせなくすればいいのに。

○月××日

ぼくは家のママぐらいきれいでやさしい人はないと思う。佐藤君たちが木村君のお母さんのことを、美人だっていっていたけれど、ぼくのママのほうがもっときれいだと思う。佐藤君だってぼくのママを見ればきっとスゴイっていうだろう。咲子おばちゃんもママの

ことをとてもほめてくれるからうれしい。今日も咲子おばちゃんが、

「健ちゃんのママみたいに心もすがたも美しい人ばっかりだったら、世の中はずいぶんたのしくなるだろうね」

といった。

「咲子おばちゃん、世の中って、たのしくないこともあるの」

ぼくは大人たちがたのしくないのは、どんな時か知りたかったから、きいてみた。

「それは大人になると、いやなことがいろいろあるわよ。いやな人がたくさんいるからね」

「いやな人って、大森のおばさまみたいな人のこと？」

「健ちゃん、そんなことというもんじゃないわよ。子供ってしょうのないものね、何でもずけずけいって！」

と咲子おばちゃんは肩をすくめて舌を出した。その様子はぼくのことをしかっているけれども、少しはさんせいしているように見えた。だからぼくは、もう少し、質問してみた。

「大森のおばさまは、悪い人なんでしょう。どろぼうなの？」

「えっ？　どろぼう？　はははは、どろぼうはよかったわね。あるいみでは、どろぼうかもしれないわ。ひとの青春をぬすんだんだから……だけれど、どうして健ちゃんはそんなことというの？　大森のおばさまは、お金持ちよ」

おばちゃんはげらげら笑ったあとで、眉を八の字にしていった。

「だって悪い人っていうのは、悪いことする人のことでしょう。悪いことっていうのはどろぼうのことでしょう」

「ばかな子ね！　悪いことっていうのは、どろぼうすることばかりじゃないのよ。時にはどろぼうの方がましなこともあるわよ」

「おばちゃん、もっとちゃんと教えてよ。どろぼうよりもっと悪いことって何なの？」

「他人をふしあわせにしたり、他人の幸福をじゃましたりするようなことは、いちばん罪悪だわ。他人のものを盗めば、盗まれ方はふしあわせでしょう。健ちゃんは、大切な時計を盗まれたら悲しくてたまらなくなるでしょう。

だからどろぼうは皆に憎まれるのよ、ね。でも時計のようにお金で買えるものなら、また買うっていうこともできるけれども、お金で買えないものを盗まれたらどうする？それが品物を盗むよりもっと悪いことなのよ」

「お金で買えないものって、どんなものなの？」

「ああ、そうか、健ちゃんにこんなことといったって、むずかしいわね」

「ねえ、咲子おばちゃん、お金で買えないものって、どんなものなのよ」

とぼくは、しつこく聞いた。

「たとえばね、健ちゃんが誰かに悪口いわれたとするのよ。健ちゃんのママは一本足だなんて、でたらめいわれたとするのよ。そんなことぜんぜんありもしないのに、ママにはちゃんと足が二本あるのに、誰かがそんな嘘をいったために、お友達がみんなで健ちゃんのことを、やアい、一本あしのかかしの子！　なんてはやし立てて、健ちゃんに『カカシのケンチャン』なんて、あだ名をつけたら、どうする」

「そんなこというやつ、ぼくなぐってやるよ」

「だって学校中に、カカシノケンチャンという名がひろがってしまって、健ちゃんのぜんぜん知らない人までそんなことというようになったら、そう全部の人をなぐるわけにいかないから、くやしくてくやしくてたまらないでしょう。

そして学校へ行くのなんかいやになって、今までのように、しあわせになれないでしょう。そんな時に健ちゃんは、お金で買えないしあわせを盗まれたことになるのよ。わかったこと？」

と咲子おばちゃんがいった。ぼくは、わかったような、わからないような、変てこな気持ちになった。大人はなぜこんな、わけのわからないことをいうのかしら。

○月××日
咲子おばちゃんが泣いていた。咲子おばちゃんが、あんなに泣くなんて、めずらしいことだ。おなかが痛いのかもしれないと思って、おばちゃんに聞いてみようとしたら、ママが、

「健ちゃん、あっちへいっておいで、咲子おばちゃんは、静かにやすんでいらっしゃる方がいいから」

とおっしゃった。

ぼくは咲子おばちゃんのことが心配であそびにいく気にならなかった。けさ学校のクラス会だっていって、早くからおしゃれして、とても嬉しそうに出ていったのに、お昼前に青い顔をして帰ってきて、すぐお部屋へかけこんで、泣きだしてしまった。

ぼくはおばちゃんの窓の下のクローバーの上にねころんで、おばちゃんのことを考えていた。ママがおばちゃんのところへ来たようだ。

「どうしたの？　咲子さん、何がそんなにかなしいのよ、お友達と何かあったの？」

とママがいうのが聞こえてきた。

「おねえさま、私、私、こんなつらい思いをしてまで、生きていなければならないのかしら……私、あの方に会ったのよ……」

「まア、あの方に？　どこで？」

「公園をぬけていったのよ、そしたらあの方が奥さんと二つ位の女の子さんをつれて歩いていらっしゃるのに、ばったりお会いしてしまったの……」

「それで……お話したの？」

「そんなことできやしないではありませんか。私、びっくりして、あっ！　っていってしまったのよ。でも奥様にわるいと思って、ていねいにおじぎをしたの、あの方も帽子のへりに手をかけて、おじぎなすったわ……やっぱり顔色が変わったわ、あの方も……。

それっきりすれちがってしまったんですけれど、私、もうクラス会へなんか行く気を失

って しまったの……」

「可哀相な咲子さん……あの方は京都へいってしまったって聞いていたのに……」

「せまい世の中なんだから、いつかはどこかで、めぐり会うかもしれないと思っていたんですけれど……やっぱりお会いしなければよかったわ……でも、せめてお一人の時にお会いしたのだったら、あの日のことを弁解もできたでしょうに」

「私、何ていってなぐさめてあげていいか、わからないわ……そうなの……東京にいらっしゃるの……でも、奥様やお子さんがおありになるのでは、どうにもならないわね。私、何もしてあげられないわね……可哀相な咲子さん……」

「せっかく諦めかけていた気持ちが、またすっかり乱されてしまったわ……おねえさま、ごめんなさいね。私、こんなぐちっぽいことという気はなかったのに、ついこんなに取りみだしたりして……でもおねえさまは、私の気持ちわかってくださるわね。

あの方に一生誤解されたままでいると思うとたまらないのよ……初恋を失ったばかりでなく、一生涯私の純情を疑われていると思うと、くやしくてたまらないの……ほんとうに大森のおばさまを殺してやりたい気持ちよ」

ぼくは大森のおばさまが、また何か咲子おばちゃんに、いじ悪したんだろうと思った。あんなやさしい咲子おばちゃんを泣かせるなんて、大森のおばさまって、まったく悪い人なんだなア。さっき咲子おばちゃんがいった「はつこい」というのは何のことかしら、ぼく初めてきく言葉だ、いつか咲子おばちゃんに聞いてみよう。

○月××日

今日、大森のおばさまが来た。ぼくに虫めがねと、赤いナイフをおみやげに持ってきてくだすった。虫めがねで太陽の光をうけて、新聞紙をこがしてみた。

それから、ありの上にやってみたら、ありが大あわてで、にげていった。きっとせなかに、やけどしたんだろう。ぼくがナイフでえんぴつを全部けずったり、虫めがねでそんなことをしてあそぶのを見て、大森のおばさまは、にこにこして、

「健坊うれしいかい」

とおっしゃった。

「大森のおばさまは、すてきだなア、どうしてぼくが虫めがねをほしがっていたのを知っていたの、それからナイフのことも」

ってぼくがいったら、おばさまは、

「おばさんは千里眼だもの、なんでも見とおしてしまうよ」

とおっしゃった。それからママがついであげたお茶をぐいとのみほして、

「ほう、なかなかいいお茶を使っておいでだね。お茶をぜいたくすると、きりがないというよ。もうけっしてそれ以下はのめなくなるっていうからね。だから私のところなんざあ、番茶ばかりにしているのさ」

とおっしゃった。

そのお茶は奈良にいるママのお友達のところから、京都の紅ようかんといっしょに送っ

てきたんだ。ママの大切なお茶だのに、なぜ自分だけでのまないで、大きらいなおばさまになんかに出したのかしらと、ぼくは変に思った。

おばさまは、からになった茶わんを、茶たくの上にふせた。僕は変なことをするんだなあと思って見ていた。おばさまは、

「実はね、今日はこの家のことできたんだよ。あなたのところから、税金が払いきれないから、来月分のお金とまとめて欲しいといってよこしたんで、私もいろいろと考えたんだがね」

とおばさまがいいだした。

「でもおばさま、定期のお金が来月末にはとれるんですから、けっしていつまでもご迷惑おかけする気はないんですよ」

とママが赤い顔していった。

ママは毎日電車へ乗るんでもないのに、いつ定期なんか買ったのかしらと、ぼくはふしぎに思った。

「とにかくね、この家は売ってしまって、あなたたちは大森の家へきていっしょに住むことにしてもらいましょう。何かことあるごとに、いちいちお金の心配させられたんじゃ、私もやりきれないからね。それにいまどきこうして家を二つにわけておくって法はないよ、二階を二間あけ渡してあげるからね。

咲子だってもうそろそろ、なんとか独立して暮らす方針を立てなきゃアね。それは現在

ミシンの内職をしているかもしれないが、三十づらさげて内職でもあるまいよ、大森駅のそばに小さな店を借りてやるから、そこに寝泊まりして洋裁のかんばんを出したらいいだろう。健坊はいずれ私のあとつぎにするんだから商業学校へでも入れればいいし、この家を売ったお金で咲子の店も出せるしさ。それで買い手がつけばこっちへ回してよこすから家の中を見せて、万事は私の方できめてあげるから、そのつもりでね」

といって、まだいろいろのことをいっていたけれども、ぼくには、覚えきれない。

おばさまが帰ってしまうと、またいつものように、ママと咲子おばちゃんとで、ふんがいして、大森のおばさまの悪口をいった。咲子おばちゃんが、

「この家売って私の店を出すんですってさ。どうせそんなのお為《ため》ごかしで、売ったお金の三分の一ぐらいでかたづけて、あとは自分で自由にしようっていうんだわ。あんなにお金をもっているくせに、まだほしいのかしら！」

といったから、

「大森のおばさまは、どうしてそんなにお金もっているの」

とぼくがきくと、

「かぶの売り買いなんかしてもうけたのよ」

と咲子おばちゃんが、けいべつしたように、鼻のあたまにしわをよせていった。

「なアんだ！　大森のおばさまは、八百屋なのか！」

とぼくは少しがっかりしていった。

「八百屋は、けっさくね!」

といって咲子おばちゃんがげらげら笑いだした。ママもいっしょになって大笑いした。かぶなんかの商売するのは八百屋にきまっているのに、何がそんなに、おかしいのかしら。

○月××日

あれからいくたりも、よその小父《おじ》さんが家を見にきた。そのたびにママは家中をつれてあるいて、戸棚をあけたり、台所のあげ板までめくって見せたりした。

ぼくは引っ越しは面白くていいと思ってたのしみにしているけれども、ママと咲子おばちゃんは、思い出の家をはなれるのは悲しいといっている。思い出の家って何だろう。

引っ越しの時きっとトラックがくるんだ。ぼくは、もしかしたら荷物といっしょにトラックに乗っていかしてもらえるかもしれない。運転台でもいいけれども、荷物のてっぺんに乗っていけたらすてきだろうな。

大森のおばさまの家のことはあんまりよく覚えていないけれど、二階の窓のそばに大きな柿の木があった。二階からあの柿の木をつたわって裏庭へおりていけるだろう。

それから栗の木にものぼれる。樫の木はふとくて、だめだけれども、なわを枝にかけて、足場をつくればのぼれるかもしれない。あの二またになったところに板とござで、ターザンの家をつくったらいいだろうなア……早く引っ越しの日がくればいい。

○月××日

ママが死んでしまった！　ママが死んでしまった！　思いだすたんびに、涙がぽろぽろこぼれてくる。あんないいママがなぜ死んでしまったんだろう。

ぼくはとうとうあわれな、みなしごになってしまったんだ。大森のおばさまは、ぼくがそういったら、

「ばかなことおいいでないよ。お前にはこのおばさんがちゃんとついてるじゃないか、それから咲子おばちゃんだって！　みなしごなんていうのは、身よりが何もない者のことをいうんだよ。孤児院ゆきみたいなことおいいでないよ」

ってしかった。でも、おばさまたちはママではない。ぼくはパパは写真よりほか知らない。ぼくが生まれてじきに戦争にいって死んでしまったんだから。パパもママもいないなんて、ほんとうにかなしいことだ。

咲子おばちゃんは、よく世の中がまっくらになったというが、ぼくこの頃ようやくその意味がわかってきた。ママがいなくなったらほんとうに、世の中がまっくらになったようだ。いくら太陽がてかてかかがやいていても、なんだか夜のような気がする。

ママ！　ママ！　ママ！　いくらよんでも返事をしてくれないママ、ああ、しゃくにさわる。「何だい、ママなんか！」といって、ママにどすんとぶつかって、怒ってやりたい気がする。ママ！　ママ！　ママ！

○月××日

このごろ、ずいぶん日記をつけなかった。咲子おばちゃんは毎日泣いてばかりいる。引っ越しは来月までのばすんだって。四十九日がすぎるまではママのたましいが、この家にいるんだから越さないんだ。四十九日すぎればママのたましいも、ぼくといっしょに大森の家へいくのかもしれない。

咲子おばちゃんはママのことを、

「あんないいおねえさまが、どうしてあんなことになったんでしょう。神さまはなぜこんなことにしておしまいになったんでしょう」

といって泣いている。毎日ごはんもろくに食べないで泣いてばかりいる。ぼくがママの死んだ日のことをいい出すと、咲子おばちゃんは、とても恐い顔してぼくをにらんで、

「もうあの日のことというのよして!」

とどなりつける。でも、ぼくはどうしてもあの日のことを忘れられない。咲子おばちゃんは、なぜぼくといっしょにあの日のことを話してくれないのかしら。人が死ぬと、どうしてあんなに幾度も警察の人がきて、いろいろなことをしらべるのかしら。

パパが死んだ時も、やっぱり家へ巡査が来たのかしら、ぼく、それを知りたいと思って、

「咲子おばちゃん、大森のおばさまが死んだら、もっとたくさん巡査がくるでしょうね、あのおばさまはお金持ちだから」

といってみたら、咲子おばちゃんは、真っ赤になっていきなりぼくの口に手をあてて、

「ばか！　そんな話するのよしなさい！」

といった。だからもう咲子おばちゃんには、何もきかないことにする。

ママのしがいは警察の人がきて、病院かどこかへ運んでいってしまった。かいぼうするんだって、いっていた。かいぼうって何かしら？　咲子おばちゃんにそれをきいた時も、

「よけいなこというんじゃないの！」

といってぴしゃりと頬ぺたをなぐられた。咲子おばちゃんになぐられたのは初めてだ。なぜだか知らないけれど、ぼくのきいたことがよっぽどいけなかったらしい。

あの日は大森のおばさまが、家のことでそうだんにいらっしゃることになっていた。暑いからお昼は冷やしそうめんにした。大森のおばさまは、そうめんのお汁のことをやかましいからといって、咲子おばちゃんは朝からせっせとかつぶしをかいていた。

はじめ咲子おばちゃんは、削りかつおを買ってきたんだけれど、ママとそうだんして、白い箱から、かびの生えたかつぶしを出して、たわしでごしごし洗って、ふきんで水をふいてから、しばらくえんがわの日向でほしてから、削りはじめた。

ぼくは面白いから、社会科の役にたつかもしれないと思って、咲子おばちゃんのすることを、注意して見ていた。それからママのすることも見ていた。

ママは鍋に水を1／3ぐらい入れて火にかけた。五分したら煮立ってきた。ママはまず煮ぼしを五ひき入れて、表面にういてくる黄色っぽいあぶくを、おたまですくい取りながら、五分間煮て、そこへかつぶしを入れて、塩を一つまみ入れて二分間煮てから別の鍋に、

みそこしで汁だけいれた。

そして銅をもう一度ガスコンロにかけて、今度は鉄の火箸をガスの火で真っ赤にやいたのを、鍋の汁の中へいれてじゅんといわした。

ぼくはあんまりふしぎなので、いそがしい時に何かきくと怒られるけれど、「ママ、なぜそんなことするの」ときいてしまった。ママは、「こうすると、煮ぼしのくさみがとれるのよ」と教えてくれた。

ママはその後で、その汁の中に醬油を大匙《さじ》に三ばいと白さとうを大匙に半ばい入れて、すぐに火からおろして鍋ごと水に入れて冷やした。それをあとでガラスのソースびんに移して、冷蔵庫へ入れた。

そのつぎにそうめんをゆでたんだが、ぼくは咲子おばちゃんに、

「健ちゃんお庭へまわって、あじさいの木のそばに青じそが生えているから、あの葉を五枚ばかり取ってきてちょうだい、虫のついていない、きれいなのをとってくるのよ」といわれて、青じそを取りにいって、帰ってきてみたら、もうそうめんは水につけて冷やしてあった。

ぼくは虫めがねで見たほうが、きれいな葉をとるのにいいと思って、虫めがねをさがしたりしなければよかった。そうしたら、そうめんをゆでるところを見られたのにと思って、ざんねんだった。そのそうめんも後で冷蔵庫へ入れた。

咲子おばちゃんは、ぼくの持っていった青じその葉を一枚一枚塩水で洗って、糸のよう

に細くきざんだ。ママはみょうがをきざんだ。

咲子おばちゃんは、ねぎの白いところを細かにきざんで、ふきんにつつんだ。もみながら水道の水をざアざアかけて、さらしねぎというものを作った。

ママはわさびの皮をむいて、おろし金で、のの字をかくようにしておろした。

ママは四枚の四角な小皿に、そのやくみをきれいに入れた。ぼくのだけ、わさびはつけなかった。咲子おばちゃんが、

「健ちゃんまちがえないように、わさびの入らないのは覚えていて自分のところへつけるのよ。大森のおばさまのところへ、わさびなしのがいこうものなら、大変だからね」

といった。ママは、

「おそうめんを盛るのはセイジの鉢がいいわね」

といって、うすい緑色の大きい鉢を四つ出して洗って、ふいてお盆の上にふせた。「セイジ」って誰の名かしら？

それから咲子おばちゃんが、

「うどんやおそうめんの時には、塗りばしはすべって食べにくいわね」

といって、茶箪笥《だんす》のひきだしから、一本ずつ紙の袋に入った割りばしを出した。ぼくも新しいお箸を割ってたべるのうれしいと思った。ママは、

「もしかびくさかったりすると、また大森のおばさまが、ぐずぐずおっしゃるから、煮え湯をかけなくてはね」

といった。

お食後にたべる桃も咲子おばちゃんが水で洗って冷蔵庫に入れた。それから水ようかんも、ガラスのお菓子鉢に入れて冷蔵庫に入れた。何もかも、みんな冷たくするんだ。すっかり用意ができた頃、大森のおばさまが、暑い、暑いといいながら玄関に入ってきた。そして上がるとすぐ湯殿《ゆどの》へいって水をあびた。僕はママにいいつかって、ママが縫ったばかりで一度も着たことのない、あやめのもようのゆかたを持っていってあげた。

おざしきのテーブルに白いテーブル掛けをして、その上にセイジの鉢にそうめんをいれたのと、やくみのお皿と別に紫色の六角の小鉢が並べてあった。みんなのお箸は袋に入ったまま、瀬戸もののお魚をまくらにして、ねころんでいる。大森のおばさまは、テーブルの上を見まわして、

「これはなかなか気がきいているね。涼しそうだこと！」

といった。今日はすごくごきげんがよくて、いつものように悪口をいわない。ママもうれしそうに、にこにこしていた。咲子おばちゃんだけはなんだか元気のない顔をして、やたらに立ったり、座ったりしていた。

大森のおばさまが床《とこ》の間《ま》の前に座り、その右どなりにぼく、左どなりにママが座り、咲子おばちゃんの席はママとぼくの間だった。皆がテーブルについて、これから食べはじめようとした時に郵便屋がきた。簡易保険の集金だといって、咲子おばちゃんは、

「どうぞ皆さん、お先におはじめになってください」

といって玄関へとんでいった。

大森のおばさまが、まず紫の小鉢にお汁をついで、そのつぎにぼくのを入れた。ママは咲子おばちゃんの鉢についで最後に自分の鉢についだ。大きなソース入れにはお汁がまだ三分の一ぐらい残っていた。そして、てんでにやくみを汁に入れて食べはじめた。冷たくてとてもおいしい、ぼくは夢中になって、つるつるすいこんでいると、咲子おばちゃんが、郵便屋さんに、

「どうも、ごくろうさま」

といってもどってきた。その時、ママが急に変な声を出して、倒れた。大森のおばさまが、あわてて、口からそうめんをぶらさげたまま、ママを抱き起こして、

「どうしたの！　どうしたの！」

と、さけんだ。咲子おばちゃんは、

「あっ！　どうしましょう！　おねえさまが！」

といって、入口のところにぺったりと座ってぶるぶるふるえだした。それから何が何だかめちゃくちゃになって、わからなくなってしまった。

ママはすぐに座ぶとんを二つに折って枕にして寝かされた。ぼくはおばさまにいわれて、すぐお向こうの森田さんというお医者さんのところへとんでいって、帰ってきたら、もうママは死んでいた。

咲子おばちゃんは真っ青になって、気がちがったみたいにテーブルのまわりをうろうろ

していた。そしてお箸の入っていた紙の袋をひろってまるめたりしていたが、森田先生が、

「何も手をつけないで、そのままにしておいてください。すぐ警察に電話をかけなければなりません」

といったので、そのまま台所へいって、水をがぶがぶのみ始めた。

ぼくはまだ三分の一も食べなかったけれども、胸がいっぱいになって、もうあと食べる気になれなかった。ママだって大好きなそうめんを、ろくに食べもしないで死んでしまった。顔が紫色になって死んでしまった。

○月××日
咲子おばちゃんが昨日からどこへいってしまったのか、わからなくなった。家政婦のおばさんが大森のうちへ電話をかけにいった。ぼく、一人ぼっちで寂しいから咲子おばちゃんのお部屋へ入ったら、机の上に新聞のきりぬきかけたのが載っていた。

見ると「××事件自殺と確定」とかいてあった。ママのことがかいてあった。誰にもママを殺す動機がなかったとかいてあった。(ドウキって何かしら?)

それから皆の食べかけた紫の小鉢のお汁にもソースびんに残っていたお汁の中にも毒は見つからないで、ママのにだけ毒が入っていたのだから、自分でいれたにちがいないとかいてあった。ママは戦争未亡人だったとかいてあった。税金をはらうために住みなれた家を売らなければならなくなって、世の中を悲観して自殺したんだろうとかいてあった。

かわいそうなママ、そんなにヒカンしているなんて、ぼく、ちっとも知らなかった。ママがそんなにヒカンしているんだったら、ぼく、もっと良い子になって、ママをよろこばして、なぐさめてあげればよかった。

でもぼくは、最後の日に、ママにたった一ついいことをしてあげた。ある日ぼくが池の金魚にふをやろうと思って台所へいったら、咲子おばちゃんが、赤インキで、おはしの入っている袋の上にすじをつけていた。ぼくはきれいだなと思った。おばちゃんは皆のおはし袋に赤いすじをつけてきれいにしているなと思って感心した。

けれどもお昼ごはんになってみたら、大森のおばさまのところだけに、赤いすじをつけたおはしがついていて、ほかのはただの白い袋でつまらなかった。皆のきらいな大森のおばさまに、そんなきれいなのをつけることはない、それよりもママのにした方がいいと思ったから、ぼくは皆の知らないまに、そっと取りかえておいた。ママはきっと自分のおはしの袋だけ赤せんがついていてきれいなのを見てよろこんだろう。

ぼくは、たった一つだけでも、ママの死ぬ前にいいことをしてあげてよかったと思う。

雨

一

私が白いレインコートを着て、白い雨靴をはいて出かけると不思議に雨があがってしまって陽がさしはじめ、銀座なんか歩くのが、はずかしいようなことになってしまう。といって、家を出る時に現に降っている雨を無視するわけにもいかない。

それに台風が近づいているという予報も出ていることだし、第一、もし義雄さんから電話がかかってきて会うようなことになるとすれば、せっかくお誕生日に贈っていただいた雨靴を今日のような日にはいていなかったらわるい。

私が目標の貯金をするために、あらゆる点で倹約しているのを知っていて、義雄さんがご自分の夏ズボンを買う予定を変更して、私の雨靴を買って下すったのだ。真っ白で金色の留め金がついていて、内側に紅と紺の格子縞《しま》の厚いラシャが貼ってあるから、とても柔くてはき心地がいい。

誰にも見えないけれども、自分の足がそんな美しい色彩の中に埋まっていると思うとうれしくなる。姉のおさがりだけれども、洗濯屋にやって真っ白になってきた英国製のギャバディンのレインコートの襟を立てて、真っ白な靴でぬかるみ道をまっすぐに歩いていくと、なんだか女王様にでもなったような、贅沢な気持ちを味わうのであった。

白い靴を平気で泥でよごしてしまうなんて、たしかに贅沢だわ……だが白いものを泥で汚すという連想から、今日は会社へいって第一にしなければならない用件のことを考えて、私のふくらんでいた気持ちが急にしぼんでしまった。でも私はこの決心をゆるがしてなるものかと、心をひきしめて、さらに大胆な歩調でバスの停留所へ向かった。

ちょうど、バスが街角に緑色の胸をはって現れたところであった。腕時計を見ると、きっかり七時三十五分！　これは幸先《さいさき》がいいぞと心の中でつぶやく。なぜか知らないが、朝家を出て、バスがちょうどよく来ると、その日は省線でも、都電でも不思議に一分も待たないことになるし、一日じゅう乗りもの運がいい。そればかりでなく、そんな日にはすること、なすことがみんな具合よく運ぶものである。

私は運命判断なんて信じないけれども、そんなことがたび重なると、やっぱり人間は何か目に見えない力に支配されているのではないかと考えるようになる。いつかも私がそのことをいうと、姉は、

「そんなに何もかも思うようになるなんて、きっと多美ちゃんの今日の運勢に大吉とか何とか出ているのよ」

と言って、わざわざお隣から暦を借りてきて調べはじめた。

「およしなさいよ、お姉さま、そんなことをすると、それが病みつきになって、何をするにも暦を見なければ気がすまないようになるのよ。私そんなものの捕虜になるのはごめんだわ」

と私は抗議した。

それでもなお、暦の頁をくっていた姉は、

「あら、いやだ！　三碧《さんぺき》ひのえうま、仏滅ですって！」

と眉をひそめながら読み上げた。

「ほらごらんなさい。さんりんぼうだの、仏滅だのって厄日《やくび》みたいにいうけれど、わるいことなんか一つもなかったじゃないの！　だからそんなもの当てにならないっていうのよ」

私は姉をからかうような気持ちでまぜ返した。

「だけれど、何でも極端までいくとぜんぜん反対になってしまうのが、世の中の法則なんだわ。馬鹿と天才は紙一重っていうでしょう、だから悪い日も度が過ぎるとかえって良い日になってしまうものなのよ。きっとそうだわ」

と姉は言いはった。ふだんは人一倍気の弱いおとなしい姉も、時々こうして変なところで意地を張ることがある。そんな時には実に癪《しやく》にさわるほど片意地になるので、つい口げんかが始まる。そのくせ私が馬鹿馬鹿しくなって退散するとすぐに、

「多美ちゃん、怒ったの？　ごめんなさいね」

と和解を申し出てくる。

だから私はどうしてもこのお人好《よ》しの姉を愛さずにはいられないのだ。姉とはいいながら、気持ちの上では私のほうが姉みたいで、私はいつもこの二つ年上の姉を保護する騎士

の役回りになるのが常である。

私は子供の頃から美しいものに強く心をうばわれる性格であった。長雨の後で青葉が大きく吐息をついているように茂っている中に、紫陽花《あじさい》が咲いているのを見つけてあまりの美しさに私は胸がどきどきして、いつまでも眼をはなすことができないで縁側に立ちつづけていて、

「多美ちゃん、何ぼんやりしているのよ！」

と姉に背中をたたかれたことがあった。雲のきれ間からさっと射《さ》してくる黄金色の日光を見ても涙がこみ上げてくるほど感動する。そんな風だから私はいつも姉の美しさに圧倒されていた。誰でも姉のことを美しいという。中には、

「あれ、本当のお姉さんなの？　あなた方が姉妹だっていうことは、陰で声を聞いた時だけしか信じられないわ」

なんていう人もある。つまり私が姉ほどの器量よしでないということをはっきりと宣告しているわけである。理屈から言えばそうした姉に嫉妬するはずだが、私はけっして姉をねたむ気になれない。

なぜなら私は美しい姉を崇拝しているからである。私は子供の時から姉を自慢にしていた。そしてこんな美しい姉は、世界中でいちばん幸福になるのが当然だと思っていた。

だがその美しい姉はなかなか私の思うように幸福にならない。戦災で両親も何もかも失ったことがまず姉を不幸にした。この言い方は少しおかしいかもしれない。私だって姉と

同じ災厄《さいやく》に遭ったのだから、姉だけが不幸になったとは言えないはずである。けれども私は自分が不幸福になるのは当たり前だけれども、姉まで私と同じに悲しみを味わわなければならないなんて不合理だと考えていた。なぜそんな考え方をするのか自分でもわからないが、こんな美しい人が生活の苦労をするのがおかしいと思っていた。

私たちはあの東京の大空襲に遭った時に、何もかも失ったと言ったが、けっして無一物になったわけではなかった。私たち姉妹の指には、小さいながらもダイヤモンドの指輪が一個ずつ残っていた。

満州に永年暮らして幾度か匪賊《ひぞく》に襲撃されたりした経験から、母はいつも身につけていられる財産のことを口にしていた。そして少しでも余裕があると、普通の奥さんたちのように、流行の着物や帯にお金を使わないで、宝石を買い集めていた。

それでいよいよ空襲が激しくなってきた時、母は万一の場合に備えて、私たちにダイヤの指輪を一個ずつつくれた。それであの恐ろしい最後の晩も、警報が出ると、私も姉も防空服に身を固めるとすぐに、手袋をする前にその指輪をはめた。

父は防火班長として活躍しているうちに火炎に包まれてしまった。母は小さい妹と防空壕の中で直撃弾を受けてしまった。

私は呑気な姉が、大切な日記帳を忘れてきたといって家へ取りにいったのを憤慨して、連れ戻しに後を追っていったために直撃弾をのがれた。

そして姉と二人でしばらく火叩きを振り回して焼夷《しょうい》弾と闘っていたが、天井裏から赤い火炎が長い舌を出しはじめたので、隣組長の命令のままに姉と手を取り合って夢中になって風上へ向かって逃げたのであった。

私たちは二つの指輪を売ってアパートの高い権利金を支払い、残金を当座の生活費にあて、洋裁をしたり、デパートの売り子になったり、事務員になったり、タイピストになったりした。

あれから六年間にいろいろなことがあった。そしていいにつけ悪いにつけ私たち姉妹は互いに助けあって今日まできたのである。で、いま私は最悪の場合に直前している姉を救おうとして、懸命の努力をしているのであった。

現在私の勤めているガラス会社の近くで、バスをおりる頃には雨が小ぶりになっていた。雲が動きはじめて、朝からの蒸し暑さがなくなったから、どうやらまたいつものように午後から晴天になりそうだ。

二

五時半にガーデニアで会おうという電話だったので、私は五時に会社がひけると、いつも帰りは新橋まで一緒にぶらぶら歩く二三人の仲間に、

「ちょっと急用があるからお先に失礼！」

と慌ただだしい言葉をのこして表へ飛びだした。ちょうどバスが来たので銀座四丁目まで

乗っていく。

梅雨期の気まぐれなお天気で、いつの間にか空がすっかり晴れてしまって、まだ高い太陽がぎらぎら照りつけていた。レインコートを腕にかけて、雨傘を抱えて舗道に下り立って見ると、オフィス勤め以外の人たちはみんな軽々した服装をして、サンダルやハイヒールでさっそうと歩いている。

私は急に自分の足がゴム靴の中でむれてひどくほてっているのを感じた。もし銀座の舗道の脇がずっと緑の芝生になっていて、こんな時に雨靴をぬいで素足で露を含んだ芝の上を歩く習慣だったら、どんなにいいだろうと思いながら、肩を斜めにして種々雑多な人々を右によけ、左によけしながら資生堂の角を曲がって銀座裏へ出た。

クリーム色と青みがかった鼠《ねずみ》色を取り合わせた落ちついた部屋には、すがすがしいガーデニアの香気が漂っていた。店の名にふさわしいガーデニアの季節なので、どの卓子《テーブル》にも品のいい純白の花が飾ってあるし、ロビーにも大きな鉢植えが置いてあった。

受付にレインコートと傘をあずけて、時計を見ると半までにまだ十分あったので、ロビーの安楽椅子に腰かけて義雄さんを待つことにする。白い雨靴のよごれが気になるので、紙で拭いたがなかなかきれいにならない。やっぱり、石鹸をつけてブラッシで洗わなければだめだ。ガーデニアの花みたいに真っ白だったのに！

でも淡いピンクのワンピースを着てきてよかったと思う。壁がクリーム色で、安楽椅子が青の勝った灰色だから、淡いピンクがその中にしっとりと落ちつく。これで髪が黒いか

ら、黒いサンダルはいていたら、もっとこの場所に溶け込めるのにと思うと、つくづく今朝《けさ》の雨がうらめしい。こんな時に、

「はい、雨靴もお預りいたしましょう、こちらにハイヒールのスリッパが取り揃えてございますから、どれでもお気に召したのをお召し下さい」

なんて言ってくれるのだったら、どんなに有り難いだろう、東京じゅうにそんな気のきいたお店が一軒ぐらいあってもよさそうなものだ……こんな薄いふわっとした、ばらの花みたいなワンピースにゴム靴なんて、まったく野暮ったくていやになってしまう……。でも義雄さんの贈り物をそんな風に思うなんてけしからないことだ……そうそう『黒水仙』の中で真紅なドレスを着て、この雨靴みたいな形の靴をはく場面があった。ハイヒールやサンダルのように軽快ではないが、あれもなかなかよかった……などと考えているところへ、

「ああ、僕のほうが後になってしまって、失敬！　失敬！」

という声に、私は現実の世界へ引き戻された。

「私のほうが早く来すぎたのよ。ほんとうに有り難う、大変なお願いをしてしまって……」

「とにかく食堂へいって話しましょう」

時計はきっかり五時三十分をさしていた。

私たちは淡彩《たんさい》の風景画をかけた壁ぎわの席について、クリーム・ソーダをもらった。

「どう？　具合よくいった？」

「ええ、会計の小父《おじ》さんたら、お嫁にいく支度ですかなんていうんですもの、はずかしくなったわ。積立金と郵便貯金と合わせて五万六千円になったわ」

「それはよかった。僕は六万円用意してきた。だから多美子さんは一万六千円は郵便局へ戻しておいたらいいでしょう。無理して余計な金を使う必要はないんだから。十万円あればいいんでしょう」

「あなたにそんなにしていただいて悪いわ。あなたの方で一万六千円引っこめて下さればいいのに」

「だって僕だと無駄使いしてしまうから。あなたのほうで貯金しておいたほうがいいですよ。お姉さま、大丈夫かな？」

「お姉さま一人やったのでは心配だから、私がついていくつもりなの」

「僕いっしょにいかなくていい？」

「かえって女ばかりのほうがいいと思うのよ。私は案外誰とでも上手に話をつけられるのよ。お姉さまはおとなしいようでいて、いざという時にひどく憤慨して損をしてしまうことがあるけれど、私自分でもびっくりするほど落ちついていて、なかなかけんかなんかしないわ。きっとうまく話をつけてしまう自信があるから安心していてね。

　もしかしたらお姉さまは外に待たせておいて、私一人で談判しようかと思うのよ。あんな男の顔を見るのもいやだけれども、これできっぱりと縁切りにして二度と再びお姉さまの世界に現れさせないようにできるのなら我慢するわ。ほんとうにあんな男コレラにでも罹《かか》って死んでくれたらいいのに！」

「ところが悪い奴にかぎってコレラに罹っても死なないものですよ」

「そういうものらしいのね。昔の人がいうとおり、にくまれっ子世にはばかるだわ。お姉さまったら、わら人形をつくって、丑《うし》の刻詣りして呪い殺してやろうかなんていうのよ」

「都会じゃアわら人形を釘づけにするような森が手近にないから残念ですね」

「お姉さまは冗談でなく本気にやりかねないのよ、あの人ときどきいやに旧弊な考えをもつから……そこがお姉さまの無邪気ないいところかもしれませんけれどね」

「お姉さまはほんとうにいい人ですよ。これから二度とこんなことが起こらないように、僕らがよく守ってあげましょう。

とにかくこれが片づいたら、結婚式の日取りなんかをきめて、さっさとお姉さまを大阪へ立たせてあげるんですね。先方では急いでいるんだから。もう新築した家もできあがって、荷物もすっかり入れて留守番を置いてあるっていうことですよ」

「あちらでもせっかくお家がおできになったのに、お姉さまが行ってあげないと、いつまでも下宿生活でお気の毒ですわね……お姉さまもこれからは幸福になれますわ……私お姉さまさえ幸福になってくれれば、もう何も思いのこすことないのよ」

「それは困る。僕のほうはどうでもいいみたいなことを言って！」

「あら、そんなことご存知のくせに！　では言い直しましょう。お姉さまさえ幸福になれば私たちは何の心おきなく、全面的に自分たちの幸福にひたることができます――それならよろしいでしょう」

「百点をつけてあげます。この事件が片づくと、僕も夏休みのうちに安心して翻訳に没頭することができますよ。それが秋には出版になるし、来年の春には僕たちもめでたくゴールインできますね」

「あんまり無理して病気なんかにおなりになってはいやよ……あらもう六時だわ。では明後日またお目にかかって、その後の報告をしますわ。いろいろ有り難うございました。お姉さまがどんなに喜ぶでしょう。早く帰って安心させてやりましょう」

「では気をつけて！　なんだか怪しい空模様になってきましたね。また一雨やってくるかもしれんですよ。今日はあなたの雨支度がものをいうでしょう」

「そうね。これだけ堅固に武装しているんですもの、大いに降ってもらいたいわ。この靴とても重宝！　これがあるために今年は雨の日が楽しいわ。

それに今日みたいに急に太陽が照りだしても、『黒水仙』の中の赤いドレスを着て毛皮のついた半長靴をぐいとはいた場面を思い出したら、これで銀座を濶歩するのがちっとも嫌でなくなったのよ」

「じゃアこの次は毛皮のついた長靴を買ってあげましょうかね」

そんな冗談を交わして私は義雄さんに別れ、十万余円の現金を入れたハンドバッグを大切に抱えて家路についた。

バスに乗ると間もなく雨がぽつぽつ落ちてきて、荻窪駅についた頃には土砂降りになった。

三

私はアパートの玄関を入る前に、つぼめた傘の雨水を丹念にきった。今日のような日には皆《みんな》がしずくの垂れた傘を持って中に入るから、廊下も階段もびしょぬれになって、実に不愉快だ。だから私は特に気をつけて廊下にしずくが垂れないようにするのだ。

私一人ぐらいそんなことをしたって何もならないかもしれないけれども、いつか誰かが私のすることを見て真似をし、また他の人がそれにならうという風に皆が注意するようになれば、このアパートが雨の日でも乾いた気持ちのいい場所になるかもしれない。

私はレインコートも脱いで水を切り、裏返しにたたんで、三階まで一息にかけのぼっていった。いつもの癖で、

「お姉さま、ただいま!」

と外から声をかけながら扉を開けたが返事がない。姉の姿も見えない。六畳と四畳半の二間つづきで、入口のコンクリート半坪の左手が御不浄《ごふじょう》と洗面所、右手が炊事場になっている。私はレインコートを入口の釘にかけ、靴を下駄箱の上に乗せ、ビニールの傘をかわいた雑巾《ぞうきん》で拭いて釘に吊ってある袋に入れた。

奥の六畳が寝室兼仕事部屋でタンスやミシンや鏡台が置いてある。四畳半が食堂兼居間

で、食卓の上には二人のお茶碗やお箸、お皿などが並べてある。

ご飯もちゃんと炊けているし、ふきんをかけたフライパンの中にはピーマンにひき肉を詰めて焼いたのが六個入っていて、そのつけ合わせらしく、胡瓜《きゅうり》とトマトの刻んだのをマヨネーズであえたのが中鉢に入れてある。小皿に入っている黒ごまの煎《い》ったのは、そのサラダにかけるためらしい。

茄子《なす》の丸焼きを細びいて、鰹節代わりに、みょうがをみじんに刻んだのがふりかけてある。味の素の壜《びん》が出ているから、その茄子にかけるお醤油に入れるのであろう。水桶につけてあるお鍋の蓋をとったら、お豆腐としいたけとさやいんげんのお吸い物が冷やしてあるのだった。

そのわきに桃が二つ浮いている。お食後に何か甘いものはないのかしらと思って鼠入《ねずみい》らずを覗《のぞ》いたら、新さつま芋の団十郎煮が二つの木皿に五切れずつ盛ってあった。昨夜お祖母様のお好きだったという団十郎煮とお祖父様のお好みの菊五郎煮の話がでたので、さっそく、女同士のよしみでお祖母様に軍配をあげて団十郎煮にしたのだ。

お姉さまらしいと思って微笑する。もっとも現代人の嗜好からいえば、お醤油よりも塩あじのほうが口にあうし、だいいち塩水にさらして山吹色に煮あげ、白砂糖を思いきりきかせたほうが見た目にも美しいし、おいしいことこの上なしだ。

こんなに楽しいお料理をしておいて、姉はどこへいったのであろう？　また私の好きなお魚がないのを気にして、小あじでも買いにいったのかしら？　そんなことしなくてもいいのに……入口の扉に、錠がおりていなかったから、遠くへ行ったのではないらしい。

私はピンクのワンピースをぬいで、えもん竹にかけて、白いブラウスと、ギャザー・スカートに着かえてしまうと、顔を洗って髪をなでつけに鏡台の前に座った。その時はじめてコールドクリームの壺に立てかけてある姉の走り書きに気がついた。

――私の帰りを待たないで、先にお食事してちょうだい。考えてみたら、どうしてもじっとしていられないから、これから吉祥寺へいってきます。あなたにお金の心配をさせるなんて、ほんとうに申し訳ないことです。そんな貴重なお金を使わないで何とかします――

「またお姉さまの無茶が始まった！　ひとがこんなに一生懸命になっているのに……いったい何時頃に出かけたのかしら？　今日はお姉さまの早ひけの日だわ……でもこれだけご飯の支度をしたのでは、そう早く家を出るはずないわ……」

下駄箱を見ると茶色のサンダルが無い。それは雨にあっても惜しくない、はき古したものだ。私とお揃いの黄色に黒の水玉模様のビニールの雨傘もない、レインコートも。すると雨が降りだしてから出かけたのだから、六時過ぎにちがいない。三十分前位だ。

私が会見を申し込んだのに対して、今日は外出の予定で夜おそくならないと帰宅しないから、明日の午後七時に来てくれといってよこしたのを、姉も知っているはずだ。留守と知りながら何をしに出かけたのであろう？　時々思いきって大胆なことをする姉である。留守中へ忍び込むなんていう芸当をやりかねない。私は姉のやりそうなことをあれこれと想像していくうちに、心配で放ってはおけなくなった。

私は姉の書き置きの余白に「お姉さまのばか！」と書きなぐって、それを食卓の上に置き、姉がいきちがいに帰った場合に、私がいったん帰宅してから出かけたことを知らせる用意をして、合鍵で入口の扉に錠をおろして、アパートを飛びだした。雨はいくらか小降りになったが、今晩はやみそうもない。

吉祥寺の賑やかな商店街をぬけて踏切を越えてしばらく行くと、閑静な住宅地になっている。どうだんの生け垣について左へ入っていくと、三軒目の石の門に加瀬という標札が出ている。留守のはずだのに家じゅうの窓が開いて、玄関に灯火がともり、変にざわついている。植え込みの陰から書斎の窓をのぞくと、数人の人影が動いている。

これでは姉がいるはずはない。きっとここまで来て、こんなに大勢の人がいるのを見て引き返したのであろうと思って、急いで門を出ようとすると、不意に、

「もしもし、何をしにきたのです」

と呼び止められた。振り返ると制服の巡査が近づいてきた。

「私、姉を迎えにきたんですけれども、行きちがいになったらしいから帰るところなんです」

「お姉さんというと木谷多恵子さんですか？　あなたはその妹さんなんですね」

「はい。私、木谷ですけれども……」

不覚にも私の声は震えていた。

「それでは中へ入って下さい。きっとあなたにお尋ねすることがあるかもしれんですから、それにお姉さんはこの家にいらっしゃるのです」

「姉が……姉が……、何かあったのでしょうか……」

「お入りになればわかりますから。どうぞ」

姉がいると聞いては躊躇《ちゅうちょ》していられない。やっぱり私が心配していたように、留守中に忍び込んで捕まったのだ。空き巣狙《ねら》いなみに扱われているにちがいない。なんてばかげた騒ぎを起こしてしまったのだろう！

こうなったら仕方ないから警察官にほんとうのことを打ち明けて、姉を貰いさげよう。姉のことだからきっとまた強情を張って事件をこんぐらかしているのであろう。ほんとうに困った人だ……。

私は玄関で靴をぬぎながらそんなことを考えていた。玄関を上がると左手が書斎で、その戸口にも巡査が一人立っていた。

中に三人の男がいた。ビスケット色のギャバディンの背広を着た二十五六の青年が二人の警官に大げさな身振りで何か言っている。そのそばに姉が血の気の失せた白紙《しろがみ》のような顔をしてぼんやりと空《くう》を見つめて立っている。

「僕は従兄《いとこ》に会う約束があったんで来たんです。そして何気なくここへ入ってくると、この人が夢中になって机の引き出しをかき回していたので、最初は単なるこそ泥ぐらいに思って、詰問していたんですが、ふと見ると従兄が倒れているので、驚いて大声をあげて隣家の人を呼んで一一〇番へ急報してもらったのです」

と青年は言っている。

私は、爪先立ちになって覗《のぞ》いたが、倒れているという男の姿は、戸口からは見えなかった。

「君の従兄さんはこの家に一人で住んでいたのですか。誰か奉公人はいないんですか」

「従兄は気楽な独身者で、以前外国で生活していたことがあるから、身の回りのことは何でも自分でやっていましたし、食事はたいてい外で済ましていて、客でもする場合には料理人を呼んでやらせていたんです。一週に三度ずつ家政婦が掃除をしたり洗濯をしたりしに来ましたが、それも夕方四時には帰ってしまうことになっていました」

「するとあなたがここへ来た時には、玄関の戸には錠がおりていなかったんですね」

「そうです。戸を押したらすぐに開いたので変だと思いながら入ってきたんです。この家はいつでも戸締まりはきちんとしてありましたから、どうして錠をおろしてないのか怪しんだのです」

「あなたがここへ着いたのは何時頃でした」

「七時十分過ぎぐらいでしたろうね。駅の時計を見たらちょうど七時でしたから、ここまでぶらぶら歩いて十分でしょうかね」

「木谷さん。あなたがここへ来た時には玄関の戸はどうなっていました。錠がおりていなかったのですか、それとも加瀬氏が戸を開けてあなたを中へ入れたのですか」

手帳を持った警察官が姉に質問を向けた。

「戸は押したら自然に開いたのです。私はここの家には誰もいないと思っていたんです。この人に言われるまで、加瀬さんがそこに倒れているのも知らないでいました」

と姉が単調な声で言った時に、机の陰から人の声がした。

「背後から後頭部を一突きにされて即死ですね。短刀の柄には指紋は残っていないようです。とにかく現場の写真をとるまで何も手をつけないでおきましょう」

私は殺人と知って危うく倒れそうになり、思わずそばにいた巡査の腕につかまった。

机の引き出しが開け放しになって、姉の足元にピンクのりぼんで括《くく》った手紙の束が落ちて、その中の二三通が飛び散っていた。

「木谷さん、あなたは手袋をはめていますね、それを証拠物件の一つとしてこちらへいただきましょう」

刑事は床に落ちていた手紙の束を拾いあげると、姉の手袋を要求した。姉は指先を震わせながら黒いレース編みの手袋をはずしてさしだしながら、

「私はこの手紙の束を取った以外には何もしません。加瀬は私が世間知らずの少女の感傷で書いた手紙を種に脅迫して十万円で売るなんていって、私の生涯を破滅させようとしたんです。まったく殺してやりたいほど憎んでいました。けれども私はけっして手を下したりしません。だいいち私は加瀬が留守だと思ったから忍び込んだんです」

「これはあなたから加瀬氏にあてたラブレターですね。それを取り戻しにきて争った揚句にこういうことになったんですね。

ああ自動車がきました。あなたには殺人の動機がありましたし、また短刀に指紋が残っていないとしても、あなたが手袋をはめての凶行と見られますし、加瀬氏を殺した後、手紙を探している現場を第三者に発見されたのですから、有力な容疑者としてお連れしなければなりません」

と言って、刑事はおだやかに姉の腕に手をかけた。

姉は何か言いかけたが、そのまま唇を固く閉じて凍ったような無表情な顔をして刑事と並んで歩きだした。戸口まで来た時、私が、「お姉さま!」と叫んだので、姉は初めて顔をあげた。そして二人の視線が合ったとたんに、真っ白な頬をかすかにけいれんさせたと思うと、長いまつ毛を伝って大粒の涙がこぼれ落ちた。

私がもっと何か言おうとすると、そばにいた巡査が、

「弁護士に万事まかせるほうがいいですよ。今はもう仕方ないから、このままそっとしておおきなさい」

と囁《ささや》いた。

私は何とかして姉を救う方法はないかと、むなしく人々の顔を見回した。

姉は、悪びれずに、敷き台に腰かけて靴をはくと、わきに立てかけてあった傘を取り上げた。

おぼれかかっている人間が藁をもつかむような気持ちで、何かないかと必死になって助けを求めていた私は、その時、

「ちょっと、この靴はどなたの?」

と激しい息づかいとともに尋ねた。

警察官たちはみんな黒い靴だったが、靴ぬぎの上に、茶色の靴が一足そろえてあった。

「これは君のですね」

と刑事の一人が青年をかえり見ていった。

「そうです。僕の靴です」

「刑事さん。これを見て下さい! ほら、姉の靴と傘を! 姉の靴の跡がこんなにぬれて! それから傘から落ちた雨のしずくがこんなに流れて! だのにこの茶色の靴はぬれていません! この靴の主が姉より後からここへ来たなんて大嘘です。雨が降りだす前に来て加瀬さんを殺したのは、その男です! 姉の無罪を姉の靴と傘が語っています!」

私は茶色の靴をうらがえして叫んだ。青年は真っ赤になって、凄い形相で私に飛びかかろうとしたが、左右から刑事に腕をつかまれてしまった。

「無生物だって、正義のために口をきくことがあるんだわ……お姉さま! お姉さま!」

私はいきなり姉にしがみついて、ヒステリーの発作を起こしたように泣き笑いした。

外ではいよいよ、激しくなった雨が、凱歌をあげるように、ざあざあ音を立てて降っている。

黒い靴

その朝京子は、失った犬のことでSと電話口で争った。可愛がっていたレナが前日の夕方公園で遊んでいて、そのままどこかへ行ってしまって、とうとう朝になっても姿を見せなかったので、京子は第一にSにそのことを訴えたのであった——どんな小さな悲しみをも、ともに分かつ唯一の人だと思って——しかし万事に常識的なSは、

「あんな子犬一匹のことでそんなに騒ぐことはないでしょう。またいくらだって貰ってきてあげますよ。僕としては、あてもなく犬を探して歩いて、大切な時間を潰すわけにはゆきませんね、これからまた研究室へ行かなければならないんですから……貴女《あなた》もそんな無駄な努力をしないで、図書館へ行って、スインバーンの評伝でも読んでいらっしゃい」

と言って、てんで京子の悲しい心など覗《のぞ》こうともしなかった。

気まずい思いをして家を出た京子は、頭を垂れて、不機嫌に足元の敷石を蹴って歩いていた。すると公園の角で同じ宿に暮らしている老紳士のにこやかな顔にぶつかった。

「おはよう、京子！　ご機嫌はいかがです？」

老紳士は手袋をはずしながら言った。

「ああ、バークレーさん、おはよう！　京子は大変に機嫌が悪いのよ」

彼女は老紳士の大きな手を握った。バークレーというのはもう七十を幾つか越した老人であるが、四十度からの発熱の際でも髭《ひげ》を剃ることを怠ったことのないほど几帳面な人で、毎朝の散歩と、午後の読書を日課としている典型的な英国紳士である。

バークレー老人は京子の浮かない顔を見て、

「こんなに空の晴れた朝、何だって不機嫌になんかなったんです。ご覧なさい、あんないい雲が出ているではありませんか」

と言って、並木の上に開いている明るい空を仰いだ。京子は頭上の青空に、金糸《きんし》のような雲が一筋輝いているのを見た。

「御告《みつ》げの雲ね」

「そうです、貴女に幸福がくるという御告げの雲です」

「嬉しいわ、では京子は幸福になって、朝の散歩をしましょう。きっとレナに遭うかもしれませんわ」

「じゃア行っていらっしゃい。午後のお茶の時に京子がどんな幸福な一日を送ったか聞きましょう」

老紳士は手に持っていた黒い山高をかぶって、京子と反対の小道を歩み去った。

京子は公園を抜けて、大通りへ出た。水々しい若葉をつけた街路樹が、銀色の日光を浴びて輝いていた。赤い煉瓦塀の上から紫と白のライラックの花が咲きこぼれていた。そこを右手に折れて、坂路をのぼりつめたところに、鼠色の壁に蔦《つた》の絡んだ古い教会堂があった。

細長い尖塔が青空にそびえて、朝の祈りの鐘が静寂な街に響いていた。京子はSのことも何も忘れて、白く塗った柵に沿って教会堂の入口へ回ろうとした時、牧師館の裏庭に遊び転げている白い犬をちらと見かけた。彼女はレナかもしれないと思って、遠くから、

「レナ、レナ」

と呼んだが、二匹の子犬は上になり下になりしてじゃれ合っていて、なかなか応じなかった。すると不意に背後《うしろ》から、

「貴女《あなた》の犬ですか?」

と尋ねられて驚いて振り向くと、彼女の目の前に背の高い青年が立っていた。

「もしやすると私のレナかもしれませんけれども……」

京子は赤くなって口ごもった。

「お待ちなさい、僕が連れてきてあげましょう」

青年は軽々と柵を飛び越えて庭へ入っていった。そして裏口にいた老婆と二言三言笑いながら話をしていたが、すぐに白犬を二匹抱いて戻ってきた。京子は二匹とも見覚えがないので、やや失望した。

「あら、靴を穿《は》いていませんのね。それでは違いましたわ」

「貴女のレナは靴を穿いているのですか?」

青年は不思議そうな顔をした。

「ええ、真っ白で足だけ黒うございますの」

「ああ、そうですか、これは二匹とも裸足《はだし》ですね」

青年は微笑した。

「どうも有り難うございました。他を探してみましょう。さようなら」

「レナがじきに見つかるように祈っています。さようなら」

青年は二匹の犬を芝生の上へ下ろした。

街角を曲がるとき、京子が振り返ると、柵の前に立っていた青年が帽子を高く振った。京子は笑いながら手を振ってそれに答えた。

レナはとうとう見つからなかった。京子はその晩から毎日青年の夢を見た。そしてレナのことを忘れてしまった。

ある日京子は、郊外のE町に住んでいる従姉《いとこ》の幸子から子犬が生まれたという通知を受け取ったので、貰いにいった。三匹いるテリア種の中から、全身白くて背中に丸い黒斑《くろぶち》のあるのを選んでパンドラと名づけた。京子は小さなパンドラをビスケットとともに籠の中に入れて、乗合自動車《オムニバス》の二階に乗った。

彼女を乗せた自動車は、倫敦《ロンドン》市の中心を横断して西区のH町に向かうのである。青空を頭上にいただいて夕焼けの空に向かって疾走してゆくうちに、折々枝を伸ばした街路樹の青葉が冷やりと京子のほてった頬を撫でてゆく。京子は幾度も籠の中を覗《のぞ》いて、ビスケットの上に頤《あご》を乗せて眠っているパンドラに微笑を注いだ。

やがて自動車がピカデリーの十字路に差しかかった時、京子は何ということなしに目の下の雑踏を見下ろした。その刹那、彼女は思わず「おや！」と叫んだ。幾万となく行きかう群衆の中にあの青年を見出だしたのである。するとほとんど同時に青年も顔をあげて京子を見た。そして帽子をとって高く振った。

京子はいきなり、パンドラを引きずりだして青年に見せたが、それは実にとっさの出来事で、次の瞬間には青年の姿は人波の中に消えてしまい、京子を乗せた自動車は、次の町を走っていた。京子はくんくん鼻を鳴らしているパンドラの柔らかい顔に頰ずりをしながら、

「ほんとうに不思議ね、パンドラや、お前あの方を見て？　これで二度目なのよ。あの方にお目にかかるのは」

と話しかけた。

真紅に染まった西の空に、影絵のように黒く浮かんでいる鐘楼《しょうろう》の上で、丸い鐘が静かに揺れている。もう夕べの祈りの時刻である。京子はパンドラを抱きしめて聖母マリアの御《おお》名《みな》を繰り返していた。彼女は自分の身辺に幸福が歩みよってくるのを感じていた。

薔薇《ばら》の咲く頃となった。Sは研究のためにスコットランド地方へ旅行してしまった。京子はSが旅行先から送ってよこす名所絵ハガキを最初のうちは珍しがっていたが、しまいにお年始状か何かのようにろくに目も通さないで、飾り棚の上に積み重ねておくように

なった。

京子の胸には漠然とした不満が頭をもたげていた。これといって何一つ取り立てていうほどの理由はなかったが、京子はSの存在によって空虚な心を満たすことはできなくなった。京子がぼんやりと赤い薔薇の花を眺めているところへ、従姉《いとこ》の幸子が訪ねてきた。

「京子さん、さア大急ぎで仕度をして……イサベルのお誕生日で、今晩舞踏会があるのよ。貴女《あなた》はブライトンへ海水浴にいっていると思っていたら、今朝《けさ》Sから手紙がきて、貴女は倫敦《ロンドン》で勉強しているというから、急にお迎えにきてあげたのよ」

京子は不意の招待によって退屈な一日から救われることを喜んだ。間もなく二人は家の前に待たせてあった自動車に乗った。

テムズ河畔にある別荘には、若い男女が大勢集まって賑かな音楽が玄関の外まであふれていた。京子は客間の中を引き回された後で、イサベルと腕を組んでお喋りをしていると、下男のパーカーがきて、

「お嬢様、淳一様がどうしても犬を連れてサロンへ入るとおっしゃるのでございます。奥様が犬をサロンへ入れるのを絶対に禁じていられるのですからと申し上げても、笑っていらしって、一向お聞きにならないのです」

「じゃア私からよく申し上げるわ。ほんとうに困ったお坊ちゃんね」

イサベルは京子を引っぱって庭に面した暗いベランダへ出た。イサベルは京子を残して芝生へ下りていった。そこには犬を抱いた青年がいた。

「淳一、駄目よ、貴郎《あなた》はほんとうに我が儘のわからずやさんだわ、うちのお母さまは犬がお嫌いなのを知っていて、そんなものをつれてきたりして、おまけに玄関からこないで、庭から入ってくるなんてほんとうに失礼だわ」

「だって玄関から入ろうとしたら、パーカーが入れてくれないから……人を招待しておいて玄関払いする方がよほど失礼でしょう。これは、ほんとうにおとなしい可愛いやつなんですよ。僕はけっしていつまでも、この犬を自分で飼っておくつもりじゃアないんですから、そんなに、むきになって排斥しないで下さい」

青年はイサベルにネクタイの歪んだのを直してもらいながら、そんなことを言っていた。京子は青年の声を聞いて、眼を見張った。それは間違いもなく二度までも偶然に顔を合わせたあの青年である。

イサベルと青年とは冗談まじりになおも言い争っていたが、青年はとうとう負けて、犬を自分の家へ返してくることになった。

「あの日本の紳士は私の親友なのよ。ほんとうにいい方よ。後で紹介してあげるわね」

というイサベルの言葉に京子は急に暗い気持ちになってしまった。音楽も、舞踏も、もはや魅力を失ってしまった。彼女はその場から家へ帰ってしまいたいように思った。何も知らないイサベルは、はしゃいだ調子で、しきりに青年のことを語った。

京子はイサベルが母親に呼ばれて奥へいったのを機会《しお》に、華やかな客間を抜けて、庭の芝生へ出た。

窓々には赤い覆蓋《シェード》をかけた電灯がとぼされて、人々がおもいおもいに動いているさまが見えた。植え込みを境にして月光が一面に芝生を照らしていた。突然、

「よせ、よせ、あんまりはしゃぐと川へ落ちるよ」

という声がした。黒く茂った楡《にれ》の木の下で青年が白犬とふざけていた。青年は京子の姿を見つけてそばへきた。

「今晩は、ミス・バイオレット、僕は貴女《あなた》が夜会に来ていらっしゃるのを見たから、すぐに家へいってこの犬を連れてきたのですよ。そしたら皆に反対されてしまって……これでしょう？　貴女のなくした犬は？　ほら、このとおり黒い靴をはいています」

「似ていますこと、でも私のレナはもう少し尾が短かったわ」

「違いましたか、でもいいでしょう、貴女のレナでなければ僕のレナにしておきましょう。ミス・バイオレットはずいぶん犬がお好きなのですね。僕の亡くなった母も犬が大好きでした」

「なぜ私をバイオレットとお呼びになるの？　私、京子っていうんですの。バイオレットというのは私の妹の名ですわ」

「貴女のお妹さん？　こちらにいらっしゃるのですか」

「いいえ、日本に、青山のお墓に眠っています。小さい時に亡くなった妹です」

「不思議ですね、僕知っていますよ。菫《すみれ》さんていうのでしょう。あの隣の墓地に僕の母が眠っているのです。僕は母のお墓詣りをするたびに、菫さんのお墓に花をあげていまし

た。だから貴女《あなた》に初めてお目にかかった時に、勝手に菫《すみれ》さんという名をつけていたのです。貴女は菫色がお好きだと見えて、この前にお見かけした時にも、菫色のスカーフをしていらっしゃいましたね。今晩も貴女のドレスに菫の花を飾っていらっしゃる。僕の名は松井淳一っていうのです。僕たちはきっと仲良しのお友達になりますよ」

淳一は無雑作に手を差しのべて京子と握手した。

その晩、京子は淳一に送られて倫敦《ロンドン》の家へ帰った。玄関の戸を開けてくれたバークレー老人は、帰ってゆく淳一の後ろ姿を見送りながら、

「ああ、知っていますよ！」

と意味ありげに微笑して、京子の顔を覗《のぞ》き込んだ。

夏も終わりに近づいていた。高い木の上で丸いポプラの葉がからからと鳴っていた。とつぜん京子を訪ねてきた淳一は、庭の青草の上に立って、小さい京子を見下ろしながら、

「貴女に許婚《いいなずけ》があるということは知っています。しかしそんな人は今日断っておしまいなさい。そして貴女は僕と結婚するのです」

青年の言葉は命令的であった。京子は呆気《あっけ》にとられて青年の顔を見上げていたが、こうした不意の申し込みに対して、かくべつ不思議も感じなかった。あたかも当然の出来事のように何の躊躇《ちゆうちよ》するところなく、即座に大きく頷《うなず》いて青年の言葉に答えた。

聖ジョン教会から帰ってきた二人を迎えたバークレー老人は、

「どうです、一年前に、私が『知っていますよ』と予言したとおりじゃアありませんか」

と微笑した。

間もなく松井夫妻は黒い靴を穿《は》いた犬を連れて日本へ帰った。

ユダの歎《なげ》き

一

遥かにそびゆる山々を紫に染めていた夕日は、いつか光をおさめてしまった。今しも紺青《こんじょう》の空には青白い新月がしずしずと上ってきた。

ヨハネのもとに集まった群衆は、三々五々ひそひそと語らいながら、黒い影を夕靄《ゆうもや》のうちに隠してしまった。

ユダはその日もまた、川縁《かわべり》に佇《たたず》んで物思いに沈みながら、潺々《せんせん》と流れゆくヨルダンの白い流れを凝視している。ユダの眼前にはイエスの輝いたお顔がありありと浮かんでいた。そしてヨハネの言った——神の子羊を見よ——という不思議な言葉が、まだ耳の底に響いていた。

ユダは冷え冷えとした夜気《やき》を心ゆくまで深く吸い込んで、気持ち良さそうにふっと白い息を吹いた。そして低い、底力のある声で独語した。

「すると、いよいよ、あのナザレ人《びと》が、我々の救い主となられるのかな……そうだヨハネはまことの予言者である。彼の言葉に偽りのあろうはずはない……それに私は先だってあのナザレ人が、ヨハネから洗礼を受けられるところを見ていた。

あのとき水から上がってこられたナザレ人の白い衣が、重い銀色に輝いたのを見た。あれが神からの証《しるし》に違いない。あの時、天を仰がれたナザレ人の瞳には、いまだかつて見たことのない権威《ちから》があふれていた。あの方こそ天地を知ろしめす王の王となられる方に違いない……。

ああついに我々の待ち望んでいた幸福な時が近づいてきたのだ。ナザレ人が世界を征服されるために軍《いくさ》を起こされたら、私は軍旗を翻して、雄々しく彼の右に進もう。そして祖先伝来の剣《つるぎ》をふるって、真っ先に憎い羅馬人《ローマじん》にとどめを刺してくれよう！」

ユダの若々しい顔には、生気がみなぎっていた。彼はがっしりとしたたくましい腕を組んで、希望に燃ゆる眼を高く、星輝くエルサレムの空に向けた。

この時、武装した羅馬人が二人、オデッセイの一節を微吟《びぎん》しながら近づいてきた。その一人がよろめいた拍子に、どんとユダに突き当たった。ユダは苦々しげに眉をひそめて、倒れかかった若者を支えた。その時、酒の匂いが彼の鼻を衝いた。若者は、

「これは失礼……」

と言いかけて、ふと、ユダの服装に気づいて、

「何だ、猶太人《ユダヤじん》か……はははははは」

と高笑いをして仲間を肘で突いた。相手は、

「おい、気をつけろ！　盲目奴《めくらめ》が！　羅馬人に突き当たる法があるか！」

と憎まれ口を叩いて行き過ぎた。

ユダは憤怒《ふんぬ》に満ちた眼を据えて、金色の兜《ヘルメット》を月光にきらきら輝かしながら濶歩してゆく

傲慢不遜な羅馬人《ローマじん》たちの後ろ姿を、きっと睨《にら》んで、

「今に見ろ！　貴様たち羅馬人はやがて我々猶太人《ユダヤじん》の前に跪《ひざまず》く秋《とき》がくるぞ！　今日驕《おご》りたかぶっている貴様らの子孫は、永遠に我々の奴隷となるのだぞ！　我々猶太人には全知全能の神から王を賜《たまわ》るのだ。全人類を支配したまう偉大なる王を我々は戴《いただ》くのだ！」

となかば独り言のように呟《つぶや》いた。

若いユダの胸には羅馬人に対する憎悪と、反抗心が燃えあがっていた。彼は愛する祖国に他国人が来て、意のままを振る舞っているのを見るに堪えなかった。一日も早く猶太国《ユダヤこく》を羅馬から独立させて、この屈辱から逃れなければならないと考えていた。

彼は旧約聖書に記された救世主《メシア》の来臨を堅く信じ、その秋のくるのを祈っていた。彼はその救世主が絶対の権能をもって、世界の国々を征服し、理想の王国を建設されるのだと考えていた。そしてイスラエル民族が社会に最高の地位を占めて、栄誉をほしいままにする日のくることを夢想していた。

彼はヨハネから洗礼を受けられた折の、イエスの雄々しい御姿《みすがた》を思い浮かべて、この方こそ、黄金の鎧《よろい》に身を固め、白馬に跨《また》がってイスラエルの全軍を指揮するにふさわしいお方であるなどと考えていた。

ユダは晴れ晴れした気持ちになって、悠々と家路をさして歩きだした。途々《みちみち》彼は羅馬の都に城下の誓いを結んで意気揚々と引き揚げてくるイスラエル軍が、さては紫の衣をまとったイエスが王座につかるる様などを、それからそれへと想像して楽しげな微笑を浮かべ

ていた。

夜は静かに眠っている。細い月のみ空高く、彼の上に醒めている。

二

イエスに従う一団の群衆の中には、いつも若いユダの姿が交じっていた。彼は熱心にイエスの教訓《おしえ》に耳を傾けていたが、それ以上にイエスの不思議な業《わざ》に心を惹かれていた。

イエスはユダの燃えるような情熱をたのもしく思われたが、彼がイエスの本来の目的を悟らないで、現世《このよ》の権勢や、地上の王国のみを夢みているのを悲しまれた。

イエスはこれほどの熱を持った若者に、もしまことの神の御心《みこころ》を伝えることができたなら、必ず神のために闘う良き強兵《つわもの》になるであろうと考えられ、なんとかして彼の霊眼を開こうと試みられた。

いよいよ、十二の使徒を選ばれる時も、イエスはいくたびも躊躇《ちゆうちよ》されたが、野と言わず、山と言わず、どこまでもイエスの後を一途に慕ってくる若者を見すてかねて、いくらかの危惧を抱かれながらも、ついにユダを十二使徒の一人に加えることを決心された。

ペテロや、ヨハネが親しくイエスから、「我に従え」という御言葉《みことば》を与えられたのを羨《うらや》んでいたユダは、いつか自分もあの偉人に名を呼ばれたいと願っていた。そしてついにその時がきたのである。

ある晩、イエスは独り山に上って、終夜《よもすがら》何事か、祈り続けておられた。ユダはいよいよイエスが旗上げなされる秋《とき》がきたのだと思い込み、山麓に跪《ひざまづ》いて、自分も栄えある戦場において、一方の大将に選びだされるようにと一心不乱に祈願していた。

やがて夜が白々と明けて、東の空がかすかに薔薇《ばら》色に染まった。イエスを待ちわびていた人々は、眠そうな顔をあげて、沈黙している黒い山を仰ぎ見た。さわやかな朝風が彼らの熱した頬を快く撫でていった。その時ユダは山を下ってこられるイエスの白衣が木の間に揺らめくのを見て胸を躍らせて立ち上がり、

「ああ、メシアなる君は来ませり！」

と叫びながら走っていった。人々もそれにならって、

「メシアなる君！」

「メシアなる君！」

と口々に叫びながら、潮のようにイエスの方へ押しよせていった。

「我が子ユダよ！」

イエスの澄んだ声が、人々の鳴響《どめき》の中にはっきり聞こえてきた。

ユダはとうとう自分がイエスのお目に止まったのだと思うと、嬉しさに前へ転び出て、主の足元にひれ伏した。

「主よ、ユダは御前《みまえ》におります」

「我に従え！　そしてともに神のために戦え！」

「私は主のために生命を賭《と》して戦います」

ユダは感激に声を震わせながら答えた。

「ユダよ、お前は戦いの用意ができておるのか」

イエスは重ねて言われた。

ユダは懐中を探って一振りの剣《つるぎ》を取りだし、

「主よ、私はいつでも貴殿様《あなた》のお召しに応ずることができるように、このとおり用意をしておりました」

と答えた。

イエスは悲しげに微笑《ほほえ》んで、

「ユダよ、我はお前にもっと優れた武器を与えよう。だからそんな物はすてるがいい。病を治したり、穢《けが》れた鬼を追いだしたりする力を授けるから、村々へ神の福音を伝えにゆけ！　それがお前のなすべき仕事だ」

と諭《さと》された。

ユダは思いがけないイエスの言葉に驚かされた。そして一体イエスは本当のことを言っておいでになるのかしら、それともその言葉の裏には、何か別の深い意味があるのかと迷いながら、イエスの顔を見上げた。

イエスは再び、

「我が子ユダよ、剣をすててゆけ！」

と繰り返された。ユダはその静かな御声《みこえ》の中に、冒しがたい力を感じた。彼はほとんど無意識に手から剣《つるぎ》を取り落とした。黄金《こがね》造りの剣は青草の中に、きらりとすべった。

ユダはイエスのお心を測りかねてうなだれた。主と仰ぐイエスと自分との間に、非常な隔たりのあるのを感じて、なんとなく頼りない気持ちになった。

イエスは自分をどう見ておられるのであろう？　自分は何をなすべきであろう？　イエスは自分に不思議な力を与えるから、村々に福音を伝えよと言われたが、それがイエスの偉業にとって、どんな大切な役目を勤めることになるのであろう？

ほんとうのものを摑み得ぬ焦慮《しょうりょ》がユダの心を暗くした。

三

十二人の使徒は、二人ずつ六組に分かれて、それぞれの伝道の旅に向かった。

ユダの道伴《みちづれ》になったペテロは、永遠の霊魂のこと、最後の審判のこと、輝く神の御国《みくに》のことなどを熱心に説き、病める者を治して、楽しそうに働いていたが、ユダ自身は表面ペテロにならって伝道の旅を続けているものの、彼の心は絶えずイエスの真意が那辺《なへん》にあるかを測りかねて、悩み通していた。

自分の行っていることが、何のためになるかを知らずして働いているくらい物足らないことはない。ユダはどうかして自分の使命に意義を見出だしたいと思って、あれこれと考えているうちに、ついに一つの解答を得た。すなわちイエスの教えを国々に広めて歩き、人心を収攬《しゅうらん》して他日戦《いくさ》を起こす場合の用意をしておくために違いないと思った。

そう考え及んだ時、ユダの心は初めて明るくなった。

「ああ、さすがは王の王となられるお方だ。私はついそこまでは気づかなかった。なるほどこうして人心をなびかしておけば、いつ何時《なんどき》でも軍勢を集めることができる。一度イエスの御名《みな》のもとに立てと呼び掛けたなら、立ちどころに全イスラエル人が決起するであろう。これでこそ全世界を統御《とうぎょ》されるにふさわしい名君におわす」

ユダは我と我が胸に頷《うなず》いた。

ユダは、今こそ、イエスの全貌をはっきりと見たように思って、急に勇み立ってきた。彼は会う人ごとに、イエスがどんな奇跡を行われたかということ、イエスは神の御子《みこ》で、死人をも甦らせたまうこと、もし人々がイエスを信じ、イエスに従うなら、全イスラエルの民の上に、永久の幸福がくるということなどを熱心に説き歩いた。

人々はユダの言葉に痛く好奇心をそそられ、だんだんその不思議な人の教訓《おしえ》を聞きたいとか、奇跡を目のあたりに見たいと乞い願うようになった。ユダはこの旅行は確かに成功したと思った。

ユダは不慣れな旅を続けて活動したので、そろそろ郷里が恋しくなった。それに自分が十分イエスを理解したと思うと、一日も早くその歓喜にあふれた心をイエスに語り、イエスの御言葉《みことば》によって、さらに自分の考察を裏書きしたいと思った。

ある時、ユダは年長のペテロに向かって、

「貴殿《あなた》はイエスがいつ戦争を起こされるか、知っていますか」

と尋ねた。

ペテロは怪訝《けげん》そうに、ユダの顔を見守って、

「お前、何を言っているんだ。主は既に世と戦っておられるではないか、そして我々はこうして主の強兵《つわもの》として働いているではないか」

と答えた。それを聞いたユダは、自分より前に選ばれたペテロでさえも、まだほんとうのイエスを知らないらしいのを気の毒に思った。

「ペテロ、貴殿は私の言うことをよく理解していらっしゃらないようですね。私の言うのはこの戦いのことではないのです。実際の戦争のことを言うんです」

「何？ ほんとうの戦争だって？ これがほんとうの戦いでなくてどうする！ 我々は人々の心に神の御国《みくに》を広げてゆくために、毎日こうして神の御旨《みむね》を忘れた人たちと、戦っているではないか。

それればかりではない。我々は自分自身の心に首をもたげる邪念を征服してゆくのだ。我々の日常生活はすなわち修羅の戦場だ。ちょっとでも油断していると、悪魔がはびこってくる。一人を悔い改めさせ、また、己の心中に湧き起こる一つの欲を殺してゆくことが、やがて我々に最後の勝利をもたらすこととなるのだ。

我々の遂げてゆく小さな仕事の一つ一つが、これから建設される神の宮殿の土台石とな

ってゆくのだ」

と語り続けてゆくペテロの顔は希望に輝いていた。

ユダは幼児《おさなご》が生まれて初めて、昇りゆく太陽の光を仰ぐような、一種の恐怖と驚嘆をもってペテロを見上げた。じっと彼の言葉を聞いているうちに、何か理解しがたい、不思議な力が潜《ひそ》んでいるように感じた。けれども結局はペテロの言葉も、ユダの心を軽く吹き抜けてゆくだけで、後には何も残らなかった。

ユダは自分の前に、おぼろげながら啓《ひら》けかけた明るい世界を見極めないうちに、行く手に黒い影が翳《かざ》してくるのに気づいた。

「ペテロはいったい何を考えているのだろう。何があんなにペテロの心を燃やしているのだろう。ペテロの言う王国とはどこのことだろう？」

ユダは疑惑の眼をあげてペテロを見た。しかし彼は兄弟子《あにでし》の心を読み取ることはできなかった。

ペテロは暗い顔をしているユダを哀れむように、

「ユダや、お前はまだ若い」

と慰め顔に言った。

「なぜですか？　訳を話して下さい」

とユダが言った。けれどもペテロは、

「まア、おいおいに分かるさ。ああ、もう日があんなに傾いた。さア暗くならないうちに、急ごう」

と歩を早めた。ユダは黙って、ひたひたとその後についていった。

入り日は雲の切れ間から最後の光を、丘の半面に投げかけている。冷たい夕風に棕櫚《しゅろ》の葉が、かさかさと鳴る他、すべては寂寞《せきばく》のうちに、世は寂しく暮れてゆく。

四

エルサレムにおけるイエスの活動は目覚ましいものであった。その代わり、イエスの信者が増せば増すほど、反対者の憎悪《にくしみ》はいよいよ度を加えるのであった。今まで互いに鎬《しのぎ》を削っていたサドカイ派とパリサイ派の学者たちも、急に手をつないでイエスに当たった。

彼らはあらゆる知恵を絞って種々な難問を持ちかけては、イエスをやり込めようとした。けれども彼らの悪謀はいちいち失敗に終わり、いたずらに群衆の嘲笑を買い、ますますイエスの名声を高めるばかりであった。躍起となった学者たちは、非常手段にでも訴えてイエスを倒そうと謀《はか》っていた。

ちょうどそうした険悪な雰囲気の中へ戻ってきたユダは、人々から様々な噂を聞いた。ある者はパリサイ派の学者がイエスを告発したと言い、ある者はサドカイ派の人々がイエスを闇討ちにしようと謀っていると言う。

そうした風説を耳にしたユダは、しばらく自分が旅に出ている間に、イエスを迫害する人々がそんなにも多くなったのかと情けなく思った。彼は一刻も早くイエスにまみえたいと、群衆の中を潜《くぐ》ってかなたこなたと主の御姿《みすがた》を尋ね回った。

やがてユダは、一人の学者風の男を相手に、押し問答をしておらるるイエスを見出だした。イエスは別段やつれられた様子もなく、相変わらず溌剌《はつらつ》としておられた。ユダは主の平和な風貌に接してほっとした。そして懐かしさに我を忘れて、人前も憚《はばか》らず走り寄り、

「おお、主よ、貴殿《あなた》様の下僕《しもべ》が戻りました！」

と叫んだ。相手の男は屈強なユダの姿を見ると、不平そうに何かぶつぶつ言いながら、群衆の中へ紛れ込んでしまった。

イエスは愛のあふれた眼差しでユダを迎えられ、

「ユダよ、よく帰ってきた。お前は今度こそ、ほんとうに自分の任務《つとめ》が分かったであろうね」

と仰せられた。

ユダは何と答えたものかと、ちょっと躊躇《ちゅうちょ》した。イエスはあたかもユダの心底を見抜かれたように、

「惑うなユダ、お前はこれから私と一緒にいるうちに、だんだん分かってくるだろう」

と慰められた。

ユダは途々《みちみち》耳にした風説が気になってならなかった。今はこんな問答をしている場合でないと思い、

「主よ、早くここをお逃れになった方が、およろしいでしょう」

と気ぜわしく言った。

イエスは落ち着き払って、

「何も心配することはない」

と静かに答え、後から後から集まってくる人々に向かって説教を始めようとされた。

ユダはイエスがあまり平気でおられるので、これはきっと何事もご存じないのだと思い、途中で人々から聞かされた恐ろしい陰謀《たくらみ》を、早口にイエスの耳に囁《ささや》いた。

けれどもイエスは顔色一つ変えられず、かえってユダを諭すように、

「天の父のお植えにならぬものは、みな抜かれて滅びてしまう。彼らを棄てておけ。彼らは盲目《めくら》だ。盲目が盲目の手引きをしたら、両方とも溝に落ちるより仕方ないではないか」

と言われた。

ユダは自分があまりあわてていたことに気づき、急に恥ずかしくなって顔を赤らめた。しかし、イエスはなぜご自分に仇《あだ》をしようとする高慢な奴らを滅ぼしてしまわれないのであろうと内心不平であった。そして、そのことを傍らにいたヨハネに囁《ささや》くと、ヨハネは、

「そこが主の偉大なところだ。主はけっして他人の仇を自ら返そうとはなされない。すべてを神の御心《みこころ》にお任せして、ご自身は人々を愛することのみをしておられる。主は常に爾《なんじ》の仇を愛《いつく》しめと教えておられるではないか。そしてご自身そのお言葉を日々、我々の前で実行しておられる。なんと尊いことではないか」

と頭を振り振り語るのであった。

ユダは、敵を愛すなんてどうしてそのような馬鹿げたことができよう。そんな手ぬるいことをしていたら、いつ王国の建設を見られるかおぼつかない話だ。そんなはずはない。イエスはけっしてそんな意気地のない方ではない。

今に必ず愚かな反対者たちや、あの憎んでも足らぬ羅馬人《ローマじん》を滅ぼしてしまわれるに違いない。ヨハネはまだほんとうのことを悟らないのだと、胸中ひそかにヨハネの言葉を打ち消していた。しかしユダの心には何やら一脈の不安が兆してきた。

ある時、イエスは十二人の使徒を集められて、

「人々は私のことを誰だと言っておるか」

と問われた。使徒たちは口々に、

「ある人はバプテスマのヨハネと申しております」

「私は人々が、大予言者エリヤの再来だといっておるのを聞きました」

「私は往古《むかし》の予言者エレミヤだというのを聞きました」

「旧約に誌《しる》された予言者の一人であると申しておる者もあります」

と答えた。

イエスはさらに、

「それではお前たちは、私を誰だと思う」

と尋ねられた。

ユダは進み出て、

「主よ、貴殿様《あなた》はイスラエルの王様でいらせられます。やがては全世界を支配したまう、偉大なるお方でいらせられます」

と答えた。

イエスは顔を背《そむ》けて、深い溜め息を洩らされた。するとペテロがそばから、

「私は貴殿様《あなた》を救世主《メシア》、生ける神の御子《みこ》と存じます」

と言った。

イエスは感極まったようにペテロの手をとられ、

「おお、ヨナの子、シモン・ペテロよ、お前は幸福である。それは人間の知恵がお前に示したのではない、天にいましたまう我らの父が、お前に示されたのだ」

と言ってひどく喜ばれた。

ユダは今まで、自分の方がペテロより幾許《いくら》か余計にイエスを知っていると思っていたのに、その自信を打ちひしがれたので落胆した。そしてイエスに賞賛されて得意になっているペテロを憎いとさえ思った。

それから五六日過ぎて、イエスはなぜか、ペテロとヤコブとヨハネの三人だけを伴って、近くの山へ上られた。他の弟子たちとともに、後に残されたユダの心は重かった。何のためにイエスは三人だけ連れてゆかれたのであろう。もしやあの三人を大将に選ばれるのではあるまいか。

そう思うと、いつもイエスから特別の寵愛《ちょうあい》を受けている三人を心からねたましく思った。自分がこれほど真実を尽くしているのに、どうしてイエスはこの心を汲んで下さらないのであろう。ユダはそんなことを考えて、なごやかに談笑している仲間から一人離れて不機嫌な顔をしていた。

そこへ、一人の男が癲癇《てんかん》に憑《つ》かれた子供を癒《なお》して貰いに担ぎ込んできた。ユダは自分の功名を現す絶好の機会だと思って、すぐ自分の力を試みた。だが、イエスから授かったはずの病を癒す力はどうして験《げん》を見せなかった。

いくら神の御名《みな》を呼んでも、悪魔を叱咤《しった》しても、何の反応もなく、病児はますます苦悶するばかりである。ユダはいらいらして、口から白い泡を吹いている子供の周囲《まわり》をぐるぐる歩き回っていた。そこへ、折よくイエスが山を下ってこられ、

「爾《なんじ》の病は癒《い》えたり！」

と一言いわれると、病児はけろりとして起き上がってしまった。

親子はイエスの御名をたたえながら、躍らんばかりの歩調で帰っていった。驚異の眼をみはってその後を見送っていたユダは、イエスを顧みて、

「主よ、私があの児《こ》を癒すことができなかったのは、なぜでしょう」

と尋ねた。イエスは眼に涙さえ浮かべられ、

「それは、お前の信仰が足りないからだ」

と嘆息されるのであった。

ユダは恥じ入ったように項垂《うなだ》れた。これほどイエスを信じているのに、まだ信仰が足りないとは……。

ふと、陽気な笑い声が起こったので、ユダが顔をあげると、少し離れた所に、ペテロとヨハネがむつまじそうに何か話し合っていた。ユダは自分一人のけ者にされたような気がして寂しかった。

ペテロはユダが上目使いに自分たちの方を盗み見ているのに気がつくと、そばへやってきて、親しげに肩に手をかけながら、

「兄弟、何をそんなにふさいでいるんだね」

と言った。

ユダはわだかまりのない友達の顔を見るのが辛かったので、黙って横を向いてしまった。

その時、トマスが何と思ったか、急に真顔になって、

「ペテロ、さっき貴郎方《あなた》はイエスと、山の上で何を話していらしったのです。イエスはどんなことをお話しなさいました」

と聞いた。

ユダはペテロがどんな答えをするであろうと、そっと顔をあげて彼の方を見つめた。

ペテロの顔には、抑えきれぬ激情が表れていたが、わざとらしく、

「別に何でもないことだ」

と軽く答えた。

ユダはいよいよ、自分の想像どおり三人は大将に選ばれたのだ。そしてついに自分がイエスの前に手柄を表す機会のこぬうちに、友達に出し抜かれてしまったのだと無念に思った。しかし、イエスが三軍の頭首を選ばれたということは、いよいよイスラエル軍が立つ秋《とき》の近づいたのを意味するものと考えて、ユダは思わず武者ぶるいをした。

今度こそ立派に戦って、イエスに自分の真価を認めていただくのだ。そんなことを考えると、つい今しがたまで、ユダの心を曇らせていた醜い嫉妬の陰影《かげり》は立ちどころに消えてしまい、イスラエル軍の大勝利とか、栄光に輝くイエスの王冠とか、若者にふさわしい希望に満ちた言葉が、次から次へと彼の胸に湧いてくるのであった。

五

イエスとその弟子たちは、永い間、小さな村から村へと、神の道を伝えて歩いた。ユダが初めてヨルダン川のほとりで、イエスの気高い御姿《みすがた》を仰いでから、もう二年以上にもなる。けれどもイエスは、いつまでたってもユダが期待していたように、兵を挙げて羅馬《ローマ》を討たれる気ぶりも見えなかった。

ユダはそろそろ不安を感じはじめた。しかしイエスが生まれつきの盲人の眼を開いたり、墓に葬られてから四日も経たラザロを甦らせたり、その他さまざまな奇跡を行われるのを、目の当たりに目撃したユダは、どうしてもイエスをぜんぜん信じないわけにはゆかなかった。

ことにこうして永い月日をイエスと起き伏しをともにしてきたユダは、意地でも自分の主と仰ぐ人を崇《あが》め、人々の上に推し立てて誇りたかった。

いまさらイエスを疑うのは、自分の自尊心を傷つけるも同然、ユダはどうしてもイエスを最初のとおり、理想の人物として仰ぎたかった。信じたかった。ユダはややもすると、イエスに対する信仰が動揺するのを我ながら不甲斐なく、悲しく思った。そんな弱いことでどうする。あくまでイエスを信ぜよと、自らの心に鞭打って、苦しい心の争闘を続けていたのであった。

そんなにしてもだえ苦しんでいたユダの心に、一道の光明が射した。それはイエスのエルサレム行きであった。

猶太《ユダヤ》の王となられるはずのイエスがいつまでも地方に引きこもっておられるのは、ユダにとって不満の一つであった。彼は主が一日も早く都へ上られることを切望していた。そして今やその秋《とき》がきたのである。

いよいよ、エブライムという小さな町を出立《しゅったつ》しようという前夜、イエスは十二人の使徒を集めて、

「明日はエルサレムへ上るのだ。そこで人の子について予言者の録《しる》したことがことごとく遂げられるのである。人の子は異邦人の手に渡され、弄《もてあそ》ばれ、苦しめられ、辱《はずかし》められ、唾《つば》きされるであろう。その上、彼らは人の子を鞭打ち、十字架につけて殺してしまうであろう。だが、人の子は三日目に甦るである」

と仰せられた。

十二使徒は不意にそのような言葉に接し、何の意味やら少しも分からず、ただ互いに顔を見合わせるばかりであった。

ユダは、これは必ず主が戦場に出られる決心を語られたのであると解釈した。それにしても、何もわずか一度の戦いで、戦死の覚悟なぞをなされることはあるまいに……あるいはこれは我々弟子たちを励ますためのお言葉かもしれない。

第一イエスを異邦人の手に渡すなんて、そんな馬鹿なことがあるものか！　自分の生きているかぎり、主には指一本触れさせるものか！　自分は剣《つるぎ》折れ、矢尽きて倒れるまで闘う、たとえこの体軀《からだ》が傷ついて立てなくなっても、この魂は主を守るであろうなどと、ユダは雄々しい決心をした。

彼は神に選ばれた民に幸福の日が来り、驕《おご》れる羅馬人《ローマじん》の夢を驚かせるのも遠いことではないと思い、心中に快哉《かいさい》を叫んだ。

途々《みちみち》、イエスは相変わらず不思議な権能《ちから》で、病める者を癒し、あるいは葡萄樹や、農夫の比喩話《たとえ》で神の真理を説いたりされた。ユダは測り知れぬイエスの知恵と権能を見て、これなら幾万の羅馬兵が来ろうとも、いささかも恐るるに足らぬと大いに意を強うした。

ちょうど、その年の逾越節《すぎこしのいわい》の六日前、一行はベタニア村のラザロの家に着いた。そこで一同はラザロの姉妹マルタやマリアの手厚い待遇を受けた。その時イエスは、三人の兄妹に向かって、

「お前たちとこうして同じ食卓につくのも、もうこれが最後であろう。人の子の逝《ゆ》くときが近づいた」

としんみりと語られた。

それを聞くと、三人は顔を曇らせて、潤んだ眼を膝に落とした。

不意に、マリアが立ち上がり、棚から壺を取り下ろしてイエスの足元に跪《ひざまづ》いた。そしてその中の香油をイエスの御足《みあし》に流し、自分の美しく波打っている頭髪《かみのけ》でそれを拭《ぬぐ》った。

マリアは歔欷《すすりなき》をしているのであろう。俯《うつむ》いている白いうなじが、かすかに震えていた。

一同は固唾《かたず》を呑んでその光景を眺めていた。冷たい沈黙のうちを、豊かな香りが静かに流れて、人々の心をそっとなでていった。

その時、初めてユダが口を開いた。

「なんて、いい香《におい》だろう、いったい何をしたんだ」

すると、ヨハネが、

「甘松香《ナルダ》だ。マリアがあの貴《とうと》い香膏《あぶら》を主の御足にそそいだのだ」

と言った。

ユダは甘松香と聞いて、馬鹿なことをする女だ。そんな高価なものを、浪費するより、相当な金銭《かね》に替えておいたなら、イエスのために、もっと有効に用いることができるのに……マリアはやっぱり、イエスが戦争なさることを知らないと見える……あれだけでも軍資金の足しにすればよいのになどと考えていた。

それにマリア一人が親しげにイエスの足に触れたりしているのが、少し癪《しゃく》にさわったので、

「何だって、そんな香膏を無駄にするんだ。それを売ったら百円にもなるじゃないか。それだけ貧乏人に施してやればよいのに」

と詰《なじ》るように言った。

イエスはご自分が霊の戦いをしているのに、ユダが依然として地上の王国を夢見ているのを察して、深い溜め息をされた。

「ユダよ、マリアをとがめるな。私の葬《とむらい》の日に、これを蓄えておいてくれたのだ。貧乏人はいつまでもお前たちとともにいて恵まれるが、私はもう永くはお前たちとともにいることはできないのだ」

と言って、ご自身の死期が近づいていることをユダに悟らせせようとされたが、ユダは怪訝《けげん》な面持ちでイエスをまじまじと見守っているのであった。

さて、エルサレムの城門に着いた一行は、思いがけぬ歓迎を受けた。付近の町や、村の人々が群れをなしてイエスを迎え、

「ダビデの裔《こ》イエスよ！　我らの救い主イエスよ！　主の御名《みな》によりて来る者は幸いなり！　我らの救い主よ！」

と叫びながら、イエスの行く手に自分たちの美しい上着を投げた。

若い乙女たちは棕櫚《しゅろ》の葉をかざし、鼓《つづみ》を打ち鳴らして踊り狂いながら、口々に、

「救い主よ！　救い主よ！」

とイエスをたたえた。

紅《べに》や、緑や、瑠璃《るり》色の衣《きぬ》で敷きつめられたまばゆい道を、驢馬《ろば》にまたがって進んでゆかれるイエスの御顔《みかお》は、衆人《ひとびと》の投げる花の雨の中で、あくまでも青白く輝いていた。

エルサレムの市民は、この騒ぎに愕然《がくぜん》とした。イエスを信じている人々は、イエスの入城と聞いて、

「救い主！　救い主！」

「我らの予言者！」

「ナザレのイエスよ！」

と口々に叫んで馳《は》せ集まった。幼い児童《こども》らまで、無邪気に口真似をして、

「救い主！　救い主！」

と声を揃えて歌った。

その騒ぎを聞いて、学者たちや、神官たちや、その他イエスの反対者たちはひどく憤った。

甲「これは一体、どうしたことだ」

乙「また、あのナザレ人《びと》がやってきたのだ。人心を惑わす不届きな奴だ」

甲「ああいう弁口《べんこう》の巧みな奴にかかっては、愚民どもはみな我々から離れてしまう。今のうちに何とかかせずばなるまい」

丙「しかし、こんなに人々が有頂天になっている時、迂闊《うかつ》な真似をすると、かえって人民の反感をかう恐れがある」
乙「これはなるべく、羅馬人《ローマじん》の手を借りて始末をつけることだな」
甲「そうだ。ヘロデ王の家来をそそのかして、ナザレ人のもとへ遣わし、何か羅馬皇帝に背くような言葉尻を摑ませるのだ。そしてそれを種に訴えてやるがいいんだ」
丙「それが良かろう。羅馬人を突っついて怒らせるにかぎる。羅馬人は気が早いから、怒ったが最後、たちまちあのナザレ人を殺してしまうに違いない。そうすれば我々の地位は安全だ」

数人のパリサイ派の学者や神官たちはそんなことを語り合いながら、踊り騒ぐ群衆の間を抜けていった。

その翌日、パリサイ派の弟子たちと、ヘロデ王の家来とがイエスのもとを訪ねて、

「先生、貴殿《あなた》は正しい方でいらっしゃいます。我々は貴殿がけっして偽りを仰せにならぬと信じて、お教示《おしえ》を乞いに上がったのですが、いったい税金を羅馬皇帝《カイザル》に納めるのは、善いことですか、悪いことですか」

と尋ねた。

こうして彼らは、もしイエスが羅馬皇帝に税金を納めてよいと言ったら、イエスを国賊《こくぞく》とし、もし悪いと答えたら、羅馬の法律を無視したものとして、直ちに告発しようという

企みであった。

イエスは少しも騒がず、

「税金に納める金を見せてもらおう」

と言われたので、彼らは国内で通貨として用いられている銀貨を一枚差しだした。イエスはその面にある像を指さして、

「これは誰だ」

と問われた。ヘロデ王の家来は、

「羅馬《ローマ》皇帝です」

と言った。イエスは言下に、

「羅馬皇帝《カイザル》の物は羅馬皇帝に返し、神の物は神に返すがよい」

と言われた。

この当意即妙な応答《こたえ》に、使いの者たちは一言もなく、こそこそと逃げ帰ってしまった。傍らに控えていたユダは、これまでイエスの迫害者がいつも、イスラエル人ばかりで、肝心の羅馬人との交渉が少しもなかったので、これこそちょうど良い機会だと思っていた。しかるに何事も起こらずにしまったので、いささか拍子抜けがした。そしてイエスはなぜ羅馬人に対して、もっと強みを見せつけて脅しておやりにならなかったのであろうと、歯がゆく思うのであった。

六

エルサレムの市街はなんとなく殺気立っていた。イエスの反対者たちは、この記念すべき逾越節《すぎこしのいわい》をもって、イスラエルの民心を攪乱したイエスを亡きものとして、猶太国《ユダヤこく》の平和を来らす日とせねばならぬと叫んだ。

彼らはそれぞれ手筈を決め、イエスを捕らえる準備におさおさ怠りなかった。

エルサレムの神殿に通ずる参道の途中では、サドカイ派の若い学者が、民衆を集めて熱弁をふるっていた。

「……つまり、あのナザレ人《びと》は偽者なのである。彼が出現してから、既に三年にもなるのに、まだ我々はこうして羅馬の苛酷な支配のもとに喘《あえ》いでいるではないか。彼がほんとうの救世主なら、我々はもうとっくに羅馬をやっつけているはずだ。

諸君よ、惑わされてはならない。我々はまことの救世主が現われるのを待たねばならない。けっしてナザレ人の巧言令色に迷わされてはならない……」

群衆は青年学徒の流暢《りゅうちょう》な弁舌に酔わされていた。青年の若々しい顔の半面に日光が射して、頬が赤く染まっていた。気早な聴衆は、

「違いない！　違いない！」

「まったくだ！　あのナザレ人は大騙《かた》りだ！」

「神の子などと自称するとはけしからん！」

「やれ！　やれ！」

「畳んじまえ！」

などと口々に罵《ののし》った。

通りかかったユダは、その有様を見て歯嚙みをしてくやしがった。

――あんな青二才にイエスを罵られるとは残念至極！　だが、今はそんな枝葉なことにこだわっている場合ではない。ぐずぐずしていると、同族相食《あいは》むような結果になり、羅馬《ローマ》と戦うどころか、我々イスラエル民族は現在より、もっと悲惨な境遇に陥ることになる。これは一刻も早く、イエスに告げて、この味方同士の争いを治めていただかねばならない。イスラエル民族が協力一致して、光輝ある猶太国《ユダヤこく》を羅馬の支配下から解放させる機運を作るには、どうしてもイエスと羅馬人とが直接交渉を持つように仕向けなければならない。さア、いよいよ、その秋《とき》がきたぞ――

ユダはそんなことを考えながら、足を早めた。

ちょうど、その参道の外れを曲がると、祭司の長《おさ》の屋敷の前へ出た。そこにはさらに多数の人々が集まって激しく議論していた。それはイエスを殺す相談をしているのであった。

ユダは傍らにいた男に、

「イエスをどうやって殺す心算《つもり》です」

と聞いてみた。

「捕らえて裁くのさ」

「しかし、裁判しても、死刑にする理由が挙がらなかったらどうする」

「その時はヘロデ王のもとへ送るのさ」

「それがどんな理由になるのだ」

「ナザレ人《びと》は自分を王と呼んでいるではないか。自分を王などというのは、羅馬皇帝《カイザル》に対する反逆だ。言うまでもなく、羅馬の法律によって裁かれるのさ」

としたり顔にいった。

ユダはなんでこんな奴らにイエスが殺せるものか、だいいち捕らえようたってやたらに近寄れるものじゃない。イエスが一つ奇跡を行われたら、たちまちイエスの姿は衆人《ひとびと》の眼から消えてしまうだろうに、身の程も知らぬ愚かな奴らだ、と心中に嘲《あざけ》っていた。

とはいえ、この機会を利用したなら、必ずイエスが早く世に立たれる動機を作ることになろう。これはかえってイエスを彼らの手に渡して、ヘロデ王の前に出られる機を作った方がよいかもしれないと考えた。

突然、群衆の一角がざわめきだした。彼らはユダを見つけたのである。

「あれは、イスカリオテのユダではないか」

「そうだ。確かにナザレ人の弟子の一人だ」

「どうしてこんな所へ入り込んでいるのだろう」

「まさか、イエスの弟子じゃアあるまい。我々がナザレ人を殺そうとしているのに、あんなに平気な顔をしているじゃアないか」

そんなことを言い合っていると、額を集めて何かひそひそと話をしていた祭司の一人が、つかつかとユダのそばへきて、

「お前はイスカリオテのユダではないか」

と尋ねた。

「そうですよ」

ユダは顎《あご》を撫でながら、けろりとして答えた。

「では、ナザレ人《びと》の弟子だな」

「ええ、そうですすよ」

「誰に頼まれて、こんな所へ来たのだ。ナザレ人が我々の様子を探るために、お前をよこしたのか」

「いいえ、別にそんなわけではありませんが、ちょうどここを通り合わせたもんですからね」

「では、お前はこれからナザレ人のところへ行って、我々の計画《はかりごと》を密告するつもりだろう」

「いや、いや、とんでもない。けっしてそんな気はありませんよ」

「何だと？　そんなつもりはないと？　ではお前は我々の味方になろうというのか」

祭司はユダの肩に手をかけて顔を覗《のぞ》きこんだ。

ユダの胸は激しく震えた。けれども――利用してやれ――という声が、耳の奥に早鐘《はやがね》をつくように鳴り響いている。ユダは思いきって合点をした。

祭司は勝ち誇ったように、高く手を差し上げて、

「人々よ、聞け！　神は常に正しき者に、救援《たすけ》を下したまう。見よ！　神は今、ユダという男を我々の味方として、ここへ送りたもうた」

と叫んだ。群衆はどっと歓声をあげた。

祭司の一人が、

「ユダを先導にして、今夜あのナザレ人を捕らえにゆこう」

と言った。

「それがよかろう、ユダは一番よく、ナザレ人の行方を知っている」

誰かがそれに応じた。

ユダは真っ青になった。今度は祭司の長《おさ》がユダの前に立って、

「おお、若者よ。爾《なんじ》はいと高きものの御名《みな》においてこの役目を首尾よく果たしてくれ。さアこれは神が爾に与えたまう報酬だ」

と言って銀三十枚を差しだした。

ユダはたとえ自分がイエスをこの人々に渡したところで、彼らが望んでいるようにイエスを無いものにしてしまうなどということは、不可能であると知りながらも、味方のような顔をしてそんな金銭《かね》を受け取るのは、さすがに心苦しかった。

とはいえ、今それを拒めば、人々の疑惑を受ける恐れがある。それに一切の会計を扱っているユダは、銀三十枚でも軍資金の足しになると考えたので、黙ってその金銭を受け取った。

けれどもいよいよイエスを敵の手に捕らえさせると決まると、なんとなく心配で胸騒ぎがしてきた。――……馬鹿な！　見ていろ！　そんなことを心配するなんて、ユダよ、お前はイエスの偉大な力を信じないのか！　イエスはヘロデ王の前で、驚くべき奇跡を行われるのだ！　すると羅馬人《ローマじん》たちは恐れおののき、大軍を率いてイエスを討ちにくる！　その時こそ、イエスは天から火を降らして、羅馬の大軍を一刻の間に焼きつくしてしまわれる。それを見て今までイエスを嘲《あざけ》っていた全イスラエル人は、ことごとくイエスの足下にひれ伏して、己の罪を悔いるであろう。そこでイエスはひろやかな御心《みこころ》をもって一同を許される。人々はこぞってイエスの御名《みな》をたたえるであろう……――

ユダは華やかな空想に酔っているうちに、自分は大変よいことをしたように思って会心の笑みさえ浮かべた。イエスの御名が世界の果て果てに響き渡り、羅馬の絆を断って自由の国になるならば、一時兄弟たちから反逆者の汚名を負わされても構わない。イエスは、

「正しきことのために責めらるる者は幸いなり」

と教えられた。自分もその幸いの人となろうと、ユダは我が心に言い聞かせるのであった。

その夜、十二人の使徒は、イエスとともに逾越節《すぎこしのいわい》の食卓についた。その時、イエスは弟子たちを静かに見回して、

「お前たちの中に一人、私を売る者がある」

と仰せられた。

食卓の端にいたユダは、はっとして顔色を変え、主はどういうつもりで言われたのであろう？　自分の企てたことが御心にかなわないのかしら……と迷った。すると、イエスは特に手ずからパンを割《さ》いて、ユダに与えられたので、イエスが自分の行為を嘉《よみ》された証《しるし》だと思って、ほっとした。イエスはユダがむしゃむしゃパンを食べてしまうと、

「ユダよ、お前のもくろんだことを早くやったらよかろう」

と言われた。

ユダはイエスもやはり、自分と同じ考えをもっていらっしゃるのだと思い、いそいそと部屋を出ていった。

七

夜は更けてゆく。魔女のように黒い覆布《ベール》に面《おもて》を包んだ大空は、おびえている大地に身をかがめて、重い吐息をしている。その寂寞《せきばく》を破って、祭司たちの群れがどやどやと橄欖山《かんらんざん》をめざして進んできた。赤黒い火炎をあげている松明《たいまつ》の光に、捕り手の持つ鋒《ほこ》や剣《つるぎ》がぎらぎら閃《ひらめ》いて、人々の血走った眼が赤い火影《ほかげ》に物凄く照り映えている。

殺気立った群衆がゲッセマネの園に近づいた時、橄欖樹《かんらんじゅ》の葉陰に白衣が動いた。ユダは

それがイエスと知って、物おじしたように立ちすくんだ。彼はイエスの力を信じていたもののの、この湧き返っている群衆にイエスを一時たりとも渡すのだと思うと、いまさらのように胸が迫ってきた。

なんだか、広い世界に自分一人が投げだされたような気がして、急に心細くなったので、思わずイエスの胸にすがりついて、

「おお、わが主よ!」

と叫んだ。そしてどうぞ貴殿様《あなた》の奇跡によって、迷える人民たちの眠っている魂をお醒まし下さいと心に念じた。

イエスはユダがとうとう最後まで、ほんとうの自分を理解しえないでいたことを、深く悲しまれた。

——あれほど教え導いたのに、お前はまだ神の御国《みくに》を見ないのか……他の者ならまだしも、特に信頼している十二使徒の一人が、こういうことをしてくれるとは何という情けないことであろう……。

だが、私の死によって、この可哀相な青年の霊魂を呼び醒まし、まことの神の御国を仰がせることができたら、その一事だけでも私の死はむなしくならないであろう——

イエスは涙に熱くなった眼を堅く閉じて、ひそかにユダのために祈られた後、ざわめき立てている群衆に向かって、

「お前たちは誰を捜しているのだ!」

と、声を励まして言われた。凛《りん》とした声は木霊《こだま》に響いた。

人々は言い知れぬ恐怖に押し黙ってしまった。ややしばらくして誰か闇の中から、

「ナザレのイエスを……」

としゃがれ声で言った。

イエスは静かに前へ進み出て、

「私がそのイエスだ。お前たちが望むなら、どこへなりとも行こう」

と言われた。

群衆はひっそりと鳴りをしずめて、何ものかに襲われたように、たじたじと後ろへ引きさがった。

イエスは再び唇を開かれた。

「友よ、お前たちの求むるのは誰だ！」

捕り手は刃《やいば》をかざしてイエスに詰め寄ってきた。

その時まで、唇を噛んで人々を睨《にら》んでいたペテロは、

「無礼者！」

と大喝《だいかつ》した。声とともに白刃一閃《はくじんいっせん》先導に立った捕り手の耳がさっと切り落とされた。

イエスは素早くペテロの手首を抑えて、

「ペテロよ、私は父の御心《みこころ》に従うのだ。彼らのなすままに任せよ」

と言われ、捕り手たちの方を振り向いて、

「そんな武器は収めたがよかろう。私はお前たちに無理に引き立てられてゆくのではない。天の父から示された道を踏んでゆくばかりである。逃げも、隠れもしない。さア、どこへなりとも案内するがよい」

と冷やかに言われた。

群衆は鬨《とき》の声をあげてイエスを取り囲んだ。弟子たちは恐れてちりぢりに群衆の中に紛れこんでしまった。

ユダはイエスの沈着な態度を、他所《よそ》ながら見守って満足した。そしてこの狂人《きちがい》じみた人々が、間もなくイエスの奇跡に周章狼狽《しゅうしょうろうばい》する様子を想像して、小気味良く思った。

捕り手たちはイエスを囲んで、得々として橄欖山《かんらんざん》を下った。

雲の切れ間から金星が妖《あや》しい光を投げていた。

ユダはイエスの真価が、世に知られる秋《とき》が刻一刻と近づいてくるのを希望に満たされて待っていた。

やがて夜が明けると、イエスはピラトの法廷に引きだされた。けれどもユダの予期していたとおり、彼らはいたずらに罵《ののし》り騒ぐばかりで、誰もイエスの罪を決めることはできなかった。

そんなわけで、イエスはヘロデ王のもとへ送られることとなった。ユダはいよいよ、イエスが奇跡を行われる時がきたと、胸を躍らせながら、その後を追っていった。

ヘロデ王の前に立たれたイエスは、奇跡を行われるどころか、何を問われても一言も答えようとされない。その上、紫の衣を着せられ、人々にさんざん嘲弄《ちょうろう》されて、再びピラトのもとへ送り返されることになった。

今か、今かと奇跡を待っていたユダの心は、次第に重くなってきた。何だってあのような屈辱に甘んじておられるのであろう。自分の考えていたのは、こんなイエスではなかった。そう思うと、ユダはいても立ってもいられない気がした。

身も心も疲れ果てたユダは、影のようにふらふらと、ピラトの法廷へ顔を出した。人々は訳もなく、「イエスを十字架につけよ」と絶叫している。

ユダはその声を聞くと、我がことのように身震いをした。ピラトは人々を手で制しながら、一段と声を張り上げて、

「ナザレ人《びと》よ、お前は自分のことを王と言っておるということだが、それは事実か！」

と審問を始めた。

人々は声を呑んで、その答えを待った。イエスは昂然《こうぜん》と四辺《あたり》を見回して、

「それは事実である」

と明瞭に言われた。

「反逆者！　反逆者！」

という声が羅馬《ローマ》人の間に起こった。ピラトはさらに、

「その王というのは、どこの国の王のことだ！」

と続けた。イエスは恐れ気もなく、それに答えて、

「私のいう王国は精神界のことである。私がこの世に生まれてきた目的は、人間の心にまことの神の御姿《みすがた》を植えつけるにある。そういう意味で、私は全人類の精神を支配する王となることを願っているので、地上の王などになろうという考えは少しも無い。いつかは滅びる地上の栄耀栄華《えいようえいが》などは私の眼中にない。永遠に栄ゆる神の国こそ、私の王国である」

と述べられた。

その言葉は、ユダの胸をずたずたに引き裂いた。ユダは危うく倒れかかって、傍らの柱に摑まった。

人々はあくまでも、「イエスを十字架につけよ」と叫んで止まない。ついにピラトはイエスに死刑の宣告を下した。兵士らは群衆の意を迎えるように、イエスを激しく鞭打った。しかし、イエスは何の奇跡も行われなかった。まったく無抵抗で、人々のなすがままに任せておられた。荊棘《いばら》の冠はすべり落ちて乱れた頭髪に絡み、蒼白い頰は裂け、紫の衣は血に塗《まみ》れた。

その有様を見たユダの胸に、失望と後悔の黒血《くろち》が煮え返った。彼の顔はみるみる土色となり、紫色の唇が醜く引きつれて恐ろしい形相になった。傍らにいた人々がそれに気づいて、

「ユダが悪鬼に憑《つ》かれた!」

と罵《ののし》りだした。

ユダは顔を覆って、野獣のような呻《うめ》き声をあげながら、まっしぐらに表へ走り出た。

八

エルサレムにほど近い山間の窪地にユダは倒れていた。衣服はぼろぼろに裂け、手足の掻き傷から血が流れていた。ユダは枯れ草の中に顔を埋めて、男泣きに泣いていた。

三年間のユダの輝かしい期待は見事に破れてしまった。二十年来待ち望んでいた猶太国《ユダヤこく》の再興は、はかない一朝の夢と消えてしまった。ユダはいくら泣いても泣き足らなかった。絶望と悔恨、彼は身の置きどころもなかった。

——ああ、俺は何という浅ましい人間だろう。三年も主と仰ぎ仕えてきたその人を、この世で最も尊敬していたその人を、自分の手で敵に渡したとは何ということだろう！　俺は豚にも劣る人間だ……ああ、もうすべては終わってしまった。いかに悔いようと、再びイエスを取り戻すことはできない。

俺はイエスのあらたかな奇跡を信ずるあまり、イエスを敵の手に渡したので、こんな結果を招こうとは露ほども思わなかった。なぜもっと早く気がつかなかったのであろう。三年間も起き伏しをともにしていながら、どうして俺はイエスの真意を汲《く》むことができなかったのであろう。

俺の過去の生涯はことごとく空であった。それをほんとうのものと信じきっていた俺は何という愚か者であろう。俺の信じてきたものはみな嘘だった。俺の計画は覆されてしまった。俺の希望は破れてしまった。そればかりではない。俺は神に対して大罪を犯してしまった。

俺の無知と無理解は、罪のない神の子を売ってしまった。俺はもう天からも、地からも見捨てられた男だ。そして自分自身からも……おお、神様よ、私はどうしたらよいのでしょう。どうぞこの罪に相当した最も重い刑罰をお与え下さい。この穢《けが》れた身を地獄の業火《ひ》で焼き尽くして下さい――

ユダは涙に濡れた顔をあげて天を仰いだ。けれども天は黙して答えなかった。

――ああ、神様よ、あなたはこの悪人を見捨てて、審判《さばき》さえ与えてくださらないのですか――

ユダは天に向かって差し伸べた手のやり場を失い、絶望的に頭髪を毟《むし》りながら、再び地に伏して泣き悶《もだ》えた。ユダの眼の前に、憤怒《ふんぬ》に燃えた友人の顔が幾つも現れた。彼らは口々に、

「反逆者！」

「裏切者！」

「わずかばかりの金に眼がくらんだか！」

と罵った。

ユダは唸《うめ》くように、

――嘘だ！　嘘だ！　俺は金のために主を渡したのではない――

と言った。

けれども、野を吹く風は黙って過ぎていった。ユダは無念に堪えなかった。そんな風に思われたくなかった。しかしそう見られても仕方がない。自分が愚かであったのだと諦めるよりなかった。

次にユダの眼に浮かんだのは、彼がイエスの十字架にかかられた姿を見て、ゴルゴタの丘を狂人《きちがい》のようになって駆け下り、神殿へよろめき込んで、

「私は間違っていた。イエスをお前たちに渡すのではなかった」

と叫んで金袋《かねぶくろ》を投げだした時、

「いまさらそんなことを言ったって、俺たちの知ったことではない。勝手にするがいい」

とせせら笑った祭司たちの顔である。

それらの顔が消えてしまうと、夕闇の中にイエスの白いお顔がぽっと浮かんだ。イエスは哀れむようにユダを見守っておられる。

——おお、主よ、お許し下さい！　お許し下さい！——

ユダは幻の前にひれ伏した。その時どこからともなく、

——ユダよ、私は責めない——

というイエスの御声《みこえ》が聞こえてきた。

ユダはがばと跳ね起きて四辺《あたり》を見回したが、そこにはただ白雲が山の峰から峰へ、音もなく動いてゆくばかりである。

ユダの眼からはらはらと、新しい涙が流れた。最後まで一言もユダをお責めにならなかった、あの慈愛に満ちた主の御顔《みかお》を二度と仰ぐことができないのだと思うと、胸を引き裂かれるような気がした。ユダはいっそイエスが自分を憎んで下さればいいと思った。けれどもイエスはけっしてユダを責めようともされなかった。それがユダにはかえって苦痛であった。

ユダは自分で自分に制裁を加えるより他なかった。

――神のお召しを待つこともできないで、現世《このよ》を去らねばならない俺は、なんという可哀相な人間だろう、現世にさえ棲家《すみか》を失ってしまった俺の死後は、一体どうなるのだろう……ああ、滅亡だ！　滅亡だ！　俺は今や全人類から反逆者と罵《ののし》られて、現世《このよ》を追われてゆくのだ。幾千万という同胞を持ちながら、その中のたった一人からも、悲しんでもらえないで死んでゆくのだ。

けれども神の御恵《おめぐみ》はこんな悪人にもなお豊かだ。俺は今こうしてこの穢《けが》れた身体《からだ》を、この美しい自然の中に置くことを許されている。俺は広大無辺な神の御恵を感謝しながら死のう。されば麗しの流れよ、緑の山よ、せめてお前たちだけは、この愚かな可哀相な奴を葬ってやってくれ――

これがユダの風に語った最後の言葉であった。

渓流に臨んでいる巨大な樹の枝から、宙にだらりと吊り下がったユダの屍《しかばね》は、それからしばらくの間、誰にも見られず、嵐の中に揺られていた。

翻訳・翻案篇

節約狂

レイ・カミングス作

一

グローブ盗難保険会社の支配人は、デスクの向こう側に座っている若い男を、じっと見つめていた。それは愉快な顔つきをした青年で、鋭い空色の眼と、褐色の頭髪、きかぬ気らしい顋《あご》つきと、肩巾の広いがっしりとした体格の所有者である。彼は無雑作に椅子に腰を下ろして、一抱えほどの新聞を膝の上に載せていた。

「要するに君の言うところによれば、君はその方面にかけては、まったく無経験だって言うじゃないか。それじゃどうも、君を調査員に採用するわけにはゆかないね」

支配人はいかにも当惑顔に繰り返した。

ジミーは前へ乗りだして、熱心な調子で言った。

「いや、しかしグレッジさん、私だって何か非常にお役に立つ場合もあるかもしれません。それで私は、ただちょっと試験的に使っていただきたいというのです」

ここでちょっと彼は言葉を切った。支配人が、自分の膝の上にある新聞に眼を注いでいるのに気づいたので、

「ご覧のとおり、私はこうして二ケ月間かかって、数種の新聞を集めてみました。これらの新聞の報道によって、あの評判の盗賊『鉛筆ウィリー』について、大いに研究した次

第です」

と一気に述べ立てて、支配人の顔をチラッと眺めた。そして相手が自分の言葉にうまく惹かれてくるのを見て取ったので、さらに勇気百倍して言葉を続けた。

「私の考えでは、この『鉛筆ウィリー』は必ずシアトルにもやってくるに違いないと思うのです。そこでですな、貴君の会社としては、是非ともこの男を捕えなくてはならぬと私は思うのです」

「それは君、警察の方で！」

「警察？　警察無能の声高い時に当たってシスコの警察でも、ポートランドの警察でも、いったい何をやっているのです。もし警察の力にばかり頼っていたら、この会社は早晩破産の憂き目を見なければなりません。グレッジさん、これは実際の話です」

この青年の言葉に対して支配人は、かくべつ感服の色を現す様子もなかった。しかし彼は内心その意見に同意せずにはいられなかった。

「実はそういうわけで私が参ったのです。私は必ずこの『鉛筆ウィリー』の仮面を剝《は》ぐことができるという自信をもっているのです。とにかく私を使ってみて下さい。あいつがシアトルへやってきた場合には、万事私が引き受けて、会社の蒙《こうむ》るべき数万ドルの損失を、未然に防いでお目にかけます」

青年は次第に脂に乗って熱心に語り続けるのであった。

当時『鉛筆ウィリー』といえば、太平洋沿岸では誰一人知らぬ者ない評判の盗賊で、俗に言う鯰《どじょうなまず》式の捕えどころの無い人物である。彼は至る所であらゆる罪名の下に捜査されていた。

彼の犯罪は、時と場合によって多少の相違はあるが、その手段に至っては、ほとんど同一であった。彼はいわゆる毛色の変わった盗賊とも言うべき種類であって、他人の所有物を盗み取るのに、彼独特の斬新奇抜な方法をもってすることに、非常な誇りを感じているらしかった。

いつも仕事をうまうましとげては、巧みに犯跡を晦《くら》まし、その筋の人々があわてふためいているのを声高く冷笑するのが彼である。

「鉛筆ウィリー」の遣《や》り口は大胆ではあるが、至極簡単であった。彼は金満家の家へでも、普通の平和な家庭へでも、または貧しい家へでも遠慮会釈なく入っていって、目ぼしいものはことごとく頂戴してゆくのである。

しかしながら彼は、どこから入って、どこから出ていったかという証拠をけっして後に残さないので、彼がいかなる方法で家の中へ忍び込むものかいっこう知る者はない。

彼はまた、かつて人命を傷つけたことは無かった。もっとも彼のごとく、絶対に家人《かじん》に知られないように巧みに仕事をすることができれば、抵抗してくる人もないのだから、したがって人命に危害を加える必要もないわけである。

彼は自分の手際に対する確実な信用をかち得るために、仕事をした後には必ず一葉の皮肉な走り書きを残し、それに鉛筆を突きさして、明白に「鉛筆ウィリー」の所業《しわざ》なることを証明して去るのが常であった。

ジミーが会社の支店を訪れていた時は、ちょうど「鉛筆ウィリー」がポートランドでさかんに仕事をやっている最中であった。

その以前ジミーは、レイニマ山麓のランバー会社で木挽《こび》きの下請けのような仕事をしていたのであるが、たまたま休暇を利用して繁華なシアトルへ出てきて、そこでエリスという女と婚約して以来、もはや単調な木挽き生活に帰る気にはなれなくなったのだ。彼はシアトルに留まって、もっと何か将来発展の見込ある仕事を見つけたいと望んでいたのである。

ジミーはこのような境遇にあって「鉛筆ウィリー」の不思議な犯罪を知り、ひどく心を動かされたのだ。ある晩彼はエリスに向かって、もし何かいい職業が見つからなければ、彼らはいつまでも結婚式を挙げるわけにいかないと、しきりに二人の不遇を嘆《かこ》っていた。その時フト彼の脳に浮かんできたのは、当時さかんに世間を騒がしていた例の「鉛筆ウィリー」のことであった。

ジミーはさっそく自分の計画をエリスに語った。その翌日彼はグローブ会社の支配人を訪れ、前夜エリスに語って賛成を得た計画を、前述のように腹蔵《ふくぞう》なく述べたわけなのである。彼の第一歩は見事に成功した。

次の月曜日から彼はグローブ盗難保険会社シアトル支店の社員として働くこととなった。「鉛筆ウィリー」がシアトルに出現することを心ひそかに念じていたことは言うまでもない。

二

パーソン氏の盗難事件は、木曜日の午後の出来事である。ちょうどジミーが支配人の部屋にいた時、パーソン氏から電話がかかってきた。しかもそれは、「鉛筆ウィリー」の出現を告げるものに他ならなかった。支配人が要所要所の質問を出して、相手の返答を書きとっている間、ジミーは胸をワクワクさせていた。

「では今すぐに社員を遣わしますから。現場《げんじょう》をそのままにして手をつけずにおいて下さい」

と言って支配人は電話を切った。

「警視庁へはまだ届けてないでしょうね。私が行くまでどこへも届けないように、しっかり断っておいて下さい」

ジミーは熱心に言った。

「いや、ここへ第一に電話をかけたのだそうだ。疑いもなく『鉛筆ウィリー』の仕事さ。あいつのことだから、第一にパーソン家を襲ったのだ。ジミー君、しっかりやってくれたまえ」

支配人は額の汗を拭きながら不安そうに言った。

「大丈夫です。ではさっそく出掛けるとしましょう」

ジミーは勢いよく椅子から立ち上がった。

「君、ちょっと待ちたまえ」

支配人は彼を呼び止めて、

「君は当のパーソン老人について何か知ってるかね」

と意味ありげに尋ねた。

ジミーは、およそシアトルに住む人々、および当市の新聞を読んでいる人々が、パーソン老人に対してもっている種々の知識は、もちろん人並みにもち合わせていた。

世間から吝嗇家《しみったれ》のパーソンと呼ばれているこの老人は、非常な金満家でしかも独身者で、クイーン街に身分には不釣り合いのお粗末な家に住んでいる。彼は実に、太平洋沿岸に住む人々の中で、この人ありと知られた偉大な吝嗇家なのである。

守銭奴《しゅせんど》という言葉は彼に当たらないかもしれぬが、とにかく一種の節約狂である。彼は午前に大金を支払って自動車を買い、その日の午後には、新聞の読み殻を元の新聞屋に払い戻すことのできぬのを嘆くといった風の人物である。

彼はまた、一箱について十銭安の煙草《たばこ》を得るために、二円のガソリン代を惜しげもなく費やして、自動車を下町に走らせるのだ。一言にして言えば、彼の崇拝するところは、些細なものの偉大さにあるのだ。偉大な百円紙幣よりむしろ一銭銅貨を拝むといった遣《や》り口である。

これらの事柄は、ことごとくジミーの知るところであった。また彼は、このパーソン老人の盗難は、換言すれば、会社の一大損失なることも心得ていた。それゆえ支配人の心痛は、無理ならぬことと彼はうなずいた。

「パーソン氏のことについては、万事よく存じています。あの方の保険金はおおよそどれくらいでございます」

とジミーは尋ねた。

「二十万円だ」

支配人は悲痛な声で答えた。それを聞いてジミーも哀れっぽい顔をしたが、内心では欣喜雀躍《きんきじやくやく》足の踏む所を知らずの体《てい》であった。二十万円!! この時に当たり成功せずんばあらずだ。細工は粒々《りゆうりゆう》仕上げを御覧《ごろう》じろで、盗難保険会社社員のお預かり物は永久に彼のものになるのだ。

そのうえ一躍して、驚嘆すべきいわゆる名探偵の部に入るのではないか。まだある。その結果、彼の給料も一躍し、そしてめでたく彼とエリスは……。

「君、ここにパーソン氏の談話《はなし》の要点を書き留めておいたから、一応目を通しておきたまえ」

と言って支配人は一葉の紙片を彼に手渡した。

三

ジミーは、表面だけはいかにも自信のある様子で、クイーン街のパーソン氏の家に近づいた。彼はシアトルに入り込んできた「鉛筆ウィリー」事件を解決するために、あっぱれ名探偵の役目を勤めようというのである。

彼が表戸の電鈴《ベル》を鳴らすと、間もなくパーソン氏自ら彼を出迎えた。そのとき初めてジミーはパーソンを近くで見たのである。そして彼が思ったよりもしなびた小男で、雛《ひよ》っ子のような筋ばった頸《くび》と、南金玉のような小さい眼とをもっていることを発見した。

「保険会社からですか。さアお入り下さい」

老人の声は細くてガサガサしていた。彼は先に立って、薄暗い居間にジミーを導いた。ジミーは廊下を歩いてゆく途中、老人が黒い上着を着て、古ぼけたズボンを穿《は》き、スリッパをつっかけているのに気づいた。

居間に入るとジミーは、悠然とパーソン氏の勧めた椅子についた。室内にはヒタヒタと夕闇が迫っていた。

「電灯をおつけになってはいかがです」

とジミーが言うと、老人は不興げな色を顔に浮かべた。戸外が真っ暗にならないうちに、電灯をつけるなど不経済の骨頂であると、彼は思っていたのだ。ジミーの無遠慮な言葉に少々感情を害したが、場合が場合なので不承無承に電灯のスイッチを捻《ねじ》った。

部屋を見渡したところ、家庭らしい柔かみがどこにも見られないというくらいで、別に取りたてて言うほどの特徴のないごく平凡なものであった。

ジミーはパーソン氏が自分の顔を見つめて、何か言いだすのを待っているのに気づくと、どんな具合に切りだしたものかと途方に暮れてしまったので、ちょっとてれかくしに、

「喫煙してもさしつかえはありませんか」

と尋ねた。彼は老人の隠袋《ポケット》から覗《のぞ》いている葉巻をじっと見つめていたが、やがて自分の隠袋から巻き煙草《たばこ》を取りだして、燐寸《マッチ》をすった。

「どうぞ、事件の顚末を細大もらさず、子細にお話し下さい」

とジミーは快活に言った。

「たいしてお話するような事実もありませんがね。わしが階下《した》へ下りてきたのは午後の四時頃でした。今日は終日在宅していたのですがね。中食《ちゅうじき》は十二時ころ家の食堂で認《したた》めました。午後からは至ってひっそりとして、何の物音も聞こえませんでした。ところがご覧のとおりの有様なのです。まア来て見て下さい。わしは一つも手をつけずに、そのままにしておきましたから」

ジミーは活発に立ち上がった。最初彼の眼に止まったのは、大きな仏蘭西《フランス》窓のわきにある小卓子《こテーブル》であった。その上には古ぼけた紙片が使い古した短い鉛筆で突きさしてあった。

「わしが最初に見つけたのは、あれです。まずあれを読んでもらいましょう」

とパーソン老人は落ち着いて言った。

ジミーは、鉛筆が落ちないようにソッとその紙片を取り上げて、次のごとき言葉を読んだ。

——君のところの仕事は、実に簡単明瞭にいった。ありがたく頂戴してゆく。また近いうちにやってくるよ。鉛筆ウィリー——

それはお決まりの鉛筆の走り書きであって、書体によってその筆者を推定しうるような特徴は、ぜんぜん見出だされなかった。ジミーの記憶するところによると、「鉛筆ウィリー」はいつもこの様な特徴のない走り書きを残してゆくのが常であった。彼は再び紙片を卓子《テーブル》の上に置いた。

「盗難物品は」

場なれた口調で尋ねた。パーソン老人は、隠袋から一葉の大きな紙片を取りだした。

「ここにあります——貴君《あなた》のお出でを待っている間に、盗難品は全部まとめてここへ書き出しておきました」

ジミーはそれを受け取って、長々と書き連ねてある文字を読み下した。そこに誌《しる》された品々は主に銀器類で、傍らにはいちいち価格が記入してあって、最後に総価格一万六千八十円也と計算してあった。ジミーは読み終わると、

「まず現場《げんじよう》を拝見させていただきましょう」

と申し出た。すべての品は食堂と、食器部屋から盗みだされていた。ジミーは階下の各室を検《あらた》めた。

それは晩秋の寒い時節だったので、いずれの部屋の窓もかたく閉ざされて鍵さえ下ろしてあった。外部へ通じる戸口といっても、玄関と、台所と、地下室との三ケ所にあるだけ

で、いずれも内部から鍵が下りていた。ジミーの考察したところでは、どの鍵にも手を触れた形跡は無かった。

「すべてこのままになっていたのですか」

ジミーは頭を傾けて尋ねた。

「左様。一体きゃつはどこから入って、どこから出ていったのか、わしにはぜんぜん疑問です。梯子《はしご》でもなくては、屋根から出入りすることはできないだろうと思う。きゃつが家の中に隠れていないということだけは確かです。わしは家じゅう検《あらた》めたのだから」

パーソン老人は答えた。

老人の居間と台所は、整然たるものであったが、食堂と、食器室とは渾沌《こんとん》たる有様であった。戸棚は開けっ放しで、卓子《テーブル》掛け、ナプキンの類が乱雑に撒《ま》き散らしてあった。食堂にあるマホガニー製の大きな棚の引き出しはぬきだされて、中にあった銀器はことごとく紛失していた。

床の上には、盗賊が急いだあまり残したものと見え、二三の銀製スプーンが投げだされてあった。その他「鉛筆ウィリー」が忘れたものか、あるいは盗んでゆく価値を認めなかったものか、細々した銀器が散らばっていた。

実に驚くべきほど多数の銀器が、白昼物音一つさせず、また出入《しゅつにゅう》の形跡も残さずに盗み去られたのである。これはまったく「鉛筆ウィリー」独特の遣《や》り口であった。

四

彼らは再び居間に戻ってきた。

「お座り下さい。他に少々お尋ねしたいことがありますから」

ジミーは言った。彼は、自分の態度がいかにも落ち着いて、本物の探偵らしいと大いに得々とするところもあったが、尋問の段になって急に度を失った。パーソン老人は、いらいらした様子で椅子についた。彼は、事件の説明も述べてしまったので、今はただ、要するに一刻も早く保険金を手に入れさえすれば、何も言うところはないと思った。

「貴君《あなた》は、まったくお単独《ひとり》で住んでいらっしゃるのではありますまいね」

としばらくしてジミーは口を切った。

「いいや。ブリッグスという女が家政婦としてここに住んでいます」

老人は努めて気軽そうに、微笑など浮かべながら答えた。

「その方は今日家《うち》におりますか」

「今もいます。昼飯の後片づけが済むと、三階の自分の部屋へ行って針仕事をしていました」

「この盗難事件を知っているのですか」

と言ってから、ジミーは自分ながら馬鹿げた質問をしたものだとあきれた。

「わしはこの事件を発見すると、すぐにブリッグスさんを呼んできたのです。どうも女というものは始末の悪いもので、わしが疑いでもかけたと思ったものか、ヒステリーを起こしたのです。わしはけっして彼女を責めた覚えはないのです。彼女はもう二十七年からわしの家《うち》に勤めているのですからね」

パーソン氏は手を振りながら語った。

「で、ブリッグスさんが三階へ行くまでには、何の異常もなかったのですね」

「いや、何もありませんでした」

「それはいつ頃です」

「左様、二時頃でした」

「ブリッグスさんも、階下の物音を聞かなかったのですか」

「聞くはずはありません。彼女は三階におったのですからね。わしはミシンのガタガタいう音は聞いておりましたが、階下では一つも物音はしなかったように思います」

ジミーは問答が進行するにつれて、不安が次第に増してくるのを感じた。

「まずそのブリッグスさんをここへお呼び下さいませんか。ほんの二三分間尋問したいと思いますから。警察の方はどうなさいました。電話でもおかけになりましたか」

ジミーは老人が戸口へ近づいて行く時、追いかけるように尋ねた。

「警察？　いや何も通知は致しません。わしはただこれまで保険会社へ注ぎ込んでいた莫大な金を取り返しさえすればいいのだから。巡査などを呼ぶ必要はない。う、う、うっかりこんなことを公開しようものなら、新聞記者なんというううるさい奴らが押しかけてくるから、警察へ届けるなどもってのほかさ」

老人があまりムキになってまくし立てるので、ジミーは思わずふきだした。

「そんなに気にするにも当たりますまい。しかし『鉛筆ウィリー』は、警察の方でも厳探中の人物ですから、いずれ後から一応届けだすのが至当でしょう」

ジミーはもっともらしい口調で言った。

ジミーは、ブリッグス夫人との会見によって何ら得るところは無かった。彼女はひどく興奮していて、言うことに少しも辻褄《つじつま》が合わなかった。彼女はパーソン老人の陳述以上、何らこれという新材料を提供しえなかった。ジミーは彼女には怪しむべき点を見出だされなかったので、できるだけ早く問答を打ち切ってしまった。

パーソン老人は、ブリッグス夫人が立ち去ると直ちにジミーに向かって、

「時に、保険会社ではいつ支払って下さるのですか」

ときわめて露骨に性急に切りだした。

「まアお座り下さい。もう少々お話ししたいことが残っているのですから」

とジミーは言ったものの、実はその話すべきものが何一つ手近になかったのだ。しかしながら彼は、いかにしても、この事件を警察の手に譲ってしまう気にはなれなかった。

「鉛筆ウィリー」の残していった例の鉛筆は、依然として傍らの卓子《テーブル》の上に乗っていた。

ジミーは何と言うことなしにそれを取り上げると、小さな鉛筆は紙片《かみ》から抜けて床へ転げ

落ちた。パーソン老人は屈《かが》んでそれを拾い上げるとジミーに手渡した。

「お世話様」

ジミーはパーソン老人の手から鉛筆を受け取った。それは二吋《インチ》に足りないほど短くなっていたが、その鉛筆製造会社の名と、三号と言う文字だけはまだ銀色に残っていた。

ジミーは、「鉛筆ウィリー」の残していった文字を見つめているうちに、フトある考えが浮かんできた。急に胸騒ぎがしはじめて、動悸《どうき》が激しくなるばかりだ。彼の眼前には、とつぜん太陽が躍りだしてきた。

彼はまず、心の動揺を隠すために煙草《たばこ》を吸おうと思いついた。老人の隠袋《ポケット》からは依然として葉巻が首を出していた、ジミーはそれを注視しながら、

「どうでしょう。お持ち合わせの煙草を一本頂けないでしょうか。実はさっき、最後の一本をやってしまったものですから」

と言った。パーソン老人は身を切られるようなせつない思いをして、大切な葉巻を一本与えた。その時ジミーは老人の隠袋の中に、一本の鉛筆が入っているのを素早く見つけた。

「ちょっとその鉛筆を拝借さして下さい。『鉛筆ウィリー』の残していったのは大切な証拠品ですから、使いたくないと思っているのです」

ジミーはわざと気軽そうに言った。老人は無愛想に鉛筆を取りだしてジミーに渡した。それは長い、いまだ新しい品で、ごく最近にけずったばかりのものであった。ジミーは無言のままウィリーの走り書きの裏へ、パーソン老人から受け取った鉛筆で、無雑作に落書

きを始めた。やがてジミーは顔を上げて、

「パーソンさん！」

とあらためて呼びかけた。彼はできるだけ平静な調子で言うつもりであったが、残念ながら、彼の声には隠しきれぬ喜悦の響きがあふれていた。彼は頤《あご》を突きだして、

「パーソンさん、お言葉どおり、この事件はぜんぜん警察へ届ける必要はありませんね。もっとも貴君《あなた》が特別の理由で希望されるなら、また問題は別ですが。パーソンさん、貴君は盗難にかかったなぞと、事実無根の申し立てをなすったのでしょう。貴君は立派な詐欺師でいらっしゃいますな、いや感服致しました。

おそらく今まで、『鉛筆ウィリー』の被害者の十中八九までは皆、貴君と同種類に属する人物であっただろうと想像しますよ。明々白々の事実です。現に貴君のお顔に歴然と書いてあるではありませんか。

ご心配には及びません。貴君のいわゆる盗難品は必ずお宅のどこかにしまってあるでしょうよ。さアどうです、まだお納得がゆかなかったら、警察の力をお借りになるのも一策でしょうな」

ジミーは、雄弁にまくし立てた。

パーソン老人はこの突然の詰問に度を失って立ちどころに白状してしまった。

五

「まアお聞きなさい。それはこういうわけなのです。『鉛筆ウィリー』の残していったという書きつけは、ごく柔らかい一号の鉛筆で書いてあったのです。ところがその紙片《かみ》に突きさしてあった鉛筆というのが、ごく堅い三号なのです。でパーソン氏が隠袋に入れておいたのは柔らかい一号の鉛筆、すなわちパーソン氏が『鉛筆ウィリー』の書き置きを偽造する時に用いた鉛筆であったのです」

ジミーはエリスに説明して聞かせた。

「だってなぜ、パーソンさんは書き付けを書いた鉛筆をすぐに紙にさしておかなかったのでしょう。そうするのが当たり前でしょう」

「普通ならそれが当然のことなのですが、さアそこがパーソン氏のパーソン氏たる所以《ゆえん》ですよ。ウィリーをまねたその書き付けにすぐその鉛筆をさしておけばすむものを、みすみす新しい鉛筆をさしておくのは損だと思ったのですね。

だから、いよいよの時になって、急に新しい鉛筆を隠袋《ポケット》にしまい込んで、わざわざ二吋《インチ》ばかりの古鉛筆を探しだして紙片《かみ》にさしておいたのです。

先生、鉛筆の種類によって、筆跡の濃さが違うというところまでには気がつかなかったと見えます。とんだところで、いつもの節約癖が頭を出したものです。まったくおしみの百損というところですね」

「鉛筆ウィリー」事件におけるジミーの手腕は、グローブ盗難保険会社シアトル支店気付ジミー宛《あて》の一封の手紙によって、いよいよ素晴らしいものと裏書きされた。

会社側では、パーソン氏の事件を表沙汰にする意向はさらに無かったのだが、どこからともなくこの秘密が洩れて、新聞紙上にさかんに書き立てられた。でジミーの探偵としての手腕は、はからずも世間に認めらるるに至った。

こうしてジミーは、新聞紙上には賞賛の詞《ことば》をあびせられるし、会社からは信用を得、そのうえ増給という有り難いことになったので、エリスの喜悦《よろこび》は非常なものであった。

ジミー宛にきた問題の手紙というのは、表書きも中味もことごとく鉛筆で書いたもので、消印はサンフランシスコになっている。

親愛なる君よ、

小生儀《ぎ》貴《き》兄《けい》の腕前に少なからず感謝仕《つかまつ》る者に御座候。かく申す小生は、サンフランシスコに於いて二回、シカゴに於いて僅《わず》かに一回、ポートランドに於いては二回仕事をやっつけたるのみにて、その他の箇所にてやりたる覚えは毛頭無之候《これなくそうろう》。然《しか》るに屢々《しばしば》小生の名を詐《かた》り、自ら己の所有物をイントクし以《も》って保険金をせしめる者之有《ものこれあり》、小生の迷惑一方ならず候。彼奴等《やつら》らの所存誠にもって怪《け》しからんことと存じ、小生実にフンガイに候。

小生は貴兄がケイ眼をもって彼奴等のロー劣なる手段を看破されたる事実を知り、大いに溜飲《りゆういん》を下げ申し且《か》つ、貴兄に負うところ大なることを深く感じおる者に御座候。頓首再拝。

鉛筆ウィリー

盗賊の後嗣《あとつぎ》

一

顧客《おきやく》から受け取った金時計を子細に検《しら》べていた質屋の主人は、何と思ったか不意に顔をあげて、

「お前さん、もうちっと早起きしなくてはいけないね」

と言った。店先に立っていた青年は呆気《あつけ》に取られて、まじまじと相手の顔を見つめていたが、

「何だって？　早起きをしろって？　何だってそんなことを言うんだい」

と聞き返した。

「お前さんは夜働くのかね」

「夜働くとはどういう意味だ。何と思ってそんなことを聞くんだ」

質屋の主人は意味ありげに薄笑いしながら、

「いったい今は幾時だと思うね。昼近くなってようよう起きてくるような人間は、どうせ夜でも働いているのだろう」

と言った。

「何を言っているんだい。俺は今朝《けさ》八時に起きたんだぜ。人を馬鹿にするなよ」

「じゃアこの時計はお前さんのものじゃアない」

質屋の主人はきっぱりと言い放った。

「どうして?……」

主人は青年の顔色を見て取って、満足らしく金時計の滑らかな蓋《ふた》を指先で撫《な》でながら、

「この時計はよほど大切に扱っていたものに違いない。それは中を一目見れば分かるさ。見たわりに新しい品ではないが、なかなか上等だ。この時計の持ち主は毎晩眠る前とか、あるいは起きた時とか、ちゃんと時間を決めて巻いていたに違いない。

ところがいま見ると、この時計はお前さんがここへ持ってくるすぐ前に巻いてある。おまけに今は十一時過ぎじゃアないか。もっとも持ち主が十一時に起きたっていうならだが、お前さんは今朝八時に起きたって言ったろう、だからおかしいと言うんだ。いったい時計を質に入れようという矢先に立って、ねじを巻くというのには二つの理由がある。

それは時計に狂いがあるから、質屋へ持ってきた時にちゃんと針が動いているように、あわてて時間を合わせて巻いたものか、それでなけゃ持ちなれない時計だから念のために巻いてみたものに違いない。そこでわしはこの時計をお前さんの所有品《もの》であるまいと鑑定したわけさ。納得できたかね」

と言って青年の顔を意味ありげに見守ったが、さらに言葉を続けた。

「わしの推測どおりだろう。どうだいほんとうのことをぶちまけてしまわないか。わしはけっしてお前さんのような人間を警察へ突きだすような無風流《ぶふうりゅう》なことはしないいつも

りさ」

青年は深い溜め息をついた。そして落ち着かない様子でキョロキョロと戸口を見まわしながら、

「実は俺のものじゃない」

と口早に言った。

「何もビクビクすることはない。わしはお前さんをペテンにかけるようなことはしないよ。とにかくちょっと話したいことがあるから奥へ入るがいい」

老人は若い者に店番を言いつけて、時計と金鎖を懐中《ふところ》へ入れると、先に立って奥まった一室に青年を導いた。

「まア座りなさい。ところでお前さんの名は何というね」

と尋ねた。青年は眉をひそめて疑り深そうに老人の顔を見あげたが、彼の問いにはなかなか答えなかった。

「本名を明かしたらどうだね。その方がお互いのためだ」

「何だって俺のことをそんなに聞きたがるんだ」

「そんなことはどうでもよいから、正直にわしの尋ねることに答えなさい。悪いようにはしないよ」

「俺は鳶《とんび》の小六《ころく》っていうんだ」

「鳶の小六？　まてよ、鳶の小六と……」

「そうさ、小六だ、それがどうしたっていうんだい」

「どうっていうことはないがね」

と言ったものの、老人にとって鳶の小六という名は、けっして無意味には響かなかった。老人は小六という名を聞くとすぐに鳶の六造という男を思い出した。

鳶の六造というのは一しきり世を騒がせた稀代の盗賊であった。彼は非常に胆玉《きもたま》が太く、かつ驚くべき巧妙な技量を持っていたので、仲間じゅうでも一方ならぬ尊敬を受けていた。その後、彼は結婚して一子を挙げたという噂が老人の耳にも聞こえていたが、いま眼の前に座っている青年は、その有名な鳶の六造に生き写しである。自ら鳶の小六と名乗っているこの青年こそ、六造の一人息子に違いない。しかし老人はそのようなことを気ぶりにも見せないで、

「鳶の小六なんていう名はついぞ聞いたことはない」

と言った。

「そんなことはどうでもいい。それよりも俺はお前の魂胆《こんたん》が聞きてえんだ」

青年は鋭い視線を老人に向けた。

「魂胆？　わしには何も魂胆などはないよ」

「俺様を釣ろうたって駄目だぜ。吐かねえか、おい爺さん」

「そんなくだらねえことを言うと制服巡査《さつ》を呼んで渡してしまうぜ」

「おおいいとも、呼んでみろ」

あくまで糞度胸を据えている青年の様子を見て、老人はいよいよこの男を六造の悴《せがれ》であると確かめた。

「わしはお前が立派な金時計を曲げにきたから、真人間にかえらせようと思って意見をしたところだというがいいかね」

「俺様を真人間にかえらせるって？　フン、しゃらくせえ爺だ。手前は俺を手先に使おうという魂胆《こんたん》だろう」

「お前は凄い度胸を持ってるな。だがそんな脅し文句を並べたって駄目だ」

「脅し文句じゃアねえ。さア巡査《さつ》を呼ぶなら呼んでみろ。そして金時計がどこにあるか探してもらうんだ。どうだい爺さん、その怪しい代物は手前の懐《ふところ》中に鎮座しますじゃねえか。そこで手前が俺を手先に使って盗人《ぬすっと》を働かせようとしたが、俺が言うことを聞かねえので、業を煮やして巡査を呼んだと言ってやるんだ。俺は無前科《むきず》だから大丈夫だが、そうなりゃ、手前の店が危なくなるんだ」

老人はいよいよこの若者が鳶《とんび》の六造の悴に違いないという確信を得た。二人の視線がパッタリと合った。老人は相手を信頼するに足ると見て取って、おもむろに口を開いた。

「親父《おやじ》さんは達者かね」

「親父を知っているのかね」

「三十年来の知り合いだが、二年ばかり前に一度会ったきり、お互いに無沙汰をしている」

「もっとも俺の親父の名を知らねえ奴はねえはずだ。鳶の六造って言えば一頃は鳴らしたものだが、今じゃ根っから意気地が無くなってしまった。年のせいとは言いながら情けねえものさ。爺さんは全盛時代の親父を知ってるだろうな。そのころ俺はいまだほんの餓鬼だったが……」

「知っているとも。お前の親父は豪物《えらぶつ》だったよ。わしが最後に会ったのはたしか親父さんが監獄から出てきた時だったっけ」

「親父も今じゃアから駄目さ」

「この頃は仕事をしないのかね」

「仕事？　そんなことを聞かれるとおかしくって仕方がねえ。あの老いぼれ親父が窓から這い込むところを考えてみねえ。親父はもう他人《ひと》の家《うち》へなんか玄関からだって入れねえや。誰か建物を真っ二つに割る機械でも発明しないこっちゃアな」

「そんなに年をとったかな」

「若い時は偉かったろうが今じゃアもうね……時に爺さん、お前の名は左衛門っていったっけな。たしか看板にそう書いてあったと思ったが……一体どうして俺の親父を知っているんだい」

「わしたちは商売のことで知り合いになったのさ」

質屋の主人は意味ありげに微笑した。

「やはり俺が最初睨《にら》んだとおり、爺さんは贓品《けいず》買いだな。いずれ家へ帰ったらお前に会ったことを親父《おやじ》に話すよ」

「わしは是非お前の親父さんに会って話したいことがあるんだから、いつか都合のいい時に訪ねてくれと言《こと》付けてもらいたい。お前さんはまったくいい度胸を持っていなさる。それだけの器量があれば使いようによっちゃア、立派なものになれる。

お前さんは一向世間知らずだ。こんな立派な時計を持って、ぶっつけに知らない店へ飛び込んでくるなんてまったく素人のやり口だ。だがわしの店へ飛び込んだのは好運さ。これが他所《よそ》の店だったらお前さんは、すぐふん縛られてしまうところよ。時に小六《ころく》さん、お前は金につまっているのかね」

「別につまっているという程でもねえが……」

「いいさ、いくらか何しておくよ。こう言ったからって、わしはこの時計が気に入ったわけじゃアない。ただお前さんの親父さんに言付けてもらいたいと思ってさ！　親父さんにわしのことを話してみなさい。きっとわしがお前さんをどんな人間に仕立てるかすぐ分かる。

わしはお前にうんと金儲けをさせてやるから。お前は立派な旦那様で贅沢の仕放題だ。どうだい金持ちの若旦那に納まりたくないかね。豪気なもんだせ。とにかく今晩にでも親父さんを引っ張ってきてくれ。お前のことで相談があるからってね、……いいかね。分かったかい」

「よし引き受けた。うまく親父を連れだしてこよう」

二

その夜質店の表戸が閉まった後、鳶《とんび》の小六は親父の六造を伴って左衛門老人を訪ねた。六造は大柄で、デップリと肥満した赤ら顔の老人である。顳顬《こめかみ》にきかぬ気らしい青筋が立って、真っ白な硬い頭髪を角刈りに刈り込んだ様子に、どこか昔のいなせな面影が残っている。小六は親父に似ないすらりとした優男《やさおとこ》であるが、角張った額、人を射るような鋭い目つき、一文字に引き締まった口元、それから高い鷲鼻《わしっぱな》は親父生き写しである。

「これはこれは、よくおいでなすった。さアそこじア話ができない、もっと火鉢のそばへおよんなさい」

左衛門は愛想よく六造を迎えて火鉢の前に座らせた。小六は部屋の隅に小さくなってかしこまっていた。

「これはしばらく、貴方《あんた》はいつもご丈夫で結構だ。近頃はめっきり年をとってしまって、ついどこへも御無沙汰じゃ」

「お互い様でな……わしも年のせいか、えらく無性になってしまって……時に今日図らずも息子さんと近づきになったので、それで急に貴方に言付けをしたようなわけでね。……」

左衛門は器用な手つきで、緑茶を青九《あおく》谷《たに》の茶碗に注ぎながら言った。

六造は苦々しげに悴《せがれ》を顧みて、

「こいつはとんでもねえ親不幸者で、わしは苦労していますよ。わしにしろ、こいつの祖父《じじい》にしろ、みな押しも押されもせぬ大盗賊《おおぬすつと》として通ってきたに、こいつは誰の血をうけたものか、てんでものにならない始末でさア。母方の血統《ちすじ》から言っても、こいつの曾祖父《ひいじじい》などは素晴らしい腕を持っていたのだから、こいつだって、もうちっと何とかなりそうなものだと思って、ずいぶん骨を折ってみましたがね。……

もっとも、大切な教育ざかりをわしは暗いところで暮らしてしまう、阿母《おふくろ》は病死してしまうっていうようなわけで、野放しにしてあったんで、すっかりできそくなってしまったと見えますよ。

下らねえ小盗人や巾着《きんちゃく》切りなんてろくでもねえことをやっては、親の面《つら》よごしをしているです。この八月が徴兵検査だっていうのに、こいつはまだ金庫の破り方さえ知らねえ始末です。誠にお恥ずかしい次第でさア」

六造は心外に堪えぬ様子で深い溜め息を洩らした。左衛門は気の毒そうに相手の顔を見つめながら、慰めるようにうなずいた。六造はなおも言葉を続けた。

「わしは悴に板の間稼ぎや、かっさらいのような卑しい真似はさせたくない。わしにしろ、わしの親どもにしろ、そんな意気地のないことはやらなかった」

「俺だってそんな下等な真似するもんかい」

隅の方に小さくなっていた青年は、不意に顔をあげて昂然と叫んだ。

「わしは何も、お前がそんな真似をしたとは言わん。だがお前は近頃、毎晩家《うち》を空けて何をしているか、言ってみな。賭博場《ばくち》をうろついたり、下等な小泥棒を相手にしたりしているじゃアないか。左衛門さん、わしはまったくこいつのことを考えると、安心して死ぬこともできませんよ。

今までもこいつを一人前の盗賊に仕立てようっていうんで、わしの子分らが手をかえ品をかえやってみてくれましたが、ご覧のとおりの有様です。そのうえ奴《やっこ》の言い分が情けないじゃアありませんか。『お父《とっ》さん俺はとても大盗賊《おおどろぼう》になる気はないいんだから、無駄骨折らねえがいい』ですと。

こんな心掛けじゃア将来が案じられてなりません。真っ昼間、市街《まち》をうろついて他人《ひと》の懐中物を狙《ねら》ったり、不意打ちを食わせて弱い人間を脅したりして、端金《はしたがね》をせしめるなんて、そんな量見でどうなります。本当の盗賊っていうものは、人が寝静まってから働くものでさア。

わしが若い頃はけっして他人の安眠を妨害したり、弱い人間をいじめたりしないで、家人《かじん》を驚かさないように礼儀正しく家の中へ忍び込んで、大仕事をやらかしたものです。だがこいつはそういう大盗賊の精神を、とんと解しておらんです。今日も貴方《あんた》に会ったっていう話だから、根掘り葉掘り尋ねてみると、どうでしょう、酔っ払いの懐中物を引き攫《さら》ってきたって言うじゃアありませんか。実に早あきれたものです。

なんでもその相手の男っていうのは、名の知れた金持ちだそうで、紙幣《かみ》入れの中に名刺があったので、住所姓名が分かっておりますがね……とにかくわしは今晩悴《せがれ》にとっくりと言ってきかせた揚げ句、ようようほんとうの盗賊《どろぼう》道に入るように納得させて連れて参ったのです。左衛門さん、そんなわけですからどうぞ親心をお察し下すって、何分にもよろしくお引き立て下さい」

「おっしゃるまでもありません、万事わしがお引き受け致しましょう。だがそんなに案じたものでもありませんよ。これで息子さんは、中々いい度胸を持っておいでだから、もう二三年もみっちり修業すれば立派なものになりますよ」

「どうか、そうなってくれればいいと思っておりますがな……それでさっきもお話ししたとおり、例の金持ちの姓名《な》も分かっているのですから、まず最初こいつの腕試しに時計を返しにやって、家《うち》の様子を探ってこさせようと思うのですが、貴方《あんた》のご意見は……」

「そりゃア結構な思いつきですな。とにかく相手が酔っていたというのですから、時計を拾ったとでも言いつくろって持ってゆくのですね。いずれ先方だって黙っては受け取りませんや、なんぼかの礼金を貰うっていうことになりますから、一挙両得といったわけでさアね」

「礼金のことなどは考えに入れていないが、これをきっかけにこいつをわしの悴として恥ずかしくない、立派な大盗賊に仕上げたいのが何よりの心願《しんがん》ですよ」

「なるほどね……わしもこの息子さんを一目見た時、これゃ確かにものになるわいと思ったですよ。そしてよくよく聞いてみると貴方の息子さんだっていうんで、しめたと思いましたよ。何と言っても貴方の血を受け継いでいなさるんだから。……ねえ小六《ころく》さん、お前さんもお父《とつ》さんの心を汲《く》んで、心を入れ換えたらどうですね。お前さんがその度胸でみっちりやりゃア、じき親分になれる。それはわしが保証する。早く一人前の泥棒になって親を安心させるがいい。孝行のしたい頃には親はないということがある。風樹《ふうじゅ》の嘆《たん》っていうやつだ。今のうちに孝行しておきなさい」

左衛門は重々しい口調で小六に意見した。小六は世間の人間には誰一人怖いものはないが、親父《おやじ》の前だけは頭があがらない。したがって親父の昔なじみの左衛門の説法は謹聴せざるを得《え》ない。彼は殊勝らしく頭を垂れてかしこまっていた。

「小六、もっと前へ出て左衛門さんのおっしゃることをよく聞きな」

と六造もそばから口をそえた。

三

それから二日目の晩、鳶《とんび》の小六は金満家の美々しく飾り立てた応接間に座っていた。彼の様子は以前とすっかり変わっていた。わだかまりのない晴れ晴れした顔に、異常な興奮と感激を浮かべていた。

「旦那、どうぞ親父の名だけはお尋ねなさらないで下さい。私は今かぎり親父と縁を切り捨てて真人間になりますから。親父は一生涯安楽に食うだけの金は持っているんですすから、その点は安心です。それに親父《おやじ》には子分もありますし、懇意な友達もありますから、私なんかいなくなって、少しも困る気遣いはありません。ただちょっと暇乞《いとまご》いにだけ行ってこようと思います」

「何も暇乞いにゆく必要はあるまいよ。親父さんはとても君の気持ちなんか了解できまいと思うがね。一層このまま黙って君の信ずる道を進んだらどうだね。君の親父さんはもう老人だし、それにいまさら親父さんの人世観を改めさせようたってとうてい不可能なことだからな。その点は僕にも理解できるよ。親父さんは親父さん、君は君の生活をするさ。とにかく君は自動車に趣味を持っているというのだから、さしあたり僕の自動車の運転手になってもらおう。僕のもとには二人運転手がいるから、運転の技術を練習したらよかろう。

過去の生涯とすっかり縁をきって、新生涯に入るという君の決心を聞いて、僕は非常に愉快に思うよ。今後君が正道を踏んでゆく上においては、できるだけの援助を与えるつもりだから、しっかりやりたまえ。君はまだ若いんだ。努力次第で立派な人間になれる」

中年の紳士は歯ぎれのいいキビキビした調子で語っていたが、思い出したように机の上の金時計を取り上げて、

「この時計を再び手に入れたことは非常に嬉しい。これは亡くなった母親の形身なのだから、僕にとっては、金銭に代えられない貴重な品だ。実に不思議な縁だったたね。僕の懐《ふところ》中から掏《す》っていった男が酔っぱらっている最中に、また君にしてやられたという

わけだね。そしてその君が僕のところへ返しにきたのが動機となって、真人間になる決心をしたのだね。あるいはこれも亡くなった母の引き合わせかもしれない」

と感慨深そうに言った。

それから半月ほどたった後、左衛門を訪ねた六造は、老いの眼に涙を浮かべて声を震わせながら胸にあまる不安と愚痴を打ち明けた。

「左衛門さん、倅《せがれ》はもう帰ってきますまい。あの翌日時計を返しにいったきり姿を見せません。最初は何か災難にでも会ったのかと心配して、方々へ手を回して捜してみましたが、倅は挙げられた様子もないのです。よもやと思ったが、やっぱり奴は親に似ぬ鬼っ子で、とうとうわしらに裏切ってしまったのですよ。

左衛門さん、倅は二度と再びこの親に顔向けのならないような人間になってしまったに違いないです。この年になってこんな辛い思いをしようとは夢にも思いませんでした。

倅めには悪い血が混じったのですァ。今にして思えば母方の血統をよく検《しら》べなかったのがわしの誤りでしたよ。母方の叔父に当たる男で、一人救世軍に入っている奴があるのです。大方《おおかた》倅にはその男の血が混じったのでしょう。親の身として不肖な子も持つくらい辛いことはありませんよ」

拭《ぬぐ》はれざるナイフ

ハリントン・ストロング作

一

マシュー氏の秘書ヘンリーが、二階にある自分の居室から出てきたのは、ちょうど金曜日の夜十一時であった。

彼は身軽に階段を下りると、玄関に通ずる廊下をまっすぐに歩いていった。そのとき彼は就眠前の一二時間を読書に費やすために、図書室へ書物を漁りにゆくつもりであった。

ヘンリーは三十五六の分別ざかりで十年も前からマシュー氏の秘書として忠実に勤めている。他へゆけば現在よりもはるかに多額な収入を得るだけの技量を持ちながら、こうして十年一日のごとくマシュー氏のもとに働いているのは、マシュー氏の人格にほれ込んでいるからである。

しかしながら口さがない世間の人々は、ヘンリーが秘書役くらいに甘んじているのは他に野心があるからだと噂をしている。もっともマシュー氏は八十才の高齢に達しているほどで、日頃からあまり健康が優れていない。

それにこの老金満家の唯一の近親にあたる甥は、すこぶる老人の受けが悪かったから、彼の巨万の富が秘書役のヘンリーに残されるということは、まんざらあり得べからざることでもなかった。

ヘンリーは足早に廊下を進んでゆくうちに、廊下の電灯がことごとく点《つ》けっぱなしになっているのを見て驚いた。いつもならもう小さいランプを除くのほか、家じゅうの灯火《あかり》を消してしまうべき時刻である。マシュー氏は節約を主義とし、常にこれを他人に教えている。それゆえこのような不経済なことをしておいたら機嫌を損ずるに違いない。

老僕のバーカーは近頃不注意になったらしい。そんなことを考えながら図書室の前までゆくと、バーカーが足を引きずりながらやってきた。いつもならもう床《とこ》についているはずの老僕の姿を見て、ヘンリーは不思議に思った。

この老僕も長年マシュー家に仕えてきた実直な男である。彼は秘書を見ると、眼をしばたたきながら、廊下の中央に立ち止まった。

「バーカー、家じゅうの灯火が点いているのはどうしたわけだい、旦那がご覧になったらご不興だろう」

とヘンリーは小言を浴びせかけた。

「でも旦那様がまだお休みになりませんものですから……」

バーカーの言葉は丁寧ではあったが、どこか不平らしい調子があった。

「まだお休みにならない？　もう十一時過ぎているではないか」

「わしはこうして、旦那様がお書斎から出てお出でになるのを待っているのです」

「旦那は明日《あした》の朝、自動車で運動にお出かけになるので、今晩は早くお休みになるはずだったが……、私はもうとうにお休みになったとばかり思っていた」

「ですけれども旦那様はまだお書斎にいらっしゃいます」

「では仮寝《うたたね》でもしておられるのかもしれない」

「いずれ、そんなことでございましょう。わしは書物に読みふけっておいでになるのかと思っておりました」

「そんなはずはない。私は今晩、小切手帳の控え紙に記入したので、旦那はそれに署名してしまったらすぐにお休みになると言っていらしった。明日は十日の支払日だから、例のとおり旦那は今晩じゅうに小切手を書いておおきになる。だがそれにしてもあまり手間取りすぎる」

「そうでございます、どう遊ばしたのでございましょう」

「では私が行って旦那をお起こし申すから、お前は戸締まりをして、灯火《あかり》を消して、休むがいい」

と言ってヘンリーは書斎の戸口に歩み寄り、扉《ドア》の握りに手をかけたが、怪訝《けげん》な面持ちで首を傾《かし》げた。扉には内側から錠が下りている。

「これはおかしい。この扉に錠を下ろしておおきになるなんて、ついぞ例のないことだ。そうじゃアないか。バーカー」

「まったくでございます。旦那様はけっして内側から錠をおかけになったことはありません」

「あるいは非常に大切な書き物でもされるので、我々に妨げられないように錠を下ろされたのかもしれない。しかし昨日《きのう》もお医者の注意があったのだから、こんなに遅くまで起きていらしっては、お身体《からだ》に障る」

ヘンリーは軽く扉を叩いてみたが応答《こたえ》がない。さらに強く叩いたが、やはり返事がなかった。

「マシュー様、マシュー様」

と声高く呼んでみた。二人は扉に耳を押しつけて様子を窺《うかが》ったが、内部はひっそりと静まり返っている。

「よほど熟睡しておられると見える」

とヘンリーは呟《つぶや》いた。すると老僕は気遣わしげに秘書の顔を見上げながら、

「ヘンリー様！　何か間違いでもあったのではございますまいか。旦那様は心臓がお弱くていらっしゃるのですから……」

と言った。そして彼は急に心配になってきたと見えて、息をはずませ、手をブルブル震わせはじめた。

ヘンリー自身も少なからず不安に駆られた。彼はもう一度力をこめて、扉を激しく叩いた。書斎のうちは依然として気味の悪いほど静かである。

「ことによると、旦那様はひどくお悪いのかもしれません。気絶でもしていらっしゃるのだと大変でございます。扉を破って中へ入った方がよろしゅうございましょう」

老僕の言葉に、ヘンリーは無言のまま、いきなり全身に力を込めて扉に体軀《からだ》を打ちつけ

た。その拍子に錠が壊れて扉《ドア》とともにヘンリーは室内へ転げ込んだ。

マシュー氏が両手をダラリと机の上に広げたまま、前方《まえ》へ俯《うつぶ》せになっているのが、一目に見えた。老僕は恐怖の叫び声をあげて主人のそばへ駆け寄った。それよりも早く主人に近づいたヘンリーは、驚愕《きようがく》のあまり、意味の分からぬ言葉を口走った。

マシュー氏は後頭部に致命的な打撲傷を受けていた。机の上は血の海になっている。老金満家で、かつ慈善家であるマシュー氏は死んでいた。恐ろしい沈黙……続いて老僕の叫び声が広い屋敷じゅうに響き渡った。

「旦那様が殺された！　旦那様が殺された！」

ヘンリーは蒼白《まつさお》な顔を老僕に向けて、

「バーカーあわてないで早く行って、家政婦と女中を起こしてきなさい。私はすぐ警察へ電話を掛けるから。それからこの部屋のものには何一つ手を触れてはならない」

と命じた。

二

上官の命を受けたフェンチ探偵は、時を移さず指紋係を伴って、自動車をマシュー家に向けて走らせた。彼は、もしこれが実際に殺人事件なら、少なくも検死官の一行に現場《げんじよう》を掻き回されない先に、駆けつけたいと思ったのである。

フェンチ探偵と検死官との間はかねてから、すれすれになっていた。もっともフェンチ探偵は今までのところ、いつも先手を打っていた。現にこの夜は一つの事件を片づけて、その報告を書いているところへマシュー家から電話で急報《しらせ》がきたのであった。

「マルチン、こんどもまたバタバタと事件を片づけてしまいたいものだね。僕は早く家《うち》へ帰って一休みしたいよ。マシュー老人が殺《や》られたんだってね。事実殺られたって言うなら、我々の手で犯人を挙げたいものだ」

とフェンチ探偵は指紋係に言ったが、それきり唇を閉じてしまった。彼はあまり無駄口をきかない男である。それに現場に到着するまでは、けっして犯罪に関する憶測をしないのが彼の常である。

そのかわり一度現場に達するや直ちに急所急所を尋問し、前後の事情を考察し、時にはその場で犯人を挙げてしまう。彼はたいていの事件を機械的に手際よく一日で片づけてしまうのである。

バーカーが二人の警吏《けいり》を案内してゆくと、広間でヘンリーが彼らを迎えた。

「書斎の扉《ドア》をすぐ閉じておきました、室内のものには何一つ手を触れておりません」

とヘンリーが言った。

「それは結構だ。検死官のところへ届けましたか」

「いいえ、まだです」

「素敵だ！　我々はあの連中に邪魔されないうちに、現場を見なくてはならない。すぐ案内して下さい」

フェンチ探偵は書斎に入ると、すぐに死体に近づいた。彼はマシュー氏の亡骸《なきがら》を吟味し、室内を詳細に検分した。なお窓掛《カーテン》を上げてフレンチ窓を検《あらた》めた上、何事か呟《つぶや》きながら思案にふけっていたが、やがて戸口に立っていたヘンリーとバーカーのそばへ歩み寄って、

「さて」

とヘンリーに説明を促した。

「マシュー氏は十時十五分にはまだ生きておられました。その時刻に私はマシュー氏を書斎に残して、二階の居間へ引きさがりました。そして十一時かっきりに私は書物を取りに階下《した》へ下りてきたのです。

すると家じゅうの電灯が点《つ》け放しになっていましたので、バーカーを咎《とが》めましたところが、マシュー氏はまだ書斎に起きておられるということでした」

「いつもそんなに遅くまで起きておられることはないのですね」

「そうです。マシュー氏は十時十五分に、もうじき休むと言っておられたのです。小切手を書き終わったらすぐに休んで、朝早く自動車で運動にゆかれるはずだったのです。

ですからそんなに夜更けまで起きておられるのはおかしいと思って戸を叩いてみましたが、返事がないのです。そのうえ扉《ドア》の内部《なか》から錠がかかっているのを発見しました」

「日常《いつも》はそんなことはないのですね」

「そうです。マシュー氏はいまだかつて部屋に錠を下ろされたことはありませんでした」

「それで扉を壊して中へ入ったのですか」

「そうです」

フェンチ探偵は扉を検《しら》べて、

「発条錠《ぜんまいじょう》だな」

と呟《つぶや》いた。次に窓を指さして、

「この窓には誰も触りませんでしたか」

と尋ねた。

「この部屋の中は誰にも手をつけさせませんでした」

とヘンリーが答えた。

「フム、この窓も全部内側から錠が下ろしてある。内部から錠を下ろした室内で変死したというわけか。だがこんなことはたいして不思議でもない。発条錠なら扉を強く閉めれば自然に錠が下りるわけだ」

「おっしゃるとおりです。しかし誰がそのようなことをしたのでしょう」

「それが問題さ。なるほどこの太い杖《ステッキ》でやられたのだな。これは誰の所持《もの》です」

「それはマシュー氏の所有品《もの》です。数年前によそからお貰いになったので、いつでも書斎の隅に置いてありました」

「犯人が用いた凶器はこの杖だと見える。マシュー氏を打ち殺した後ここへ投げ捨てていったのだ」

「そうです。この杖《ステッキ》は数ケ月前からあの隅に立てかけてあったのです」

「で、今晩マシュー氏は何をしておられたのです。何か変わったことでもありましたか」

「いいえ、別に変わったことはありません。いつものように軽い晩飯を済ますと、小切手を記入するために書斎へ入られました。そこで私は小切手の控え紙に被支払人の名前を記入して請求書と一緒にマシュー氏に渡したのです」

「なるほど」

「マシュー氏はいつも決まった特別な性癖《くせ》で小切手を書かれるのが常でした。まず最初、小切手にことごとく署名をしてしまい、それから宛名《あてな》を書き込み、最後に金額記入器を用いて額面を記入するのが習慣でした」

「で、マシュー氏は金額を記入されるのに、いつもその器械を使用されましたか」

「そうです」

「よろしい、貴郎《あなた》はマシュー氏と一緒にこの部屋へ入ったとおっしゃるのですね」

「ハイ、そうです。私は控え紙に全部書き込んでしまうと、小切手帳をマシュー氏の机上においたのです。すると氏は小切手を書いてしまったら自分はすぐ寝るつもりだと言われました。それゆえ私は書斎を出ていったのでした」

「その時、ここの扉《ドア》は閉めてゆきましたか」

「ハイ、閉めました」

「その時、錠が下りるようなことはありませんでしたか」

「そんなことはないと思います。もし錠が下りれば音が聞こえるはずです。ちょっと待って下さい。そう、たしかに錠は下りませんでした。なぜと申しますと、マシュー氏のもとへそれから後に訪問客がありました。その客は扉を開けて入ってゆきましたもの」

「その客というのは何者です」

「ギーン様です」

「というのは？」

「マシュー氏の甥御《おいご》さんです」

「ここへ来られたのはいつ頃ですか？」

とフェンチ探偵が言うと、老僕がわきから言葉をはさんだ。

「ギーン様がおこしになったのは九時五六分過ぎでした。旦那様は書斎にいらっしゃると申し上げましたら、ズンズン書斎へ入ってゆかれました」

「いつもそうなのかね」

「ハイ、左様でございます。ギーン様はいつもご自由にこの家《うち》へお出入り遊ばしていらっしゃるのです」

「ギーン氏はどれくらいおられたね」

「およそ半時間ほどでございました」

「何しに来られたのか知っているかね」

「多分……お金のことでいらしったのだろうと存じます。いつもそうなのでございます。

で、ギーン様は旦那様と争論《いさかい》をなすっていらっしったようです」

「口論をしたって？」

「ハイ、左様でございます。廊下にいても聞こえるほど高声《たかごえ》で言い争っていらっしゃいました。そして九時十五分頃、ギーン様は大層ご不興なご様子で、玄関の扉をやけにしめて出てゆかれたのです」

「廊下へ出てこられた時、書斎の扉《ドア》は閉められたかね」

「ハイ、それから間もなくヘンリー様が二階から下りていらしったのです」

とバーカーが答えた。するとフェンチ探偵はヘンリーの方に向き返った。

「私が階下《した》へ下りてきた時、バーカーがもう少し前、ギーン氏が帰られたと申しました。それで私は何か用事がないかと思って書斎へいってみますと、マシュー氏はまだしきりに小切手を書いておられましたが、非常に不機嫌でいらっしゃいました」

「するとギーン氏の訪問後、マシュー氏はまだ生きておられたというわけですな」

「そうです。それでマシュー氏は私に向かって、もう用はないとおっしゃったので、二階へ上がりましたが、十一時近くになっても寝つかれなかったので、書物《ほん》でも読もうと思ってまた階下へ降りてきたのです。それで初めてさっき申し上げたように、この事件を発見したわけです」

「つまりギーン氏は九時少し過ぎにここへ来られ、九時十五分頃に帰った。マシュー氏はそのとき生きていた。それから数分後に貴郎《あなた》が書斎へいった時もマシュー氏の身に変わりはなかった。

そして十一時に来た時は書斎の扉に錠が下りていた。それから貴郎が扉を壊して内部《なか》へ入ると、マシュー氏が死んでいた……それに違いありませんね」

「そのとおりです」

フェンチ探偵は老僕に再び尋ねた。

「お前はどこにいた」

「私はたいてい玄関の近所におりました。それでヘンリー様が十時ごろ書斎へいらしって、すぐ出ていらしったのを存じております」

「その時ヘンリーさんは書斎の扉を閉めてゆかれたかね」

「ハイ」

「マシュー氏はまだそのとき生きておられたという証拠はあるかね」

と探偵は言った。それを聞くとヘンリーは憤然として横合いから言葉を挟んだ。

「貴郎は私が二度目に書斎へいった時、自分の主人を殺害したとお考えになるのですか」

「私は単に事実を集めているにすぎません。……で、バーカー、十時頃ヘンリーさんが二階へ行かれた後でお前は何をしていたね」

「私は旦那様がお休みになったら、玄関の戸締まりをして灯火《あかり》を消そうと思って廊下に控えておりました」

「ではヘンリーさんが二度目に下りてこられてこの事件を発見するまで、お前は廊下にいたのだね」

「ハイ、左様でございます」

「その間、書斎で何か物音がしなかったかね」

「イイエ、何の物音も聞きませんでした」

「話し声か何かしなかったかね」

「イイエ、そんなこともございませんでした」

「もし書斎で話し声でもしたら、廊下にいるお前にはむろん聞こえるはずだね」

「それはおっしゃるまでもありません。家じゅうはしんとしておりましたから……奉公人と申しましても、私の他に家政婦と女中がいるばかりで、この二人はとうに休んでおりました。


奉公人の部屋は奥の方でございますから、二人は何も知らぬわけでございます。この騒ぎが起こってから私が行って二人を起こしましたのです。二人とも台所におりますから、何かご用がおありならここへ呼んで参りましょう」

フェンチ探偵は指紋係に向かって、

「君、あの杖《ステッキ》から始めてくれたまえ」

と言った。指紋係はすぐに仕事にとりかかった。フェンチ探偵は警察へ電話をかけ、ギーン氏を召喚して当家へ伴うように頼んだ。次に彼は室内をもう一度点検した。そして指紋係の耳に何事か囁《ささや》き、人々を書斎から退けた。

一同はバーカーに導かれて向かい側の部屋へ入った。フェンチ探偵はもはや一言も質問をせずに、黙って煙草《たばこ》をふかしていた。この沈黙はヘンリーやバーカーの心を不安にした。やがて時計が午前一時を報じた。それは警官とマシュー氏の甥ギーン氏であった。まもなく玄関の呼鈴《ベル》が鳴ったので、フェンチ探偵は扉《ドア》を開けにいった。

フェンチ探偵は吸いさしの葉巻《シガー》を投げすてて、ギーンを別室へ請じて椅子にかけさせた。

「君の叔父さんは何者かに惨殺されました」

と言って、じっと相手の顔を見つめた。

「惨殺？」

ギーンは椅子から飛びあがって叫んだ。

「まあ気を落ち着けなさい。犯人は杖を用いてマシュー氏を撲殺したのです。死体はまだ動かさず、そのままにしてありますが、別に貴郎《あなた》に検《み》ていただく必要はありません。私は既に現場《げんじょう》を調べ、ヘンリー氏およびバーカーの尋問を済ませました。それで貴郎《あなた》にもいろいろお尋ねいたしたいと思います」

ギーンは真っ青になって、体軀《からだ》を震わせていた。

「殺されたのですか。私はつい二三時間前に叔父に会ったばかりですが……」

「その時の模様をお話し下さい」

フェンチ探偵は促すように言った。

「私が叔父を訪問したのは、たぶん九時頃だったと思います。正確な時間はバーカーにお尋ねになれば分かります。私はすぐ書斎へ入って叔父に面会しました」

「その時マシュー氏は何をしておられました」

「小切手を書いておりました。たぶん毎月の支払いの小切手だと思いました」

「ご機嫌伺いにでもいらしったのですか」

「イヤ、実は……こんなことを申し上げるのは非常にまずいのですが……私と叔父とはあまり仲がよくなかったのです」

「貴郎《あなた》は確かマシュー氏のお姉様のお子息でしたね」

「そうです。私は亡くなった叔父のただ一人の近親でした」

「ではマシュー氏の財産はとうぜん貴郎のとこへゆくわけでした」

「そういうわけにはゆかないでしょう。私は叔父の信用がありませんでしたから……叔父は私に年金をくれていましたが、それだけでは足りませんから、私は時々無心をいって特別な金を貰っておりました。

そんなわけで叔父は日頃からあまり快く思っておりませんでしたので、私にはホンのわずかばかりの財産を残してくれるばかりらしかったのです。事実叔父は、私が叔父の財産をあてにしても駄目だということを口にしておりました」

「なるほど！　で、今夜貴郎はどういうご用件でマシュー氏を訪問なさいました」

「金を貰いにきたのです……今月の小使金《こづかい》を使い果たしたものですから。……この場合、こんなことを言うのは不利ですが、正直に何もかもお話しするのです。

私は二千円ほしいと無心したのです。それで叔父は非常に怒りまして、そのために私どもは口論をしました」

「マシュー氏はその金を貴郎にくれましたか」

「叔父は最後に一万円くれました」

「エッ！　そんなに怒っていたのにですか……」

「叔父は一万円で私との縁を断ってしまうと言い渡しました。そして小切手を書いて金額を記入器で記入すると私に投げつけて、それに署名して立ちどころに出てゆけと命じました」

「なるほど！　それから？」

「私はそれきり叔父に一言も口をききませんでした。小切手に署名すると、衣嚢《ポケット》に入れてすぐに叔父の家を立ち去りました。その小切手というのはここにあります」

と言って、ギーンの手渡した小切手を受け取ると、フェンチ探偵は念を入れて見た上で、

「これはしばらく私がお預かりしておきましょう。すると、貴郎の叔父御《おじご》は、貴郎がここを辞された時にはまだ生きておられたのですね」

「どうしてです。貴郎は私が叔父を殺害したと疑っておられるのですか」

「参考のために伺っているのです。むろん叔父御が貴郎のお帰りになった後も生きておられたということは、ヘンリー氏およびバーカーの陳述によって承知しております。それから貴郎はどこへゆかれました」

「私は二三丁先まで歩いていって、通りがかりの貸自動車《タクシー》を呼んで、自分の家《うち》へ帰りました。そして寝ようとしているところへ、警官が見えたので、驚いて駆けつけたのです」

フェンチ探偵は、部屋の中を行ったり来たりしながら何事か考えふけっていた。そこへ指紋係が来て、二人はひそひそと声を潜《ひそ》めてしばらく話し続けていた。やがてフェンチは人々の方を振り返って、

「貴郎《あなた》方の指紋を採《と》らしていただきたいのですが、無論ご異存はないでしょうな」

と穏やかに言った。

「よろしいですとも」

ギーンはすかさず答えた。

「私もかまいませんが、しかしあの杖《ステッキ》には私の指紋が残っているかもしれません。私は毎日書斎に出入りしておりましたから、あの杖には毎日のように手を触れておりました」

ヘンリーは不安らしく弁解した。するとバーカーも、

「そう申せば私もあの杖をたびたびいじったことがあります。雇女《おんな》たちの掃除のしようが粗末なので、私が旦那様の書斎を掃除することになっておりました」

とあわてて陳述した。

「よろしい、分かりました」

とフェンチは頷《うなず》いて後ろにさがった。指紋係はギーン、ヘンリー、それからバーカーと順々に指紋を取ってから再び書斎へ立ち戻った。フェンチは人々の前に立って、

「ちょっと、一同でこういうことを考えてみようじゃアありませんか。それは一つの推論ですがね。まず三人のうちで、ヘンリー氏を犯人と目することができます。ギーン氏が帰られた後でヘンリー氏が書斎を訪れた折に、マシュー氏を殺して、外部《そと》から扉《ドア》に錠を下ろして素知らぬ顔で自分の部屋へ戻っていたとも考えられます。

なぜならバーカーは、それから以後は書斎に何の物音もしなかったと申し立てております。無論ヘンリー氏がマシュー氏を殺す動機は明白ではありませんが、マシュー氏の遺産がいくらかヘンリー氏の手に入るということは遺言状によって分かっております」

「貴郎は私が……」

ヘンリーが真っ青になって何か言おうとしたのを押し止めて、フェンチはなおも言葉を続けた。

「私はさっきも述べたとおり、単に推論を下しているにすぎません。……それからこの事件を各方面から観察してゆきますと、ヘンリー氏が二階へ行かれた後で、バーカーがマシュー氏を殺したのだとも考えることができます。

バーカーは一人この廊下に残っていたのでありますから、その間に何事をもなしえたでしょう。犯罪の動機はやっぱり遺産に関わることと思われるのです」

「旦那様……私は……」

バーカーは恐怖の叫びをあげた。

「誰でも外部から錠を下ろすことは容易です。扉は激しく閉めれば自然に錠が下りるようになっています。それゆえヘンリー氏でもバーカーでも、扉《ドア》の錠を内部《なか》から下ろしたように見せかけるくらいは、造作ないことでありましょう。マシュー氏がギーン氏の帰られた後、生存しておられたことは、ヘンリー氏の陳述で判明しています。それにギーン氏はそれきりここへは戻ってこられなかったのです。

おまけに書斎の窓には鍵がかかっていました。さて、ここでもう一つお願いがあるのです。それは貴郎方《あなた》の懐中物をことごとく卓子《テーブル》の上へ出していただくのです」

人々はこの不思議な申し出でを訝《いぶか》りながら、各自の所有物《もちもの》をことごとく卓子の上に積み上げた。いずれも普通の人々が日常所持しているような、金入れ、小刀《ナイフ》、ハンカチ、万年筆、手帳などであった。

「貴郎方は次の部屋へ行って待っていて下さい」

探偵は警官に命じて一同を隣室《となり》へ連れてゆかせた。

フェンチ探偵は人々が出てゆくと、三人が卓子の上においていった品々を検《あらた》めにかかった。まもなく彼は廊下を横切って書斎へ入り、指紋係と何事か声を潜《ひそ》めて語り合った。

三

それから五分後に、フェンチ探偵は再び、ヘンリー、ギーン、バーカーの三人を前に置いて、おもむろに唇を開いた。

「諸君！　ようやく犯人を発見しましたよ。この事件は至極簡単に片づけてしまうことができました。犯人はある二三の点では非常に用意周到で、なかなか頭脳《あたま》のいいところを示しておりましたが、ある点では非常な手ぬかりをして、殺人に不慣れな人間の恐怖と狼狽《ろうばい》を遺憾なく発揮しておりました。

犯人は前もってひそかに仏蘭西《フランス》窓を開けておいたのです。そして犯人は窓から書斎に忍び込み、しばらく厚い窓掛《カーテン》の後ろに隠れてマシュー氏の様子を窺《うかが》っていたのです。そして機《おり》を見て窓掛の陰から這いだして、部屋の隅に立てかけてあった杖《ステッキ》を取り上げると、不意に背後《うしろ》から力まかせに打ち下ろしたのです。

それから直ちに犯人は廊下へ通ずる扉に中から錠を下ろして、万一家人《かじん》に気づかれた場合にも逃走する余裕を作っておいたのです。犯人は単に殺人が目的ではなかったのです。それでマシュー氏を一撃の下に倒してしまうと、次に小切手を切り取って、額面記入器で金額を記入したのです。そして犯人は再び仏蘭西窓から外へ逃れ出たのです」

「しかし貴郎はさっき、窓の扉は内部から鍵がかけてあったとおっしゃったではありませんか」

とギーンはなじるように言った。

「むろん扉には鍵がかかっておりました。犯人は外部から鍵をかけたのです。さっきも申し上げましたとおり、犯人はなかなか抜け目がありません。とにかく犯人は巧妙に罪跡《はんせき》をくらませて、この家《うち》を逃走してしまったのです。ところが彼は思いがけぬ証拠を残してゆきました。

杖《ステツキ》に指紋が残っていないところを見ると、犯人は手袋を穿《は》めていたらしいのです。しかし彼は小切手の額面記入器に指紋を残してゆきました。無論マシュー氏の指紋もありましたが、ヘンリー氏とバーカーの指紋はありませんでした。ギーン氏のは？　貴郎《あなた》はあの記入器に手を触れられたことがありますか？」

「いいえ、私はけっして触った覚えはありません」

「ではどうして貴郎の指紋が記入器に残っていたのです？」

「何ですって？　それは何かのお間違いでしょう」

とギーンは叫んだ。

「指紋は偽《いつわ》りません」

「お待ちなさい！　もちろん私が叔父と話をしている最中に無意識でそのそばへ歩み寄り、過って手をついて、指紋を残したということは、ありうべきことだと思いますが……」

「貴郎の指紋がちゃんと残っていました。とにかく私と一緒に警察へ同道して下さい。何か申し立てることがあれば警察でお伺い致しましょう」

「そんな薄弱な証拠で私を引致しようというのですか。そんな指紋くらいが何の証拠になります」

「しかし私の握っている証拠はそればかりではありません。一例を挙げると、この小切手も証拠の一つです。貴郎はマシュー氏がこの小切手を貴郎に渡してご自分の名を記入するように言われたとおっしゃいましたな」

「それに相違ありません。叔父は私に記名をさせ、金額は叔父自身が記入しました」

「そこが貴郎の手ぬかりでしたな。貴郎はうっかりしていらしったでしょうが、貴郎の切り取った小切手は三三二七八号ですが、これをヘンリー氏が前もって記入された控えの台紙と引き合わせると、三三二七八号は内国保険会社に宛《あ》てたものだと判明しました。マシュー氏は一四〇円の掛け金を同会社に支払うはずになっていたのです。マシュー氏がもし貴郎に小切手を渡されるなら、当然ヘンリーが記入済みにした小切手でなく、その次のを切り取られたはずです。マシュー氏は非常に几帳面でしたから、そうあるべきです」

「しかし叔父は激高しておりましたから、手当たり次第にいちばん上の小切手をくれたのでしょう」

「ところが貴郎の小切手は、手当たり次第にあり合わせの紙を切り取ったとは言えません。なぜならこれは最後から二番目の小切手です」

「そんな馬鹿げた理屈があるものですか。貴郎は真犯人を捕えないで……」

ギーンは吃《ども》りながら言った。

「私は真犯人を発見しました。それは他でもない貴郎です。証拠はまだあります。私は仏蘭西窓《フランス》を検《しら》べた時に、窓縁《まどべり》の一部分にペンキのはがれた箇所を発見しました。

あの二枚の戸の間には、ナイフの刀を差し込んで鐶《かきがね》を外すだけの隙がありました。犯人はそうやって室内へ忍び込んだのです。そして凶行後再び窓から出て、ナイフの刀《は》で鐶を元どおりに下ろしたのです。その時ナイフが当たってペンキがはがれたのです」

「それがどうしたっていうのです。そんなことは私の関係したことではありません」

「大いにあります。さっき貴郎《あなた》方の所持品を調べた時に、貴郎の懐中ナイフの刀の鞘《さや》の中に白いペンキの粉が付いていました。これで合点がいったでしょう。

貴郎が窓に鏁を下ろしてこの事件を迷宮に入らせようと謀《はか》ったのは、実に巧妙な遣《や》り口でした。しかし貴郎はナイフを拭《ぬぐ》っておくことと、小切手の控えの部分を破っておくのを失念していました。さアどうです」

「私は金の必要に迫られていたものですから……」

ギーンは悄然《しょうぜん》として呟《つぶや》いた。

「とにかく私と一緒においでなさい。電気椅子は貴郎《あなた》のような人間のために備えてあるのです」

ギーンの手首に冷たい手錠がカチリと音を立てた。フェンチ探偵は彼を引き立てて戸口へ向かった。

懐中物御用心

一

北越線のプラットホームに着いた列車から、潮のように吐きだされた群衆の中に、外山長吉も交っていた。彼は初めて着た洋服のカラーを気にしながら、改札口を出た。ふと顔を上げると、目の前の柱に「懐中物御用心」という文字を見出だした。長吉は洋服の上から大切な内隠袋《ポケット》を触ってみて、ホッとしたように胸の釦《ボタン》をかけ直した。

「ホウ、ここが東京か！」

感嘆詞を発したその口を開けたまま、彼は駅前の雑踏を呆然と眺めていた。

「今、何時でしょう」

突然、声をかけたものがある。長吉はハッとして相手の顔を見た。それは好人物らしい老人であった。しかし長吉は――それやってきた！　こいつ、わしが伯父貴《おじき》から貰ってきた金時計を狙《ねら》っているなと思ったので、わざと落ち着きはらって、停車場の大時計を指さしながら、

「停車場の時計だすけ、あっているだろう。九時だねえかね」

と素っ気なく答えて歩きだした。

「まったく油断がならん、生き馬の目を抜くっていうが、着く早々このとおりだすけ」

と独り言をいいながら、村を出るとき伯父に教えられたとおり、駅前の山城屋へ入った。彼は風呂へ入って一晩じゅう浴びてきた石炭殻を洗い落としてしまうと、さばさばした気持ちになって宿を出た。彼は地図に従って、まず第一にかねてから憧れていた銀座通りへ足を向けた。

資産家の息子とはいいながら、小学校を終えて、土地の農学校を卒《で》た長吉は、三里や四里を歩くのは平気であった。ことに空は晴れて、郷里では滅多に見られないような、黄金色の日光が市街の上に輝いていた。

彼は浮々した歩調で、思う存分、都会のかもす雑音の管絃楽を楽しみながら、京橋を過ぎて尾張町の角へ出た。

彼はそこまで来た時に、小用をたしたくなったので、裏通りへ入っていった。とある横町を曲がると、彼のそばをすれすれに通っていった自動車が数間《けん》先の洋館の前に止まった。運転手のそばに鞄や、トランクが積み上げてあった。最初に下りてきた男は酔っ払いと見えて、帽子も被《かぶ》らずに、よろよろしていた。続いて飛び下りた大柄な紳士は、いたわるように連れの男の腕をとった。ところが酔っ払いは紳士の手を振り払って、いきなり、通りかかった長吉の首にしがみついた。

「おい君、しっかりしてくれなくっちゃ、困るじゃアないか」

紳士は当惑げに相手をたしなめた。その時は運転手も下りてきて、

「旦那！　お宅へ着きましたよ……いえけっしてご心配ありません。ひどく酔っていら

っしゃるのですから」

と言って紳士と力を合わせて、酔漢を引き放そうとした。

「いいですよ。そこまでゆくだけ、わしによっかからしておきなさい」

長吉は男を肩にかけたまま、戸口へ行った。

「ほんとうにすみませんね。きょう久々に外国から帰ってきたんで、祝杯を挙げすぎたのですよ」

紳士は気の毒がって長吉に弁疏《いいわけ》をした。

いよいよ閾際《しきいぎわ》へゆくと、男は足を踏ん張ってなかなか家へ入らないので、長吉はだいぶ骨を折った。

「おい、何を愚図愚図しているんだ。この方にこんなご迷惑をかけちゃア、仕様がないじゃアないか」

紳士は運転手に向かって怒鳴った。

運転手は車から運んできた鞄を投げだして、紳士に手伝って、男を家の中へ担ぎ込もうとした。酔漢はもがきながら、

「乱暴しなくたって入るよ。その方にお礼をしなくちゃアならない。さア葉巻を一本差し上げよう」

と言った。紳士はちょっと手をゆるめた。男は内隠袋《ポケット》から葉巻を一本取りだして、

「いかがです。ハバナの上等ですよ」

と言って長吉に渡そうとした。

「わしは葉巻なんか吸ったことはないすけ、いいですよ。いいですよ」

「今時の若い者が葉巻くらい吸わなくってどうする。ねえ君遠慮なく持っていって吸いたまえ。倫敦《ロンドン》から買ってきたのだから、素敵ですぜ」

「ほんとうにわしは吸わないのだすけ」

長吉が本気になって辞退をすると、紳士がそばから、

「そんなことを言わないで、気休めに貰っておいてやりたまえ、また人集まりでもすると、みっともないから」

と言い添えた。

「それでは辞儀なしに頂いておきますわね」

長吉は仕方なしに葉巻を押し戴いて懐中に納めた。

「いいかね君、きっと、吸ってくれたまえよ」

酔漢の常で、同じことを幾度も繰り返して言った。

「どうも有り難うございました。とんだご迷惑をかけました」

紳士は酔漢に代わって礼を言った。

再び銀座通りへ出た長吉は、その朝汽車の中で弁当を食べたばかりなので、ひどく空腹を感じていた。さっきから幾軒もここと思う店を覗《のぞ》いてみたが、あまり構えが立派すぎるのと、客が立て込んでいるのとで、つい入りそこなっていたのである。

長吉はどこか手頃な料理屋を見つけたいと思って、キョロキョロしていたが、ふと、伯父が、

「東京で分からないことがあったら、何でも巡査に聞くがいい」

と言われたことを思い出して、交番の前に立っている巡査のところへ行った。

「ご免なさいまし、わしは昼飯を食いたいのですが、どこがいいですかね」

と尋ねた。

「飯を食うところなら沢山あるがね、いったい何を食いたいのです」

巡査はニヤニヤ笑いながら言った。

「何でも構わんども、性の知れたところを教えておくんなさい」

「性の知れた店というなら、まずそこの松屋の食堂へでも行ったらどうです。郷里へ帰って話の種にもなりましょうからな」

巡査は親切に松屋の食堂のありかや、食券の買い方まで教えた。

長吉は悠々と松屋の広い階段を上っていった。美しく着飾った女たちが、間の抜けた長吉の姿に嘲笑的な視線を投げていったが、彼はそんなことにいっこう頓着しなかった。また東京の女は素敵に美人だなどと、驚嘆の眼を見張るようなこともなかった。

なぜなら彼の頭脳の中には郷里に残してきた未来の妻たる、花恥ずかしき乙女の姿で一杯になっていたからである。方々をよく見物しておいて、この次にはお清坊を連れて東京へ新婚旅行と洒落《しゃれ》ようなどと考えながら、食堂の前まで行ったが、食券を買う段になると

急に彼の顔から幸福な光が消えてしまった。

彼はズボンの隠袋、上着、チョッキ、帽子の中までくまなく捜したが、生命から二番目の大切な金入れが見当たらない。

「しまった！　奴にやられた！」

長吉の顔は紫色になった。またしても「懐中物御用心」と書いた札が、食堂の壁にぶら下がっている。さっきの三人組にやられたに違いない。

葉巻一本に瞞着《まんちゃく》され、うまうまと在り金を掏《す》り取られてしまったのである。東京が何だなどと、大きな口を利いておきながら、着いたその日に金を掏られるとは何ということだ。村の奴らがこんなことを聞いたら、手を叩いて笑うだろう。掏摸《すり》め！　畜生！　どうしてくれよう。

「よし、家は覚えているから、すぐ家へ踏み込んでいって、取り戻してこよう」

長吉は非常な決心をして、階段を駆け下りるなり、戸外へ飛びだした。

尾張町の角から横を曲がって、元の裏通りへ急いでゆくと、天の祐《たすけ》か例の中年の紳士が、向こうから歩いてきた。長吉は物をも言わず駆け寄って相手の肩を摑むと、どうしたことか紳士は、

「ああ、よかった、君。君のことを心配して、捜しに出たところだったよ」

といかにも重荷を下ろしたような顔をして言ったので、長吉はちょっと拍子抜けがして手を放した。

「どうしました。君はまださっきの葉巻を吸やしますまいね」

紳士は気遣わしげに尋ねた。長吉は、すぐ相手の心持ちを読んだ。やはりこの紳士風の男は、いかさま師に違いない。化けの皮がはがれそうになったので、こんな下らぬ話題を持ちかけてごまかそうとしている。こんな悪賢い奴はうまくだまして、交番の近くまでおびき寄せておいて、巡査の援助を呼ぶにかぎると考えついたので、急に態度を改めて、

「俺のことを心配していなすったって？　葉巻がどうして悪いだね」

と穏やかに言った。

「あの葉巻をどうしたかと思って、心配していたんです。君、まさか他人にやってしまったのではなかろうね。ええ？」

紳士は急き込んで尋ねた。

「わしにはさっぱり分からない。何か間違いでもあったんかね」

長吉は口はできるだけ遅く動かし、足はますます早く動かして、賑やかな町の方へ向かっていった。

「汽船の中で、誰か悪戯《いたずら》をして、花火を仕込んだ玩具の葉巻をあの男が貰ってきて、君にやったのだがね、あれは途中まで吸うと花火になるんだから、うっかり吸うものなら大変なことになる。それが分かったんで、僕は心配して君を探しに出たところなんですよ」

「それならなお面白いがね、そんながな仕掛けがある煙草《たばこ》なら、わしはいい土産にしますけ、心配しなさんな」

「いや、それはいけない、万一間違いでもあったら僕の責任だからな。本物の葉巻と取りかえさせてくれたまえ」

と言いながら、いきなり長吉の懐中へ手を突っ込んだ。長吉はむんずとその手を摑んで、力任せに突き飛ばすと、紳士は溝の縁に尻餅をついたが、すぐ起き上がって長吉に組み付いてきた。

「誰か来て！　お巡りさん！」

長吉は声を張り上げて絶叫しながら紳士を組み伏せた。しかし相手はなかなか手強く、次の瞬間には長吉はころりと下になった。二人は上になり下になり、敷石の上を転げ回った。紳士は長吉の懐中へ手を入れて、大切な金時計まで巻き上げる心算らしく、鎖に手をかけてチョッキの釦穴が裂けるくらいに引っ張った。

不意に、長吉は襟髪を摑んで引きずり起こされた。相手の男もひょろひょろと立ち上がった。

「お巡りさん、こいつはわしの金入れを盗んだです。野郎のポケットを検査しておくんなさい。赤皮の紙幣《さつ》入れで、中には三百五十円入っているです」

と長吉は唇を震わせながらいった。

「この男は狂人です！　私が往来を歩いていると、不意に飛びかかってきたのです、狂人でなければ、追い剝ぎに違いありません」

紳士は穏やかに答えた。

「誰か警察の救助を呼んだものがあったが……」

巡査は二人の顔と服装を見比べた。むろん田舎出の長吉の方が「うろんな奴」に見えたに違いない。

「わしが怒鳴ったです」

「私です」

二人は声を揃えていった。

「何だと？　この盗賊めが」

「失敬な、私を何だと思っている！」

二人はまた摑み合いを始めたが、巡査に引き止められてしまった。

「馬鹿め！　こんなところで争う奴があるか、往来の邪魔になる、二人とも本署まで来い」

巡査はじろじろと長吉の顔を見ながら言った。長吉は必死になって、もう一度最初からの経緯を話して、

「三人で共謀《ぐる》になっていたです。酔っ払いの真似をして、わしにしなだれかかっておいて、俺の紙幣《さつ》入れを掏《す》ったにきまっているです。こいつの懐中にちゃんと入っているですよ」

長吉はますますせき込んでどもりながら言った。

「冗談言っちゃアいけない、こいつは白々しいつくり話をしますから、十分に注意して下さい。わざわざ田舎者の真似なんかしてとんでもない騙《かた》りです」

紳士は白いハンカチを出して顔の汗を拭《ぬぐ》いながら巡査に言った。

「おい貴様、嘘をつくと承知しないぞ」

巡査は長吉を厳しく睨《にら》みつけた。

「わしはけっして嘘なんか言わんです。みなほんとうのことです」

「よし、ちょっと待て、お前はいま三人組とかに襲われたと言ったね、ではその現場へ行ってみよう」

「そうしていただく方がよろしいです。私は木挽町二丁目十二番地に住んでいる山崎勘三という者です。どうぞ私の宅までお出でになって家の者にお会い下さい、そうすればこの男の陳述が虚偽であることがすぐお分かりになりましょう」

「よろしい、ではその家まで行ってみよう、お前たち二人一緒に来い」

長吉が手伝って酔漢を送り込んだ家へいってみると、なるほど入口には山崎勘三という表札が掲げてある。

「いかがです。これで私が怪しい人間でないことがお分かりでしょう」

紳士は長吉を尻目にかけて言った。

巡査は髭《ひげ》を捻《ひね》りながら、

「ウム、しかし表札の山崎勘三が果たして君であるかということも疑問に属しておる」

と言った。

「旦那、そのとおりです。家の中を調べておくんなさい」

長吉は巡査の態度がだんだん公平になってきたので力を得て叫んだ。

「それでは私の使っている運転手を呼びましょう」

紳士はチラチラ巡査の方を盗み見ながら言った。

「こいつ、わしらが中へ入るのをおっかながっていやがる」

「どうした、早く家へ入らぬのか」

「いいえ、私には少しもやましいところはないのですから、どこを見られたって恐れることはありません」

紳士は鍵を取りだして入口の扉を開けた。

「さあどうぞ！」

「おい、お前の思い違いじゃあなかろうね、君が酔っ払いを助けいれたというのは確かにこの家かね！」

巡査はちょっとためらって長吉をかえり見た。

「けっして間違いありません。この辺に二階建ての西洋館は一軒きりですから」

「さあ、ご遠慮なく」

紳士は、巡査と長吉を押しやるように玄関へ入れると、

「その右手が客間で、その隣が書斎です。二階に寝室と居間があります。どこからでもご随意に捜索していただきましょう……いよいよこの男のいうことが嘘ときまった暁には、君ら二人を相手どって訴訟を起こしますからね」

不意に表戸がすさまじい勢いで叩きつけられた。二人がはっと気づいて玄関の扉に手を掛けた時に、外からガチリと錠が下ろされた。巡査は直ちに二階に駆け上がって窓から首を出すと、警笛《けいてき》を鳴らした。付近の人々が往来へ飛びだしてきて、ワイワイ騒ぎだした。間もなく、群衆を掻き分けて駆けつけた警官は、

「いま紺の背広服を着て、赤皮の靴を穿《は》いた紳士体の男が銀座方面へ逃げていったから、捕まえてくれたまえ」

という巡査の言葉を聞いて、弥次馬もろとも鬨《とき》の声をあげて男の後を追っていった。

「さあ、早く家の中を捜すんだ」

巡査は先に立って方々の部屋を見て歩いた。

二人が階下の書斎の戸を開けると、長吉は窓際の長椅子の上にだらしなく寝ている最前の酔っ払いを見つけた。

「ほら、わしの言ったとおりだ」

と嘆声を上げた。

巡査は男のそばへ駆け寄って、だらりと下がった手を摑んだが、

「大変だ、この男は死んでいる！」

と叫んだ。男はもう冷たくなっていた。長吉は啞然として死骸のそばに棒立ちになった。

二

その日の午後、長吉は警視庁の刑事部屋に永い間足にしびれをきらしていた。眼ばかりキラキラした刑事が、部屋を出入りするたびにうさんらしい視線を長吉に投げていた。長吉は身にやましいことがないので、安心はしていたものの、あまり長い間無気味な沈黙の中に置かれたので、少しずつ不安を感じてきた。

「まだ手間がとれますかね」

長吉がたまりかねて刑事の一人に尋ねると、

「俺は何も知らんよ。大方、阿部係長はじき来るだろう」

と刑事は素っ気なく言った。

「わしは何も調べられる覚えはない」

長吉は不平そうに言ったが、誰もそれ以上相手にならなかった。

やがて太った中年の警察官が部屋へ入ってきた。居合わせた刑事連が丁寧に挨拶をしたので、長吉も椅子から飛び上がって頭を下げた。言うまでもなくそれが阿部知能犯係長であった。

「てっとり早くあまり手数をかけずに自白するがいい。神谷は正直に事実を申し立ててしまったのだから、もうこの芝居はおしまいだ」

と言った。

「神谷って誰です？」

長吉は藪から棒の言葉に、眼をしばたたきながら反問した。

「しらばくれるな。見たところお前はまだ若いから、神谷に仲間へ引きずり込まれたのだろう。神谷は主犯でお前は従犯だ。だが神谷は、木村を殺したのはお前だと言っている」

「木村？　木村を殺した？　待って下さい。わしは木村なんていう男は知りませんです」

「こいつ、まだ強情を張りおる」

「何と言いなすったって、わしの知らんことだすけ……わしはね、神谷だの、木村だのって男まったく知らんです」

「相棒の本名が神谷だということも知らないのかもしれぬが、山崎と名乗っている男は、立派な前科者だ。お前は奴と一緒に仕事をしていたというじゃアないか。神谷でも、山崎でもどっちでもいい、とにかくお前の相棒が自白しているんだから、どうにも仕様がないさ」

「何のことやら、わしにはさっぱり分からんです」

長吉は、途方に暮れたように、太い溜め息を吐いた。

「佐藤氏を呼んできたまえ」

阿部はそばの巡査に命じた。間もなく鼻下に濃い髭《ひげ》を蓄えた中年の紳士が入ってきた。

「佐藤さん、この男に見覚えがありますか」

阿部は長吉を顚でしゃくって見せた。

「いいえ、一度も見たことはありません」

紳士は、長吉の顔を穴のあくほど見つめながら答えた。長吉はまるで晒《さら》し者《もの》になったような気がして、真っ赤になった。

「すると新規に雇った男だな。神谷という奴は、いつも大仕事をする時には、新米を雇ってくるのが常だから……おい外山、ありのままを陳述するんだぞ」

外山長吉は、ここぞとばかりに、朝からの出来事を、残らず繰り返して述べた。彼の一言一句は、新たに入ってきた速記者によって書き取られた。

「お前はあくまで盗難に遭ったと言い張るのか」

阿部は鋭く詰問した。

「そうです、赤皮の紙幣《さつ》入れに三百五十円入っていたのを、そっくりあの神谷とか何とかいう男に盗まれたです」

長吉はきっぱりと答えた。

「嘘つけ！」

阿部は声を励まして長吉を叱咤《しった》した時、一人の私服刑事が、小さな紙包を持ってきて、阿部の耳に何事か小声で囁《ささや》いた。すると部屋の空気が急に変わって、居合わせた人々は、何かひそひそと話し合った。

「お前は葉巻を貰ったと言ったな」

係長がとつぜん尋ねた。

「はア、貰いました。あの死んだ男が無理にくれたです」

「それから、山崎という男が、後でその葉巻を取り返そうとしたのか」

「そうです。山崎はその葉巻には、花火が仕込んであるから、他のと取り替えてやると言いました」

「その葉巻はどこにある？」

長吉は黙って内隠袋《ポケット》から葉巻を取りだして見せた。それはさっき山崎と格闘した折に、揉み潰《つぶ》されて、くしゃくしゃになっていた。長吉は余裕を見せる心積もりでその壊れかかった葉巻を、もったいらしく口にくわえた。すると阿部係長は物も言わずに、長吉の口から葉巻を奪い取った。人々は驚きあきれて、眼を見張った。

「佐藤さん、貴郎《あなた》は神谷の家に死んでいた男を、確かに木村丈次だとおっしゃいましたね」

係長は佐藤を顧みて言った。

「確かに木村丈次です。昨日神戸に着いた船で、香港から帰ってきたはずです」

「木村はダイヤモンドを持って帰ってきたのですね」

「そうです、あの男は永年店に働いておりますので、家の者も同様に信用しておりました」

「すると、木村は貴重品を所持して旅行する折に伴う危険を心得ていましたね」

「はい、今までも、幾度か危険に遭遇しておりましたから、その点についてはじゅうぶん注意していたようです」

「それでいよいよ私の推理が的中しました。木村はあらかじめ盗難を慮《おもんぱか》って、貴重なダイヤモンドを葉巻の中へ隠匿《いんとく》しておいたのです。神谷は、木村が今朝《けさ》、神戸から東京へ着くのを嗅ぎつけて、仲間と自動車で東京駅に迎えに出ていて、うまく木村を車に乗せ込んでしまったのです。

診断の結果、木村は瓦斯《ガス》中毒で死んだのです。神谷は巧妙な手段で自動車の中に、毒瓦斯を仕込んでおいたのです。瓦斯中毒は一見泥酔者のような徴候を呈します。木村がそれと気づいた時には、もう逃走の気力を失っていました。しかし木村は最後まで、自分の役目に忠実だったのです。

すなわち悪漢の手から逃れる途《みち》が無いことを知って、宝石を仕込んだ葉巻を通り合わせた外山に渡したのです。そうしておけば何かの機会で宝石は明るみへ現れて、正当な所有者の手に帰すると考えたのでしょう。実際これくらいの宝石になると、どこの店へ持っていってもすぐ出所が分かります。どうです。このとおりです」

と言いながら阿部係長が葉巻を毟《むし》ると、一同の目の前に、大きなダイヤモンドが、燦然《さんぜん》と転がり出た。

「佐藤さん、貴郎《あなた》の宝石です。どうぞ職務にたおれた木村氏を厚く葬ってやって下さい」

「誠に有り難うございました。木村の遺族にもじゅうぶん報いてやりましょう」

佐藤は感謝に震える指先で、宝石を取り上げた。

「さて、君にもう一度聞くことがある。君はほんとうに紙幣《さつ》入れを盗まれたのかね」

と阿部はなぜか機嫌よく笑いながら長吉に尋ねた。

「幾度お聞きなすったって、同じことです。わしは三百五十円入りの赤皮の紙幣入れを盗まれたです」

「ねえ君、今度から東京へ出てきたら、もうちっと懐中物を用心したまえ。君はその紙幣入れを、今朝宿の机の上へ出しぱなしにしてきたっていうじゃアないか。

最前君の身元を調べるために、部下を山城屋へやってみたんだよ。そこで君の身元も証明されたし、また今朝越後から着いたばかりだということも分かったので、君が神谷一味の者でないということは明らかになったのさ。

山城屋で君の部屋を調べた時、盗まれたと言っていた紙幣入れが机の上に投げだしてあったといって、このとおり持ってきたのだ。あんなところへ出し放しにしておく奴があるものか。

自分で置き忘れておいて、掏摸《すり》に遭ったなどと騒ぎ立てるのは、不都合千万だ。しかし今度は君の不注意が、意外な手柄をして、この盗難事件、殺人事件を一挙に裁いてしまうことができて結構だった。それに君の大切な紙幣入れも無事に出たしね」

阿部は笑いながらいった。

外山長吉は、自ら求めようとしても、容易に得難い奇怪な経験をして、何よりの土産話をこしらえた。

評論・随筆篇

オルチー夫人の出世作に就いて

『スカーレット・ピンパーネル』は、英国閨秀《けいしゅう》作家オルチー夫人の出世作である。この作がいかに英国読書界を風靡《ふうび》したかということは、その後スカーレット・ピンパーネル叢書なる名称の下に、同夫人の作品が幾編となく相次いで出版された事実に徴して明らかである。

私が初めてこの作者の名を耳にしたのは、英国へ着いて間もない頃であった。ある日、裏庭の木陰で、英語の先生から貸し与えられたディケンズの『二都物語』を読んでいると、料理人のハンナという女がそばへ来て、

「お嬢さんはディケンズがお好きですか。私はディケンズの書いた話は面白いと思いますが、文章が堅くて、とても読みこなせません。その小説家はむずかしいことを書くので有名です。牛肉の堅いのが食卓に出ると、皆さんがこの肉はディケンズのように堅いねとおっしゃるくらいですからね」

と言った。

「実は私にも難解で閉口しているのだよ。何かやさしくて面白い本はないかしら、読みはじめたらやめられないような本は……」

と尋ねると、

「ありますとも、『スカーレット・ピンパーネル』をお読みなさい。世界中にあんな面白い本はありませんよ」

と答えた。

私は、いつも文法を誤って使っているハンナの趣味を軽蔑していたので、わざわざオルチー夫人の作を買って読もうとは思わなかった。その後若いピアノの先生に何か非常に面白い小説はないかと聞くと、

「誰が読んでも実に面白い本があるから教えてあげましょう。きっと貴女《あなた》なんか夢中になってしまうから」

と言って紙片に書いてくれたのは、やはり"The Scarlet Pimpernel" by Baroness Orezyであった。そのころ私は、敬虔《けいけん》な基督《キリスト》教信者の一老婦人に監督されていたので、滅多な小説類を読むことを許されなかった。

したがって若いピアニストや料理人《コック》の推奨した小説が無事にこのやかましやの検閲を通過するや否やを懸念していた。すると、私がそろそろホームシックを起こしかけて、暖炉の前にぼんやりしているのを見た老婦人は、

「これは大変に上品で面白いからお読みなさい。きっとホームシックなど忘れてしまいますよ」

と言って赤い表紙の本を出してくれた。それはかねてから名だけはお馴染みのスカーレ

ット・ピンパーネルであった。その席に居合わせた銀行家P氏も、

「それはどこの国語に訳されてもいい小説ですよ。ぜひお読みなさい」

と薦めた。

私は、かくもあらゆる階級の人々に歓迎されているオルチー夫人の作品に対して、非常な好奇心と、多大な期待をもって最初の頁《ページ》を開いた。とかく期待は裏切られがちのものであるが、これだけは最後までグングン引きつけられてしまった。

寒い冬の夜、さかんに燃えていた暖炉の火が白く消えてしまうまで、私は時のたつのも知らずに夢中で読みふけった。構想の奇警《きけい》、用意周到な伏線、読者を引きつけてゆく巧妙な筆致等、敬服の他ない。文章は落ち着いていて、霑《うるおい》がありかつ平易であるから誰にでも取りつきやすい。

さて、このスカーレット・ピンパーネルという題は辞書によると、「ルリハコベ」と訳すのが至当であるが、編中に活躍するパーシー卿の一団が革命党の手からフランス貴族を救いだす折には、必ず革命党の検事チンビュのもとに、小さな紅いハコベの花型を印した通告書が届けられたという一節があるので、私はわざと「紅《るり》ハコベ」と訳した次第である。

まず簡単に筋を述べてみるが、最初の一章には一七九二年の巴里《パリ》の有様を描いてある。各関門には新政府の役人が控えていて、様々に変装して都落ちをしてゆく薄命な貴族の正体を、片っ端から見破って引き捕えてしまう。

断頭台《ギロチン》の周囲には、それらの貴族が処刑される光景を見物しようとする群衆がひしめき

あっている。関所の役人ビボは、前日、西の関門を、「紅ハコベ」団が、白昼公然と通過したことを群衆に物語っている。

なんでも、酒樽を積んだ荷車を通した後に、一隊の巡邏兵《じゅんら》が馬を飛ばしてきて、酒樽の中には貴族が潜《ひそ》んでいた旨を告げ、役人の不注意を叱咤《しった》して、直ちにその後を追跡してゆく。しかるにその追手こそ実は「紅ハコベ」一団および貴族の変装したものであったということが分かったのである。

ビボが西の関門の役人の失策をさかんにすっぱ抜いていると、朝から断頭台のそばに箱車を置いて、編物をしている薄汚い老婆の孫が疱瘡《ほうそう》に罹《かか》ったので、荷車の中に寝かせてあるという事実が彼の耳に入る。ビボは病毒を恐れて即刻、老婆に退去を命じてしまう。ところがそれから間もなくその老婆は「紅ハコベ」の変装したもので、箱車の中には死刑の宣告を下された、ターネー子爵夫人とその令嬢および令息が隠匿《いんとく》されていたと知れ、人々は唖然としてしまう。このように「紅ハコベ」は神変不思議な早業をもって、巧みに王党の貴族を革命党の手から奪い去っていくのである。

革命党の人々は「紅ハコベ」の正体を突きとめるために、シャブランという辛辣《しんらつ》な秘密探偵を英国へ派遣する。

彼は英国社交界の花と唄《うた》わるるパーシー卿夫人マグリットが仏蘭西《フランス》人であるのを縁故として彼女に近づき、彼女の唯一の肉身の兄アルモンドが「紅ハコベ」に送った密書を手に入れた由《よし》を語り、もし彼女が「紅ハコベ」の正体を突きとめる手引きをしたなら、アルモンドの命を助けるという交換条件を持ちだすのである。

「紅《るり》ハコベ」は英国騎士の典型として、社交界の人々は言うに及ばず、全英国人の崇拝の的であり、かつ誇りである。しかし「紅ハコベ」団員は絶対の秘密を守っているので、誰も「紅ハコベ」の素性を知る由《よし》はない。

マグリットも日夜心ひそかに「紅ハコベ」を理想の人物として仰いでいたので、この隠れたる義人をむざむざ敵手に渡すことは、けっして彼女の真意ではなかったが、愛する兄を救うためにすべてを犠牲にする決心をするのである。

マグリットは仏蘭西《フランス》貴族の令嬢であったが、かつて、彼女が不用意に口走った叔父の秘密が革命党員の耳に入り、その結果、彼女の叔父に当たる侯爵一家は容赦なく断頭台《ギロチン》に送られてしまった。

彼女は叔父に対して深い恨みを抱いていたが、それにもかかわらず全力を尽くして断頭台から叔父の一家を救おうと企てた。けれどもそれはむなしい努力に終わった。その様な深い事情を知らぬ世人は、マグリットを悪魔のごとくに恐れ憎んだ。そうした悪評がパーシー卿の耳にも達した。

マグリットはパーシー卿に当時の事情を打ち明ける機会を失ったために、新婚後間もなく、夫との間に深い溝が築かれてしまった。異郷の空で寂しい家庭生活をしているマグリットにとって、兄のアルモンドは、兄であり、命であった。さればこそ彼女は兄の生命《いのち》を贖《あがな》うために、大胆にもスパイの役を務めることをシャブランに約したのであった。

マグリットは外務大臣の夜会で、「紅ハコベ」から配下に贈《おく》った密書を手に入れ、それにより、「紅ハコベ」がその翌晩、カレーの海岸にある小屋でターネー侯爵と落ち合うという事実を秘密探偵シャブランに知らせる。

しかるに翌朝になって、マグリットは偶然にも「紅ハコベ」は、実に自分の夫パーシー卿であるという歴然たる証拠を発見し、非常に驚き、直ちにパーシー卿の親友アントニー卿とともに馬車を駆《か》って、危地《きち》に陥らんとしている良夫《おっと》を救うためにドーバーに向かうのである。

マグリットの一行とシャブランの一行とは、ほとんど同時刻にカレーの町に到着する。それから先は、シャブランと「紅ハコベ」の知恵の戦いである。

最後に「紅ハコベ」の一行とマグリットとが、敵の掌中に邂逅《かいこう》し、さらに敵手を滑り抜けて、首尾よく英国へ逃れ去る。物語が進むにつれて、事件はいよいよ複雑になり、激しく展開していって、一行ごとに読者をハラハラさせてしまう。

普通の探偵小説では、ある事件を探偵が解いてゆくところに興味を置き、探偵がいかに優れた頭脳をもって、明快に事件を裁いてゆくかという点、すなわち探偵の頭脳《あたま》のよさを読者に見せてゆくが、この物語では、探偵も「紅ハコベ」も同等の手腕と頭脳をもっていて、双方が互いに鎬《しのぎ》を削ってゆく光景を、あたかもフイルムを見るように読者の眼前にマザマザと描きだしている。

「紅ハコベ」とシャブランとは、幾度も鼻と鼻をつき合わせる程に接近する。しかしいつも最後の瞬間にくると、「紅《るり》ハコベ」は奇想天外の手段で、まんまと相手を出し抜いてしまうのである。

『スカーレット・ピンパーネル』が非常に面白い読み物であるという事実、誰にも歓迎される物語だという証拠には、近頃『時事新報』の夕刊に新講談と名を打って、「覆面の義人」という題でこの作が紹介されている。むろん日本の物語として扱われているので、「紅ハコベ」がすなわち「覆面の義人」、革命党が佐幕方の俗論党、王党貴族が天狗組、その他うんぬんとなっている。

「紅ハコベ」の姉妹編である、"I will Repay"というのもなかなか面白い気のきいた作である。この物語のうちにも、「紅ハコベ」すなわちパーシー卿が活躍している。これはかつて「復讐」と題して訳したが、遺憾ながら、出版間際に震災で紙型を焼かれてしまった。

オルチー夫人は現在倫敦《ロンドン》の郊外プリムローズヒルの近くに住んで、創作にふけっている。もうかなりの年輩である。最近の英紙に、某活動写真会社で、スカーレット・ピンパーネルがフイルムになったが、版権のことで目下係争中であるとかいう記事があった。

密輸入者と「毒鳥」

それはもう十年も昔のことになります。
シベリア鉄道の十日間の旅は、露西亜《ロシア》語も仏蘭西《フランス》語もできない私には、ずいぶん不自由なものでした。私の隣室には、張りだした胸に勲章をいくつも輝かせた露西亜の老将軍がいました。朝夕顔を合わせるたびに、（いま考えると）エミール・ヤニングスのような笑顔をして小さい私にうなずくのでした。

　面白い話を沢山してくれそうなお爺さんでしたが、露西亜語が話せないばかりに、とうとう十日間一度も言葉を交わしませんでした。私はその人の顔を見上げる時にはいつでも首をぐっと後ろに引いて、仰向けにならなければなりませんでした。

　狭い廊下の途中で会うと、肥満した将軍は私を軽々と抱いてくるりと後ろを向いて廊下へ下ろしてゆくのです。将軍はきっと私を十五位の少女だと思っていたのでしょう。

　その列車の中でただ一人《ひとり》英語の話せる車掌がいました。この青年はボストンに五年住んでいたとかで、英語はなかなか達者で、十八歳であるということを言って私に自慢してきかせていました。ほんとうを言えば、私の方がその青年より年上だったのですけれども、彼は私を十三だときめてしまって、

「五年たったって、貴女《あなた》は現在《いま》の私ほど丈《せい》が高くならないでしょう」

と言って五尺七寸の体格を威張りました。ですから私は、

「そんな割で人間の身丈が延びていったら、貴郎《あなた》なんか巨人《ジャイアント》になって住む家が無くなるから……」

と冗談を言って笑ってやりました。

その青年は私のことを「日本のかわいいお嬢さん」と呼んで、よく露西亜語を教えてくれました。

私は他のことでは露西亜語のできないのを、そうたいして残念には思いませんでしたが、食堂で会う若い士官と話ができなかったのはほんとうに遺憾でした。その若い士官はいつも私の隣の席について、食事中いろいろと親切に世話をやいてくれました。春の海のような瞳をしたその青年は私に、

「露西亜語は?」

と首を傾《かし》げてききました。私は青年の顔をいっぱいに見つめながら頭を横に振りました。

「仏蘭西語は?」

「仏蘭西語も話せませんの」

私は怪しげな仏蘭西語で答えました。

そして「英語は?」と尋ねると、今度は青年の方で首を振りました。私たちは次の日から食事中ただ顔を見合わせて、微笑を交わすだけでした。あるとき私は、その青年が林檎《りんご》

の皮を剝《む》いてくれましたから、

「ありがとう！」

と言いましたら、その日本語が通じたと見えて、次に私が砂糖壺を取ってあげると、

「アリガトウ」

と言うのでした。ですから私も負けない気になって、何かしてもらった時に、

「スパシーボ」

と言いましたら、青年は、「スパシーボ、アリガトウ」と言って快活に笑いました。

翌朝私たちは顔を合わせると、

「スパシーボ！」

「アリガトウ！」

と言って「おはよう！」の挨拶をしました。いよいよペテログラードに着いた時にも、私たちは手を握り合って、「スパシーボ」「アリガトウ」とお互いに何事にも通用させていた言葉を交わして別れました。

それは革命の起こるちょっと前でした。私は今でもあの若い士官のことを思い出します。そしてラシャ売りの露西亜《ロシア》人を見かけると、もしかあの時の立派な士官がそんな姿になっているのではないかと胸を打たれます。あるいはもうこの世にない人となっているかもしれません。

その汽車の旅の出来事で、もう一つ私の記憶に残っていることがあります。ある朝私は、

英国大使館付の武官として赴任してゆく田川少佐と、もう一人の紳士とが雑談しているそばでペーシェンス〔一人トランプ〕をしていました、

「隣の露西亜人は密輸入者だよ」

と田川少佐が言うと、益村という紳士は、

「そう言えば、ゆうべ夜中に僕が起きたら、あの先生、廊下の棚から酒の壜《びん》を幾本も下ろしていた」

「僕はあのとき眠っているふりをして様子を見ていたんだ。そうしたら酒壜を全部寝台の下に隠したものだから、汽車が揺れるたびにじゃぼんじゃぼんいうので、おかしくて堪らなかった」

私は二人の話を聞いて、隣の男というのはてっきり、例の肥満した将軍のことだと思って、それからというものは将軍を悪人と決めてひそかに恐れていました。

すると、あるとき私が車掌の部屋へお湯を貰いにゆくと、チョビ髭《ひげ》を生やした黒い背広の男がサモアル〔茶器〕のそばで鳥の脚を噛っているのを見ました。変な男だと思って気をつけていると、その男は食堂へも出ず、いつもコソコソして、誰とも口を利かないのです。けれども私が廊下のベンチに腰かけて、窓越しに雪景色を眺めながら車掌と話をしたりしていると、よくそばへ来て立っていました。

その日も三人で白樺《しらかば》の林を眺めていると二等車の車掌がやってきて、しきりに何か談判を始めました。むろん露西亜語ですから何を言っているのか分かりませんが、一等車の車

掌の顔には当惑の色が現れていました。

例の背広の男はおどおどしていましたが、ついに彼は二等車の車掌と連れ立って廊下のはずれへ歩み去りました。そして見ていると、男は田川少佐の部屋へ入っていって、酒壜《さかびん》を一本抱えてきて、相手に渡しました。

そのとき初めて私は、将軍を密輸入者だと思い込んでいた自分の間違いに気がついておかしくって耐らなくなり、声を立てて笑いました。車掌は呆気《あっけ》にとられて、しきりに何がおかしいのかと尋ねましたが、私はその説明をするのは悪いような気がして黙っていました。

密輸入者は、その後もたびたび二等列車の車掌に脅迫されて、酒を巻き上げられていたようでした。

さて、いよいよ明日、ペテログラードに着くという前日でした。田川少佐は、

「僕の醬油の壜が紛失した。人から頼まれてもってきたので、大使館の書記官のところへ届けてやらなければならないのだから参ってしまうな」

と部屋を捜したり、車掌に談じたりしていました。車掌は、

「ニッチエオー」を繰り返して、万事我が胸にありというようなことをいって要領を得ませんでした。私はそれっきり自分の部屋で荷物をまとめていましたから、どんな成り行きになったか知らないでいましたが、翌朝、廊下へ出ると、田川少佐は例のチョビ髭《ひげ》の男と車掌を前にして、掌に何か壜から滴《た》らして、

「酒じゃアないぞ、日本のソースだ」

と言って舌の先でペロペロなめて見せていました。

その晩、ホテルの食堂で田川少佐は大使館の人たちに、その密輸入者の話をして、

「奴は僕の醤油を酒だと思って、僕を同類扱いにしたんだね。どうりで馴々《なれなれ》しくすると思った。それで僕の醤油壜を酒と一緒に寝台の下へ隠して大いに恩にきせるつもりらしかった。二人に無理になめさせてやったら閉口していやがった」

と笑っていました。

私たちの一行はペテログラードに一泊して、翌朝は橇《そり》で氷に閉ざされたネバ河を滑って、ハパランダまでゆきました。晴れた空に鈴の音を響かせて、白い雪の野を走る愉快さは、私の多年の夢でしたが、ハパランダに着いた時、みんなに、

「どうでした詩人の夢は？」とひやかされました。永結した凸凹路《でこぼこみち》をゆくのですから、激しく上下に揺れて背骨が橇の背板にあたって、その痛さってありませんでした。そのうえ馬の毛が風に飛ばされて顔にかかる、折々は凄《すさ》まじい臭いの風がくるという有様で、途中の景色など眺めるどころではありませんでした。

それにただささえ寒いのに、風をきって走るのですから、いくら厚着をしていても、まるで針のような風が肌を刺すのです。橇から下りた時には声も出ないほど、しょげてしまっていました。

スウェーデンの汽車は、露西亜《ロシア》と違って部屋の掃除をするのも食堂の給仕をするのも若

い女ですから、すべてが綺麗で気持ちがようございます。ここも平原ばかりで、山の少ない国ですから、シベリアのそれとは違って小さな森、小さな川、小高い丘、傾斜した野などが程よく配置されていて、箱庭のような美しい眺めです。

　ことにその朝は、木々の枝という枝に粉雪が凍りついて、それに朝日がきらきらと照り輝いて、まるで水晶の林を分けてゆくようでした。

　クリルボウで乗り換えたノルウェーの汽車は山を分け、フィヨルドに沿って走りました。氷結した滝や、海を珍しく眺め、ところどころ氷が溶けて漣《さざなみ》が寄せているのを見て春の微笑を感じました。

　山の懐《ふところ》に抱かれている海は湖水のように静かで、青い水に映っている白い山の姿がまたなく美しく思われました。穏やかな景色を眺めているうちに時間がすらすらと過ぎてゆきますので、この汽車の旅では何にも変わったことはありませんでした。

　ベルゲンの港には私たちを乗せてゆく、ビーナス号がまっすぐに煙をあげていました。他の人たちはサロンでお茶を飲んだり、シャンペンの口を開けたりしていましたが、私は田川少佐から買ってもらったチョコレートの箱を抱えて甲板に出ていました。

　やがて汽船《ふね》は白雪に輝く山々に囲まれている美しい港を後にして、紺青の水の上に白い船あしを残して走りはじめました。

　ふと気がついて欄干《てすり》から離れると、さっきから、こつこつ靴の音をたてて歩いていたのは若い美しい婦人と、その父親らしい下品な顔をした老人でした。背が低くて太っているのに碁盤縞《しま》の大きなキャップを被《かぶ》っているので、サーカスの親方か何かに見えました。婦人の方は船中を輝かすような晴々した菫色《すみれ》の瞳と、苺《いちご》のような唇と、向日葵《ひまわり》の花のような豊かな頭髪をもっていました。私はあまり美しいので見惚《みと》れていました。

その婦人は日本娘がびっくりした顔をして黒い眼を見張っているのを見たのでしょう、微笑して頷《うなず》きました。私もその親しげな顔に引き込まれて笑いました。私は甲板へ出るごとに、その二人連れが腕を組んで大股に散歩しているのを眺めていました。

婦人はいつも私の顔を見て微笑しました。そして三度目かに会ったとき、そばを通りしなに何か小さな紙片を私の手に渡してゆきました。開いて見ると、それには鉛筆の走り書きで、ミス・XXXという露西亜《ロシア》名前と、英国の住所が認《したた》めてありました。

なぜそんなものをくれたのか分かりませんでしたが、ポケットへ押し込んでおきました。

すると、サロンではもうこの人が皆の話題に上っておりました。

「あの二人は夫婦じゃアないよ」

「そうだとも、あまり年齢が違いすぎる」

「毒鳥だね」

男の人たちがそんなことを言っていましたので、私は、

「毒鳥って何?」

と尋ねました。

「毒鳥っていうのは、汽船から汽船へ渡り歩いて、男を餌食《えじき》にする女のことですよ」

と益村氏が言うと、田川少佐が横合いから、

「よしたまえ、そんな話はお嬢さんの聞く話じゃアありませんよ」

と言いましたから、私はそのまま唇をつぐんでしまいました。でもあんな綺麗な人がどうして毒鳥なんて悪口を言われるのでしょうと不服に思いました。

その翌日、私がサロンへ入ってゆくと、益村氏を相手にトランプに夢中になっていた田川少佐が、

「いよいよあの女は毒鳥と断定したよ。昨日の夕方、ある男が下の甲板《デツキ》に何か紙を投げたから、通り合わせたボーイが拾ったら、春画《しゆんが》だったそうだ」

と言っていました。私は好奇心が一杯になって、ひそかに次の言葉を待ちましたが、二人は私の姿を認めて、その話をやめてしまいました。私は春画って何だろうと不思議でなりませんでしたから、田川少佐と甲板に立った時に、

「春画って何?」

と尋ねました。

「しっ! 馬鹿な! そんな大きな声を出すものじゃアない」

と田川少佐は窘《たしな》めました。そして声を潜《ひそ》めて、

「みっともないことを聞くものじゃアないよ。そんなことは貴女《あなた》などの口にする言葉じゃアないから、けっして他人《ひと》に言っちゃアいけない。うっかりそんなことを言うと、またいつかの癩病《らいびよう》の話みたように大恥をかくぜ」

と言われて私は真っ赤になりました。かつて皆が黴毒《ばいどく》の話をしていた時に、私は人の嫌がる悪い病気というのだから、癩病のことに違いないと早合点をして、

「私の女学校の友達にばいどくの人が二人あってほんとうに可哀相よ、その人はね、とても色が黒くって、頭髪《かみのけ》が赤いのよ。だから顔を日に焦《や》こうと思って、毎日太陽に曝《さら》しているんですって……そして一人の方は学校を卒業すると間もなく、崩れてしまったんですって、恐い病気ね、手や、鼻が壊れてしまうんですってね」

居合わせていた人たちは妙な顔をしていましたが、しまいに大笑いしてしまったのです。その後で私は田川少佐に陰へ呼ばれて、黴毒の意味を聞かせられ、二度とそんな話をしてはならないと叱られたことがあったのです。

そしてこれから何か腑に落ちないことがあったら、無闇に人の中で聞かないで、陰でそっと聞けと言われていたものですから、私はわざわざ田川少佐を甲板に引っぱりだして質問したわけなのです。

むろん田川少佐は私に春画の説明はしてくれませんでしたが、私は何かよくないものに違いないと考え、先刻婦人から貰った姓名の書いてある紙片も持っていては悪いように思って、そっと破いて海へ投げ捨ててしまいました。

私は今でも、その美しい毒鳥がなぜ自分の住所姓名を記した紙片を私にくれたのか不思議でなりません。私は女学校時代、新聞も小説も読まされなければ、芝居にも行くことを許されないような家庭に育ったお嬢さんだったのです。

あの朝

四月十九日〔一九三九年〕、午前五時五十五分、金色の籠の中でローラーカナリアが一こえ高く囀《さえず》りだした。その美しい声に乗って泰《たい》は昇天した。それっきりカナリアは沈黙してしまった。高い青空に鳴り響く鐘のような声を張り上げなくなった。

あの朝――二十年前のあの朝も鐘が鳴っていた。倫敦《ロンドン》に春が訪れ、霧にとざされていた鼠《ねずみ》色の空がにわかに晴れわたり、教会の尖塔の上に朝の太陽がうららかに輝いていた。日曜日の朝で、遠く近くの尖塔や円塔から、低く高く、ゆるやかに忙しく、陽気に荘厳に様々な鐘が善き信徒たちを招いていた。私も黒い革表紙の聖書を抱えて、ブルーと白の竪縞《たてじま》の軽い春着の裾をひるがえしながら、鈴懸樹の並木路をのぼっていった。

そのとき蔦《つた》の絡んだ教会堂の鉄柵に沿って颯爽《さっそう》と現れた長身の青年が、若き日の松本泰であった。

遠くからだと枯れ葉色の無地で、そばで見ると同じ色の少し濃い縦横縞の入った背広、真っ白いダブルカラーの襟元には、紺地に黄褐色の模様を織りだしたネクタイをきりっと結び、同じ黄褐色のベロアを被《かぶ》り、クリーム色の手袋をはめていた。

その青年と連れ立っていたのが、土曜日ごとにS家へ来て、午後のお茶の後でよくお伽噺《とぎばなし》をして聞かせるK小父《おじ》様だったので、すぐに二人は紹介された。

それから今年の春まで、満二十一年の間に四月十九日という日は必ず一年に一度ずつ巡ってきたのに、どうして今まで毎日剝《は》がしてゆく暦の上にその「四月十九日」という文字を見出だしても、何の感動も覚えなかったのであろう？　胸さわぎ一つしなかったのはなぜであろう。

時計の針が五時五十五分を指すのを幾十度、幾百度見たかしれないのに、どうしてその時刻が私たちにとって致命的な時刻だということを感じなかったのであろう。

こんな大きな衝動をもたらした「四月十九日」という文字を凝視し、あるいは無慈悲に時を刻んでゆく壁の時計を見上げながら、永い過去において一度くらい何かその日に、その時刻に不安を感じたようなことは無かったであろうかと考えてみたが、そういう記憶はさらに甦ってこない。日記を繰《く》って見ても、四月十九日は私たちの生涯の中にいつも楽しく躍っていた。

離別を悲しむ人々に向かって、人間は別れるがために会うのだと冷やかに言ったのは、誰だったかしら？　ずっと前に読んだ小説の一節にそんな言葉があったっけ。

やがてまた、カナリアは声を張りあげて囀りはじめた。それを聞いていると、あの朝の光景がまざまざと浮かんでくる。胸の奥がじんじんと痛んでくる。カナリアの声は鋭利なナイフである。胸の傷を日に幾度となく抉《えぐ》る残酷なナイフである。

しかし私は苦行僧のような悲壮な気持ちで、じっとその苦難を受けている。そうしているうちに段々と、苦痛の底に甘美なものを味わうようになってきた。苦痛の快楽——そうした変態的な気持ちに捉《とら》えられているのは確かに不健康である。

私は片方の翼を失った可哀相な小鳥なのだ。それでも私は今、その片方の翼で飛び上がろうと努めている。空を飛べなくともやがて二本の脚で人生行路をホップしてゆくことを学ぶかもしれない。

思ひ出

私どもの結婚披露の時に、少し遅れて精養軒《せいようけん》へ駆けつけ下すった先生が、設けの席におつきにならないうちから、「いやどうも失礼……つい遅刻いたしまして……それで、ここからお祝いを申し上げさせていただきます……」という具合に、とても朗らかにそしてちょっと風変わりな祝詞《しゅくじ》をお贈り下すったのでした。

そしてまた泰《たい》の告別式の時にも同じように少し遅れておいでになり、後ろの方から前へお歩きになりながら、先生独特の情味のあふれた告別のお言葉を賜《たまわ》ったのです。

こうして私の生涯中でいちばん重要な場合に、二度までも、私の人生への出発の時と、私の人生の終わりとに立ち会って下さった馬場孤蝶《ばばこちよう》先生のご逝去は、まったく私の生涯に最後のピリオドを打ったも同様の感じを与えるものでした。

先生が退院遊ばしてから間もなく、松濤《しようとう》のお宅へお見舞いに伺ったのは五月の中旬でした。いつものお元気のいい調子でお話しなさりながら、段々に身を起こして、しまいにはお床《とこ》の上に座ってしまわれたので、私ははらはらして、

「先生、お起きになったりしては、いけないのではございませんか?」

と、申し上げたほどです。

先生はあの晴々した微笑を満面に漲《みなぎ》らせながら、首をお振りになって、

「なアに、別にどこが痛いというわけではありませんから大丈夫です。しかし全治するという病気ではないらしく思われますね。医者も家の者もそうは申しませんが……もっとも常識から言って、本人にほんとうのことを聞かせるはずのものではないでしょうが、私はそう思っております。しかし急にどうという種類のものではなく、じりじりとくるんでしょうな」

という風に、ご自分の死について、まるで今しがたまで興に乗ってお話しなすっていらしった探偵小説の続きか何かのようにすらすらとおっしゃるので、私はそんな場合に普通誰でもが慰めたり、それを否定したりするような言葉を思い出せませんでした。

またそうすることがあまりに白々しい気がしましたから、愁《さび》しい心を押ししずめて黙って先生のお顔を見守っていました。

先生のお顔から日光のような微笑が静かに消えていって、その瞳はじっと新緑のあふれている庭に向けられていました。私はその時、マドックス・ブラウンの描いた名画"The Last of England"を思い出して恐ろしい気がしました。

その絵画は、信仰の自由を求めてアメリカ大陸へ移住してゆく清教徒の男女二人が、港を出てゆく船の上から英国の見納めをしているところを描いたものです。二度と見られない故国に焼きつくような視線を注いでいる、その表情は忘れがたいものでした。

松本泰が去年の四月に最後に入院する前に、寝台の上から手を伸ばして窓を開けて、緑

の萌《も》ゆる庭を黙って眺めていた時にも私は、マドックス・ブラウンのその絵を思い出して、胸にナイフを刺されたような苦悩を感じたのでした。私は恐ろしい予感を払いのけるような気持ちで、五月の爽《さわ》やかな風の吹き込む戸をあわてて閉めました。そして、

「先生、そんなに起きておいでになってはいけません、どうぞお休み遊ばして……」

と嘆願するように申し上げました。

「風が吹き込んでもいっこう差しつかえないのです。いつもそこは開け放しておきますので……しかしあなたがお寒いのなら閉めておおきになって下さい」

とおっしゃるので、

「先生が横におなり遊ばしてからまた戸を開けましょう」

と申し上げ、無理に頭をおつけになっていただいたのでした。

私はあまりお話をしてご病気に障《さわ》ってはいけないと思い、黙り込んでしまいました。先生はその日、私がお土産に持っていってさしあげた米国の新刊書"Grapes of Wrath"を三度目にまた手にお取りになって、しみじみと表紙を眺め、頁を一枚、一枚楽しそうに繰《く》っていらっしゃいました。

「生生、それはとうぶん玩具のおつもりで、撫《な》でていらっしゃるだけにして下さいましね。まだお読みになってはいけませんわ」

「そうです。こうして眺めて楽しむだけです。いずれ熱がすっかり取れたらぼつぼつ読むとしましょう」

「もう少しのご辛抱でしょうね、早くお床《とこ》の中でご本をお読みになるくらいにおなり遊ばすとよろしゅうございますわね」

「そうなりたいものです」

「きっとそうおなり遊ばしますわ」

私はその時、けっしてお座なりを言ったのではありませんでした。お床におつきになったきりとしても、あと一年や二年、あるいはもっと永く静かにお好きな読書をしてお過ごしになるくらいにおなりになるとばかり思っておりました。

ですから最後にお訪ねした時も、奥様が、

「近頃は夜と昼を取り違えてしまいまして、昼間はしきりなしに眠っておりますので、ご飯やお薬の時間に起こしますと、それを嫌がりましてね。他人様やお医者様がお見えになると、家の者はせっかく気持ちよく眠っている者を、飯だ薬だ、と言って邪魔して困りますなんて言いつけるのでございますよ。そして夜は少しも眠りませんで、退屈して、一晩中からだがだるいだるいと申しましてね」

というお話だったので、

「では今度は、夜、お話しのお相手に上がりましょうね。今日はご容態だけ伺いに参りましたんですから、これで失礼いたします」

と申し上げて、先生にお目にかからずに帰ってしまったのでした。

煙草《たばこ》と書物のお好きであった馬場先生！　丸善の洋書棚や、銀座の西洋タバコの並んだ飾り窓を覗《のぞ》くたびに、いつも馬場先生を心に浮かべていた私は今後も永久に、洋書とタバコの中に、先生のお姿を見ることでしょう。

夢

私が初めて夢というものの存在を知ったのは五歳の時でした。そのころ私の両親は函館に住んでいました。離れの祖母のそばで寝る習慣だった私は、ある朝眼を覚ますなり、

「おばあさま、ゆうべ叔父さんたちが猫を切ったのよ。怖かったから」

と言いました。

「お前は夢を見たんですよ」

と祖母は笑っていました。

「夢じゃないの、猫を殺すの見たの」

「それが夢というものですよ。誰も猫なんか殺しません」

どうもそれは私の初めての夢だったらしいのですが、それが実に不思議な夢だったのです。しかし私は夢そのものよりも夢という言葉に大そう魅力を感じ、食堂で皆と朝ご飯を食べている最中にも、

「けいちゃん夢見たのよ。小さい叔父さんと大きい叔父さんとで猫切ったの！　怖かったねえ、叔父さん！」

と得意になって言いました。

「こら、ご飯の時にそんなきたない話するもんじゃないぞ！」

と父の二人の弟の一人が恐ろしい顔をして睨《にら》みつけました。この大きな叔父さんは苦手なので、私は首をすくめて黙ってしまいました。

その日の午後に家じゅうで谷地頭《やちがしら》の温泉へ行きました。私は祖母に手をひかれて叔父たちより少し後れて歩いていましたが、山を切り開いた赤土の坂路にさしかかった時、急に立ち止まって、

「叔父さんが刀で猫切ったとこなのよ！」

と、地面を蹴って叫びました。

「この子はまた夢の話をしている。おかしな子だね」

と祖母は笑いながら私の手をぐいと引いて早く歩かせました。二人の叔父は怖い顔をして後ろを振り向きましたが、何も言わずに走っていってしまいました。

それっきり私はその夢の話は誰にもしませんでしたが、すべてがまるで絵で見たように、明解だったものですから、大きくなるまで、単に自分の最初に見た夢として時々思い出していました。

ところがそれから十五年もたって、私が女学校を卒業して青山女学院の英文科へ入った頃になって、台湾から出てきた大きい叔父さんが私の顔を見るなり、

「おい、恵ちゃん、お前に会ったらぜひ聞いてみようと思っていたんだがね、北海道にいた頃、お前は私たちが猫を切り殺した夢を見たと言ったこと覚えているかい」

と言いました。

「ええ、今でもあの夢ははっきり覚えていますよ」

「どうしてあんなこと知っていたんだい？」

「どうしてって、ただそういう夢を見たんですもの」

と私が答えると叔父は、

「実に不思議なことなんだ！」という前置きで、二人の叔父が当時、祖父の刀の切れ味を試めそうというので、祖母は勿論のこと、家の人たちには極秘で泥棒猫を物置へ閉め込んでおいて、家じゅうが寝しずまってからひそかに家を抜けだして、切通路で斬殺したのだということを語り、

「ここで殺したのよ！　とその場所までお前に指された時にはぞっとしたよ」

と言うのでした。近頃になって兄にその話をしましたら、その時の刀は猫斬丸という名がついているのだと申しました。それは私にとって初耳でした。

もう一つ奇妙な夢を見たことがありました。しばらく鎌倉で肋膜炎《ろくまくえん》の療養をしているうちに、肋骨カリエスに罹《かか》って手術を受けに東京の家へ帰った時です。私は二階を間借りしていた大坪という魚屋さんのお内儀《かみ》さんが、私の可愛がっていた女の子を横抱えにして真っ青な顔をして家へ飛び込んでくるのに出合いました。

「初ちゃんがどうかしたのですか！」

と叫んでそばへ駆け寄ると、女の子は頭をがっくりと仰向けにして首に赤い糸を巻いたように血が一筋流れました。するとお内儀さんは、

「ああこの子ですか、男ですよ」

と言いながらそれを抱き直して私の方へ向けると、生まれたての赤ちゃんになっているのでした。そこで汗をびっしょりかいて、私は眼を覚ましました。

ちょうどその日鎌倉から友人が見舞いに来たので、鎌倉に何か変わったことがないか尋ねると、友人はちょっと困ったような表情をしたので、

「ちょっと黙って私に先言わして！　初ちゃんが怪我をしたんだか、それとも男の子が生まれたかどっちかでしょう！」

「どうしてそんなこと知っているんです！　両方とも当たっています。初ちゃんが昨日の夕方トロッコにひかれて死んで、小母《おば》さんがあまりびっくりしたんで早産して男の子が生まれたんです」

ということで、あまり夢が適中したので自分でも気味が悪くなり、少し熱を出してしまいました。この二つの例のほかにも、私はよくこうした種類の夢を見ます。

私はけっして迷信家でもなければ、神経質でもありません。またクリスチャンですが、キリストの奇跡をそのまま信じることのできない人間です。それだのにどうしてこんな風に遠隔の出来事を夢に見るのか不思議でなりません。

やっぱり世の中には科学や人間の常識では解き得ない不思議が存在するものと見えます。そうなると処女受胎ということも非科学的で全然あり得ないと断言するわけにいかないと思います。

最初の女子聴講生

その頃、三田の高台に赤煉瓦の美しい図書館の建物が、電車通りからちらと見えていましたっけ。実際は木造の古ぼけた校舎だったのですが、図書館が学校全体を大そう近代的で豪華なもののような印象を世人に与えていたのです。

慶應義塾大学という名称があったのだそうですが、生徒たちは大学なんていう文字を軽蔑して、単に塾とよび、自分たち自身も塾生と名乗ることに誇りを感じていた様子です。

他の大学と同様に、金ボタン付きの制服と世間の青少年の憧れの的になっていた角帽もちゃんとあったのですが、塾生はそれもあまり喜ばなかったらしく、よほど野暮な人でなければ頭に乗せませんでしたし、特に文科の人たちなどは完全に角帽など無視していました。

私は当時、十九世紀の英国画壇にラファエル前派運動を起こした画家で、詩人のダンテ・カブリエル・ロゼッティーを勉強していましたので、有名なヨネ・ノグチ先生のロゼッティーの詩の講義を聴きたいと乞い願っていました。

それを耳にして、そのころ文科の教授であった故沢木四方吉《さわきよもきち》さんが、

「それでは塾へ聴講に来たらいいでしょう」

と言われました。そして塾の規則では、教授一同の同意さえあれば、女性の入学を許可することになっているという話でしたし、それに私の他にもう二人志願者があると聞きましたので、仲間が三人もあれば大丈夫と思って願書を出したのでした。

ところがいよいよ入学してみると、他の二人は教授会をパスしなかったとかで、文科の教室に私一人だけが、男の学生の間にぽつんと座ることになりました。教授会で私をパスさせた理由は、きっと私が英国で三ケ年勉強した履歴が教授たちに満足を与えたのと、松本泰が文科出身で教授たちに友人や知己《ちき》を沢山もっていたおかげでしょう。

子供の頃から沢山の兄弟の中でその友人たちの仲間入りをして育ちましたから、女とか男とかいう区別を世間一般の人たちほど強く感じていませんでしたから、自分一人だけ男の学生の仲間入りしたことについて、何とも感じていませんでしたが、新聞に慶應義塾大学の紅一点なんて書き立てられてびっくりし、そのとき初めて、なるほど日本では珍しいことだったなと気がついたのでした。

三田へ通うようになってから二週間くらいしてのことです。あの急な坂路をのぼって、図書館わきの芝生を横切って校舎へ行く途中で、モーニングを着た中年の紳士に出会うと、丸い顔をほころばして、

「どうですか、もうお馴《な》れになりましたか」

と言葉をかけられました。それが塾長の石田新太郎氏だったのです。

塾の学生は割にみな社交的で、おしゃれで、行儀がいいから、それで私は最初からアッ

ト・ホームな気持ちになれたのだと思います。

病気などして休んで翌日出席すると、誰かしらが前日のノートを持ってきて貸してくれたり、「この次のクラスは史学室の隣ですよ、一緒に行きましょう」と誘ってくれたり、教室でも誰かしらが私のそばに座って何かと世話をやいてくれたので、英国で男の子たちと一緒にいたと同じ感じでした。

野口先生のクラスは特別に楽しいものでした。先生はけっして恋愛という言葉を使われませんでした。loveという字はいつも愛恋と訳されるのが常でした。それと「……であるからに……」という言葉使いが先生の特徴でした。

皆は行儀よく席について先生の講義を聴いていますが、そのうちに先生がポケットに手をやられると、生徒たちもそれぞれポケットや袂《たもと》をさぐって煙草《たばこ》を出します。そして誰かがさっと席をはなれて先生のためにマッチを擦《す》ってあげるのです。

それを合図に皆が一斉に煙草をくゆらしはじめます。私はそんな時、窓からゆるやかに流れ出てゆく紫の煙をほほえましく眺めながら先生の静かな講義に耳を傾けたものです。

「愛恋は草におく露のごと……」という風にロゼッティーの詩を訳していらした先生が、不意に私の方に首をねじ向けて、

「松本君はどうしていますか」

と質問されたので、ちょうどその時、こんな晴れた日は散歩にいいなアと心の隅で考えていた私は、思わず、

「散歩しています」

と答えてしまいました。あとですぐそんな変てこな返事はどうかなと気がつきましたが、野口先生は、あたりまえのことのように、

「ああ、そうですか」

とおっしゃってまた講義を続けてゆかれるのでした。

ある時はまた、黒板に自作の英詩を書いておられる最中に、不意に後ろを振り返って、

「君は大本教だってね！」

と学生の一人に向かって言われました。誰よりもいちばん髪の毛を長くしているその学生は、

「はい、そうです」

と答えました。

それっきり、また、クラスは何事もなかったように続いていきました。なんとなく皆がゆったりとしてのびのびと勉強したり怠けたりしている様子で、おそらくこれは他の学校では味わわれない雰囲気だったろうと思います。

今でもそうかもしれませんが、そのころ三田通りや銀座通りには、ペンの記章のついた帽子を被《かぶ》った学生があふれていたので、世間ではどうして慶應の生徒はいつもああして街をぶらついているのだろうと不思議がったり眉をひそめたりしていましたが、私は塾へ行ってみて初めてその謎が解けました。

女学校では青山学院の専門科でも私たちの教室が決まっていて、それぞれ自分たちの好みの色のりぼんでカーテンをくくったり、先生のテーブルにきれいなクロスを掛けて花を飾ったりして、次から次へと先生を迎えて勉強しますし、次の時間までは庭の桜並木を散歩してもよし、芝生に寝ころんでいてもよし、あるいは教室で読書していてもよく、お昼の弁当なども教室で使えますから、朝登校したら夕方帰るまで門の外へ出る必要もなければまたそんな暇もありませんでした。

ところが塾では机の数よりも生徒の数の方がはるかに多くて、一クラスで一つの教室を独占するわけにいきませんし、スケジュールも教授や教室の関係でとびとびで、午前は一時間だけクラスがあって、あとはずっと空白で午後一時からまた授業があるという具合で、その間生徒のいるところが無いから、街をうろうろ歩いて時間を潰すよりほか無かったのです。

でも文科の人たちは、たいてい空いている史学室を占領して、皆でおしゃべりをしながら次のクラスの始まるのを待つのが常でした。私は野口先生の詩の講義のほかに、もう一つ英国人の講義する近代文学を楽しみにしていたのに、いつもそのクラスは待ちぼうけで、一度もその教授は現れませんでしたから、ついに顔はもちろんのこと、名さえ知らずに過ごしてしまいました。

そんな時も皆は悠然と煙草《たばこ》をくゆらしながら文学を論じたり、無駄話をしたりして待ちつづけ、

「おやおや今日もまた待ちぼうけか！　一体プロフェッサー○○は実在の人物なんだろうか？」

などと言いながら教室を出るのですが、次の週にはまた同じことを繰り返していましたが、ある日、B君が、

「しまった！　これはたしかに僕の責任だ！」

と叫びました。その説明によると、ある日、いつものように皆で一時間待ちぼうけして引き場げた時、B君がぐずぐずして最後に残り、これから帰ろうとして教室を出かけたところへ○○教授が現れ、

「君、帰るのか！　他の学生はどうした？」

と詰問され、

「皆かえりました。僕も帰りつつあります」

と答えると、

「君たちは私の講義は聴く必要はないと思うのか？」

と激しい調子で言われたので、B君はすっかりあわててしまって、

「ノー、ノー」

と言ったら、教授は、

「オールライト」

と言い捨てて憤然として立ち去ったというのです。つまりイエスとノーの使い方を過っ

ためめに、○○教授をすっかり立腹させてしまったことが、学期末になってようやく分かり、皆で大笑いしましたが、これは一応釈明して、教授の怒りを解くべきだということに皆の意見が一致し、B君があやまりに行ったようでした。

私は肋膜炎《ろくまくえん》で永い間入院したり転地したりしているうちに、同級だった人たちは卒業してしまい、私は残念ながら退学してしまいました。

いちばん親しくして、その後も永く交際したのは物静かな紳士上田寿さんと祖父江登さんでした。綾部に帰った日野巌さんともしばらく文通していましたが、歳月の河に私たちの友情もいつとはなしにどこへか押し流されてしまいました。

探偵雑誌を出していた頃の松本泰

松本は、登場人物でも場所でも実在のものを使うのをさけ、酒場でも散歩路でも自分の好きなところを勝手に造ってしまう癖があった。また好んでロンドンを舞台にし、登場人物にも外国人を加えた。ロンドンに対する郷愁がそうさせたのかもしれない。

煙草《たばこ》を燻《くゆ》らしながら、紅茶を飲みながら、私に話しかけながら、実にゆっくりとペンを動かすので、二十枚ぐらいの短編を書くにも大変な時間を要した。そのうえ一枚の原稿紙に細字で十五枚ぐらいを書いてしまうので、けっして書き流しの原稿を造ることなく必ず清書した。

泰には会心の作は一つもなかったようだ。書く時には熱心に楽しんで書くが、いったんそれが新聞や雑誌に現れると見向きもしないどころか、私が読むのを見ても困った顔をした。

時には原稿を読み返すのさえ嫌になるので、編集者に迷惑をかけないために私が清書したが、不思議なことに松本泰として書く時の私の筆跡は、泰自身も見分けがつかないほど酷似していた。(泰の死後、私のペンから泰の字も消え去った)

大衆文学全集の時も、泰は古いものを集めて出すのは嫌だといって断ったほどであったが、私がひそかに新聞や雑誌から切り抜いておいたのを平凡社に送ったのであった。

それは泰の出していた探偵雑誌に注ぎ込む資金が欲しかったからで、同じ理由で、泰も『秘密探偵雑誌』や『探偵文芸』を出していた大正十三年から十五年にかけていちばん沢山の作品を発表した。

鼠が食べてしまった原稿

私が無想庵《むそうあん》に初めて会ったのは、宮下町七番地の姉の家から、青山へ通学していた時であった。武林家と姉の家とは庭を地続きに背中合わせであった。無想庵の妹さんは姉とは札幌時代からの友達、そして無想庵の生母と私の母は、やはり北海道時代に親しい仲であった。そんな関係で無想庵はよく姉の家へ遊びにきた。姉は私と異なって背も高いし、ほっそりしたなかなかの美人だったので、彼は姉の顔を拝みにくるのだろうと思っていた。義兄もそう感じたらしく、彼の来訪をあまり喜ばなかった。

そうした空気を興味をもって眺めていた十代娘の私は、そのとき二歳だった小さな甥の観察した世界として書いて無想庵に見せた。漱石の猫の代わりに赤ん坊を利用したわけだった。私は無想庵がそれを読んで反省して、足しげく来ないようになることを期待したのだが、どうやらそれが無想庵の注意を自分に向けさせるような結果となったらしい。

その春休みのことであった。私が新潟の両親のもとへ帰ると聞いて、無想庵が急に赤倉温泉へ行くと言って、一緒に上野から三等夜行列車に乗った。義兄は「ケイスケ一人で旅立たせたら、またどんな頓狂なまねをするか知れないから、途中までもエントツに護衛していってもらえば安心だ」と喜んだ。

「エントツ」というのは私が彼につけた渾名《あだな》だ。いつも煙草《たばこ》の煙をあげているから。それから義兄は、私が何でも思ったままを口にしたり行動したりするので「ケイスケ」だの「ジャンダーク」（おてんばで色が黒いから）だのと呼んでいた。

私は列車が動きだすと、眠くならない禁煙だとか私のタバコだとかいって、さかんに食べたりおしゃべりをした揚句、いつの間にか眠ってしまった。

そして夜中に座席からずるずるっと滑り落ちたので、向かい側の席で煙をあげていたエントツは、あわてて足元から私を拾いあげて席へ戻しながら、「ほんとうの雪崩《なだれ》をやってしまったね」と言った。私が喋り疲れて眠る前に雪崩の話をしていたので、そんな野次が飛んだのであった。

赤倉へ行く無想庵は田口で下車した。早春のことで、入口に水晶の縦格子でもはめたような軒から地面まで太い氷柱《つらら》が数条さがっている旅館で、一週間一人ぼっちで過ごしたと後で語った。

当時はまだスキーのない時代だったので、夏でなければ赤倉温泉へ行く者はなかったのだ。彼は母の紹介で新潟市外の関屋温泉へ行ったが、毎日のように私の家へ来て、母と北海道の話などしていた。

で、無想庵は帰京してから戯曲を書いて送ってよこした。どんな筋だったか覚えていないが、その舞台は私の家の応接間がそっくりそのまま使われていて、題名はたしか「雀鷹」だったと思う。その応接間には母の飼っていた「雀鷹」がいて、私たちがよそ見をしていると、大きな目をかっと開いて、誰かが注意を向けると眼を閉じてしまうのだった。

無想庵はそれから当分の間、随筆だの小説だのラブレターだの、何でもかでも原稿紙に書いたものをみんな私宛《あ》てに送ってよこした。それは私に好意を示すためだったのか、それとも自身の才能を私に示して尊敬の念を起こさせるためだったのか？　とにかくそうして送られた原稿は相当数にのぼっていた。

さすがに世事にうとい私も、作家にとって原稿の大切なことに気づいて、それを他日送り返す義務があると思ったので、イギリスへ行く際に一まとめにして、友人に保管方を頼んだ。それらの原稿の内容についてほとんど何の記憶もないが、たった一つ「レ・ニュアンス・ヒュイアント」という言葉と、それは「消え易き色合い」という意味だということだけは私の記憶に残っている。

なんでも無想庵は、そういう題名で小説を書きはじめていると手紙の一節に書いてあったのが、不思議と私の印象に残っていて、光彩華やかな夕栄えが薄れていくのを見ると、いつも「レ・ニュアンス・ヒュイアント」という言葉が浮かんでくるのであった。

さてある日、彼の結婚申し込みを受けて、私は少なからず驚いた。年齢からいっても私にとっては、「面白い小父《おじ》さん」くらいのところだったし、クリスチャンの家庭で育った私は、たとえ男でも結婚は一生に一度だけのものと思い込んでいた。なにしろ東京で会ってごちそうになった時も、酒も煙草《たばこ》も嗜《たしな》まない私は、食べるだけ食べると、退屈してしまった。

そのとき彼が一緒に京都へ行こうとしきりに誘ったのに対して、私は、「だめよ、今は学年試験の最中ですもの！」。駆け落ちと試験とを天秤《てんびん》にかけるような有様で、無想庵にとって私はまことに非ロマンチックな相手であった。

ただし、ラブレターをやりとりするには、ちょっとばかり風変わりな面白い相手だったかもしれない。さて無想庵の結婚申し込みに、私の周囲では驚き呆れ、彼に対する誹謗《ひぼう》の声が高まってきた。

そうなると反抗期にあった私は、憤然として彼の弁護に立ち、しまいにはこうなったら意地でも彼と結婚するといきまき、大人たちにむかって挑戦した。それを聞いて、双方にとって親しい関係のあったロマンチストの三谷民子女史が乗りだして、私の方の両親や親戚を説き伏せて万事ＯＫというところまで漕ぎつけた。

とたんに私は闘い終わった後の虚脱感に襲われ、結婚なんかする気がなくなってしまった。そういう状態で私の書き送った最後の手紙と行きちがいに、無想庵から来たのは、「今までおけいちゃんと結婚しようと思って禁酒していたけれども、ばかばかしくなったからもうやめた」という酔っ払いの管巻き手紙であった。

かくして「エントツ」と「ジャンダーク」の結婚話は、めでたく煙のごとく消えてしまった。

フランスから帰ってきた彼に会った時には、私ももう結婚していた。当時公園らしい清潔なところといえば神宮境内だったので、そこへ案内して久しぶりにいろいろとおしゃべりをしながら歩き、それから東中野の長谷川如是閑《はせがわにょぜかん》の家の前まで連れていって別れてきた。

松本はなぜ家へ連れてこなかったのかと言ったが、私は、

「ここの家へ来るよりも如是閑さんと話をする方が楽しいだろうと思ったのよ。あの人は全然スポーツはだめなんですもの」

と答えた。私たちはその頃、家にテニスコートを持っていて、年中相手さえあればテニスをしていたのだった。

無想庵に私が松本に翻訳の仕事を世話してくれと頼んだと『むそうあん物語』に、書かれているが、実は松本は翻訳は一度もしたことがなかった。ゾラの『アヴェ・ムーレの罪』は、与謝野先生が大変に面白いから訳してみてはどうかと英語版を貸して下すったといって、松本が困った顔をしていたので、私が訳して改造社へ松本泰の名で送った。

その後、ゾラ全集が出るという話を無想庵から聞いたので、その中に『アヴェ・ムーレの罪』を入れてもらえないかと頼んだのだった。そして改造社のゾラ全集の中にそれが加えられた。

次に会ったのは終戦後、石橋湛山《いしばしたんざん》氏の事務所で開かれた文士の会だか何だかに、生方《うぶかた》さんに誘われて出席した時で、無想庵は失明し、朝子夫人に手を引かれていた。

それで、「無想庵物語」の出版が計画された際に、私は今こそ昔の原稿をお返しする時だと思って、友達に話した。その友達は東京からわざわざ新潟県の実家まで行って、大切な荷物を調べたところ、何しろ二昔も土蔵の中にしまい放しだったので、原稿は全部鼠と衣魚《しみ》に食い荒らされてしまっていたとのことで、大変に残念であった。

解題

横井司

日本最初の女性探偵小説作家は誰か、という問いを立てたなら、近年、鮎川哲也の発掘でクローズ・アップされた一条栄子＝小流智尼《おるちに》（「新・幻の探偵作家を求めて／結婚のため創作の道を捨てた日本最初の女流ミステリー作家」『創元推理』19号、一九九九年一一月参照）という声が上がるかもしれない。一条栄子が小流智尼の名前で探偵趣味の会に参加したのが一九二五（大正一四）年のこと。実はそれよりも前に、創作探偵小説を発表した女性がいた。それが、ここに、戦前・戦後を通じて初めて探偵小説の創作集が編まれることになった松本恵子である。ただし、その最初の創作探偵小説は、中野圭介という男性名義で発表されたのだが。

松本恵子は、一八九一（明治二四）年一月八日、北海道に生まれた。父の伊藤一隆は札幌農学校（北海道大学の前身）の第一期生で、ウィリアム・S・クラーク博士 William Smith Clark（1826～1886、米）の薫陶を受け、内村鑑三とも親交厚いキリスト者であった。水産事業や石油事業、また禁酒運動などで実績を残した実業家で、恵子はその次女に当たる。幼い頃から日曜学校や、内村鑑三の聖書研究会などに親しんで育った恵子は、青山女学院英文専門科在学中の一九一六（大正五）年、青山女学院の恩師の紹介で、ロンドンに赴任することになった貿易会社社員一家に付いて、三年間、イギリスに遊学。滞英中に、雑誌『三田文学』に小説を発表していた新進作家の松本泰と知り合い、一八年にロンドンで結婚。翌年帰国した。

品川力「松本恵子の思い出（下）――その父伊藤一隆にふれて」（『彷書月刊』一九八八・三）によれば、恵子はこの時期、「野尻抱影や、大仏次郎の紹介と思うが、研究社の英語雑誌にイギリス印象記を寄せたり」、「大英図書館見学記や、哲人カーペンタア訪問記も書いたりした」そうである。『松本泰探偵小説選』第一巻（論創ミステリ叢書・論創社、二〇〇四）の解題でも述べたとおり、伊藤の札幌農学校時代の同期生で、後に伊藤の妹と結婚した大島正健の三女が野尻抱影の妻であり、その関係で抱影の弟である大仏次郎も恵子と面識があったのだ。この他、『三田文学』にも、創作「ロンドンの一隅で」（高樹恵名義）を滞英中に、帰国後は「故国を離れて」「泣きおどり」などの創作や、研究評論「ダンテ・ガブリエル・ロゼチ」を寄稿しているが、これらはおそらく泰の紹介によるものと思われる。ただし、創作はこれが初めてではなく、「娘時代すでにキリスト教主義の雑誌『開拓者』や『六合《りくごう》雑誌』に伊藤恵子の名で、小説やタゴールの詩を翻訳して発表した」（品川、前掲「松本恵子の思い出（下）」）そうだ。「娘時代」といっても、例えば小説「咲子」は『六合雑誌』一九一五年二月号に掲載されており、とっくに成人しているから、泰と結婚する前というニュアンスであろう。こちらは内村鑑三の紹介によるものであろうか。

松本泰が二一年から創作探偵小説に手を染め、後に自ら奎運社を興し、『秘密探偵雑誌』を発行したことは、やはり『松本泰探偵小説選』第一巻の解題で、すでにふれたとおりである。早くから文筆の才能を示していた恵子も泰に協力して、創刊号から中島三郎・中野圭介などの男性名義で小説や犯罪実話の翻訳を寄せた（その他、黒猫という名義も、ほぼ恵子の手になると想像される）。松山雅子「松本恵子」（大阪国際児童文学館編『日本児童文学大事典』第二巻　大日本図書、一九九三・一〇）によれば、『秘密探偵雑誌』の仕事と並行して雑誌『女学生』などに少女小説を発表しており、こちらは創作集『窓と窓』として、二五年二月に奎運社から刊行された（文行社・発売）。

二三年八月号に、初めての創作探偵小説「皮剝獄門」を中野圭介名義で発表。翌九月号で『秘密探偵雑誌』は廃刊したが、一年おいて二五年三月に後継誌『探偵文芸』が発刊され、その第二号から再び創作や翻訳にと、旺盛な執筆活動を再開。両誌のほぼ毎号に創作を発表した夫・泰とは異なり、恵子は創作よりも翻訳の方面で活躍しており、ほぼ毎号に訳筆をふるっている。この時期の恵子の創作探偵小説は、随筆めいた読物作品を除き、すべて本書に収録されている。

二七年一月号で『探偵文芸』は廃刊。あとに残されたのは、いわゆる「谷戸の文化村」（川崎賢子『彼等の昭和』白水社、一九九四）経営にあたってのトラブルによる借金の山で（松本恵子「『探偵文芸』の発行——遺稿『豊平川』より」『彷書月刊』一九八九・五に詳しい）、そのためもあって、泰は娯楽雑誌に創作や犯罪実話を発表し始める。一方、恵子は、長谷川時雨（1879-1941）が主催する女性文芸雑誌『女人芸術』に参加。二八年八月号（一巻二号）に松本恵子名義で翻訳を寄せたのを皮切りに、創作や随筆、翻訳を掲載、座談会にも出席している。その一方で、雑誌『犯罪科学』に中野圭介名義で犯罪読物記事を発表したりしていたが、『女人芸術』廃刊後は、『キング』や『現代』といった雑誌に恵子名義で創作や読物記事を寄せるようになった。

翻訳にも精力的に取り組み、アガサ・クリスティー Agatha Christie（1891～1976、英）『アクロイド殺し』（世界探偵小説全集18・平凡社、二九）、メアリー・ロバーツ・ラインハート Mary Roberts Rinehart（1876～1958、米）『ジェニイ・ブライス事件』（探偵小説全集16・春陽堂、三〇）といった探偵小説のほか、エリナー・グリン Elinor Glyn（1864～1943、英）『イット』（天人社、三〇）を訳している。三六年から三七年にかけて、泰との共訳で、『ヂッケンズ物語全集』全一〇巻を中央公論社から刊行。これは、チャールズ・ディケンズ Charles Dickens（1812～70、英）の長編小説を、人命・地名はすべて日本名にして、一冊分を四〇〇字詰め原稿用紙六三〇枚にまとめた翻案集成で、後年の恵子自身の回想「ディケンズ物語全集——遺稿『豊平川』より」（『彷書月刊』一九八九・一二）によれば、恵子が原書を見ながら口述し、泰が原稿用紙に書いていくという作業分担で行われたものだそうだ。

三九年、松本泰が腸癌で病没。翌年、泰が病床にいるときから手をつけていた、北京の貧民街で教育事業を行う日本人宣教師の妻の評伝『大陸の聖女――故清水美穂子伝』（鄰友社）を、本名で刊行。その前後、単身北京に渡り、キリスト教婦人団のセツルメント活動に従事してもいる。

泰の死後、生活上の必要もあり、多くの翻訳の仕事をこなすようになったが、その中心は児童文学である。ルイーザ・メイ・オルコット Louisa May Alcott（1832～1888、米）の『四人姉妹』（三九）『良き妻たち』（四三。両書の原作はいわゆる『若草物語』）を新潮社から刊行。同社からは、A・A・ミルン A. A. Milne（1882～1956、英）の『小熊のプー公』（四一）『プー公横丁の家』（四二）も訳出した。児童文学の翻訳に対する意欲は戦後も持続し、オルコット『薔薇物語』（五三。原作は *An Old-Fashioned Girl*, 1870）、ジェーン・アボット Jane Abbott（1881～?、米）『サーカスの少女』（五四）、ジーン・ウェブスター Jean Webster（1876～1916、米）『あしながおじさん』（五四）、マーガレット・サットン Margaret Sutton（1903～2001、米）『探偵少女ジュディー』（五七。原作は *The Vanishing Shadow*, 1932）、ケイト・セレディ Kate Seredy（1899-1975、米）『歌う木』（七一）などを訳出している。これらの業績によって、七四年に、第一六回日本児童文芸家協会児童文化功労賞を受賞した。

探偵小説の分野でも、創作よりも翻訳に力を注いだ。ジョン・バッカン John Buchan（1875-1940、英）『三十九夜』（五二）やマーガレット・ミラー Margaret Millar（1915～94、米）『鉄の門』（五三）などもあるが、何といっても多いのはクリスティーの作品である。五〇年に『アクロイド殺し』が再刊され、戦前、雑誌に訳されたままだった『青列車殺人事件』（五四）を上梓し、五五年から五六年にかけては、講談社から少年向けのアガサ・クリスティー選集として『クリスチー探偵小説集／ポワロ探偵シリーズ』全一一冊を刊行している。他に短編集『情婦』（五八）を編んでおり、戦前に続いてクリスティー作品の紹介に尽力した。

その他、五四年には、ＮＨＫテレビのために「花のある庭」「二人だけに分かる言葉」「小川よ何処へゆく」などの児童劇、ホームドラマを提供（『北海タイムス』一九五五年一〇月一三日付の記事による）。翻訳以外の著書としては、先にあげたものの他に、創作童話集『もずの靴屋さん』（鄰友社、四二）、伝記『ヘレン・ケラー――三重苦の少女』（偉人伝文庫・ポプラ社、五三）、大好きな猫にまつわる話を集めた随筆集『猫』（東峰出版、六二）、癌で入院してから退院するまでの闘病記『生命わがものならじ』（東美協会、六六）がある。また、本としてはまとまらなかったが、「チャールス・ディケンズ伝」（『新文明』六四・四～六七・六）を完結させている。

七六年一一月九日永眠。鮎川哲也の回想によれば、雑誌『幻影城』（一九七五年創刊）の連載「探偵作家尋訪記」のためにインタビューが予定されてもいたようだが、残念ながら体調を崩していたために果たされることなく、歿したのはその十ヵ月後だったという（鮎川哲也「作品解説」『妖異百物語　第二夜』出版芸術社、一九九七・二）。享年八五歳。

日本の女性探偵作家の系譜を考える際、その本格的な活動は、一九五七年に『猫は知っていた』で第三回江戸川乱歩賞を受賞してデビューした仁木悦子の登場からだと考えるのが、ほぼ妥当な認識だろう。戦前期にも、男性作家のジェンダー詐称を除けば、先に挙げた一条栄子の他、大倉燁子《てるこ》、中村美与子、宮野叢子《むらこ》（のち村子と改名）といった作家たちがいたものの、専門作家として立ち、著書まで刊行したのは、大倉燁子くらいであった（宮野叢子は戦後に著書を上梓）。これらの作家の中にあって、松本恵子は、探偵小説を書く以前から文筆活動を始めているが（その意味では大倉燁子に近いものがある）、探偵小説の創作集を出すほどの作品数はなく、探偵小説そのものに言及したエッセイも、管見に入った限りでは皆無であり、その意味ではプロパー作家といいがたく、探偵小説作品は、たまたま残された、むしろ余技に属するものというべきかもしれない。

　ひとつには、女性探偵作家が、さまざまな意味で作家として立ち行かない時代状況ゆえであったろう。女性作家を取り囲む状況は、例えば、初期の創作が中野圭介名義で発表されたことに象徴的に現れている（ちなみにこのペンネームは、中野に住む恵子、をもじったものか）。商業雑誌に同じ名義が並ぶことをよしとしない姿勢は理解できても、なぜ男性名義でなければならなかったのか。たとえば、後年、軍人の回想録を翻訳した際、松本泰名義で刊行したことをいぶかった原作者に対して、恵子は、日本ではこの手の本は男性の名義で出さなければ売れない、というふうに答えている（「ハミルトン将軍と私――遺稿『豊平川』より」『彷書月刊』一九八九・一二）。このような、社会が暗黙の内に内包していたジェンダー意識が、探偵作家・松本恵子の文壇への進出を阻んでいた、と考えることができないではない。一条栄子の例に見られるように、女性による探偵小説の創作は、余技・手遊《すさ》びとしてのみ許されていた節も見られる時代だったのだ。

　また、恵子自身、それほど探偵小説に執着していなかったのかもしれない。探偵小説は、夫が専門誌を始めたことから、たまたま書かれたのであって、その意味では恵子の探偵小説は、偶然の産物に過ぎない。のちに大倉燁子が登場した頃のように、探偵文壇がそれなりに形成されており、ある程度の読者層がそれなりに形成されていた時期とは異なることも、視野に入れねばならないだろう。それに、恵子の回想を読んでいると、翻訳を続けたのも、まずは生活のため、借金返済のためという節が強かったように感じられる。泰の死後、児童文学の翻訳が増えるのも、これもまた必要に迫られた偶然の産物だったのかもしれない。

　だが、偶然ということを強調すると、松本恵子の仕事を、いたずらに貶めてしまうことになるだろう。その創作探偵小説は、黎明期の女性作家のありようをうかがうことができて貴重なのだが、ただ珍しいというだけにはとどまらない。探偵小説とはこういうものだという、黎明期ゆえのジャンル意識の希薄さが、恵子に様々なスタイルを用いることを可能にさせ、結果として才気あふれるバラエティにとんだ秀作をものさせたとも考えられるのだ。

以下、本書収録の各編について、簡単に解題を付しておく。作品によっては内容に踏み込んでいる場合もあるので、未読の方はご注意されたい。

〈創作篇〉

「皮剝獄門」は、『秘密探偵雑誌』一九二三年八月号（一巻四号）に、中野圭介名義で発表された。大岡政談を題材にした時代ものだが、出典があるかどうかは不詳。

「真珠の首飾」は、『探偵文芸』一九二五年四月号（一巻二号）に、中野圭介名義で発表された。軽いどんでん返しを伴う恋愛譚ともいうべき一編。

「白い手」は、『探偵文芸』一九二五年五月号（一巻三号）に、中野圭介名義で発表された。ニューヨークの地下鉄を縄張りとする有名なスリの「地下鉄サム」Thubway Tham が東京に現れたのではないか、という奇譚の顚末。『快傑ゾロ』（1920）の原作者ジョンストン・マッカレー Johnston McCulley（1883-1958、米）によって書かれた地下鉄サム・シリーズは、戦前の読者の支持を得て多くの作品が訳されており、久山秀子〈隼お秀〉シリーズ（一九二五〜二七）、サトウハチロー〈エンコの六〉シリーズ（一九三二）などの追随作品を生んだ。

「万年筆の由来」は、『探偵文芸』一九二五年一一月号（一巻九号）に、中野圭介名義で発表された。後に、ミステリー文学資料館編『幻の探偵雑誌5／「探偵文藝」傑作選』（光文社文庫、二〇〇一）に採録された。本編について言及した細川涼一は、男性一人称で書かれていることを指摘した上で、「ペンネームから探偵小説の内容に至るまで、女性の側から男性への性別越境が見られることは、男性から女性へ性別越境した久山と対蹠的である」（「久山秀子・一条栄子覚え書き――日本最初の『女性』探偵作家」『京都橘女子大学研究紀要』第三〇号、二〇〇四・一）と述べているが、実は男性一人称の語りは本編だけのスタイルであった。

「手」は、『サンデー毎日』一九二七年一月二日号（六年一号）に、「女流作家探偵小説」特集の一編として、発表された。ちなみに同時掲載作品は、三宅やす子「メス」と一条栄子「戻れ、弁三」。ユーモアとウイットにあふれる恵子作品の中にあって、轢死体の謎と、珍しくトリッキーな趣きが印象的な一編。手の表情という着目点も面白い。

「無生物がものを云ふ時」は、『女人芸術』一九二九年一〇月号（二巻一〇号）に発表された。ドキュメンタリー・タッチで書かれているのが珍しい。枚数の関係で、推理の展開があわただしいが、本格探偵小説のテイストをうかがわせる異色作といえようか。

「赤い帽子」は、『探偵』一九三一年七月号（一巻三号）に発表された。タイトルの肩に「INCHIKI・CONTE」と付せられている。モダンガールが不良青年をやりこめる話で、快活で物怖じしない恵子の性格がよく出ている小品。

「子供の日記」は、『宝石』一九五一年二月号（六巻二号）に発表された。後に、鮎川哲也・芦辺拓編『妖異百物語　第二夜』（出版芸術社、一九九七）に採録された。子供の描写の上手さでは定評のあった仁木悦子の作品を思わせる。児童文学の翻訳体験が活かされた秀作といえよう。

「雨」は、『宝石』一九五一年一一月号（六巻一二号）に発表された。「子供の日記」同様、姉妹の生活が活き活きと描かれており、当時の恵子の生活を偲ばせるものがある。

続く二編は、探偵小説ではないが、若い頃から普通小説を物している恵子の才筆をうかがう参考までに、掲げることにした。

「黒い靴」は、『女人芸術』一九二九年三月号（二巻三号）に発表された。「自伝的恋愛小説」特集のために書かれたもので、松井淳一と京子との出会いのうち、乗合自動車に乗っているときにすれ違って挨拶をしたというくだりは、実際にロンドンで松本泰との間にあった出来事から採られている（「スノードロップ――遺稿『豊平川』より」『彷書月刊』一九八九・一を参照のこと）。

「ユダの歎き」は、『現代』一九三八年九月号（一九巻九号）に発表された。一読した限りでは探偵小説とはいいがたい。ただし木々高太郎なら、キリストを裏切ったユダの心理の真実を推理したものと考えて、これも一種の探偵小説だといいそうな作品ではあるかもしれない。

〈翻訳・翻案篇〉

「節約狂」は、『秘密探偵雑誌』一九二三年五月号（一巻一号）に、中島三郎名義で訳載された。原作者のレイ・カミングス Ray Cummings（1987-1957、米）は、主にパルプ雑誌で活躍したＳＦ作家。

「盗賊の後嗣」は、『秘密探偵雑誌』一九二三年七月号（一巻三号）に、中野圭介名義で発表された。初出時、作者名に「翻案」と付記されていたが、原作者名は示されていない。

「拭はれざるナイフ」は、『秘密探偵雑誌』一九二三年九月号（一巻五号）に、中野圭介名義で訳載された。原作者のハリントン・ストロング Harrington Strong は、前出マッカレーの別名。

「懐中物御用心」は、『探偵文芸』一九二六年一〇月号（二巻一〇号）に、中野圭介名義で発表された。人命・地名がすべて日本名だが、本文の末尾に「カール・クローソン探偵異聞より抄訳」と註記されているので、翻案ということになる。カール・クローソンについては不詳。

〈評論・随筆篇〉

「オルチー夫人の出世作に就いて」は、『新青年』一九二五年一月増刊号（六巻二号）に発表された。歴史探偵小説特集に寄せられた記事で、現在は伝奇小説に分類される『紅はこべ』が、当時、探偵小説として受容されていたことや、恵子の滞英期の様子がうかがえて、興味深い。

なお、恵子訳の『紅はこべ』とは、金剛社『世界伝奇叢書』第七篇として刊行された『紅繁縷』（一九二二）と思われるが、同書の訳者名は恵美敦郎《えみあつろう》となっている。同じ名義による同叢書・第五篇として刊行されたウィリアム・ル・キュー William Le Queux（1864-1927、英）『悪の巷』（原題不詳）は、泰の訳業だったようだから（『探偵趣味』一九二五年九月号の自筆作品目録による）、恵美敦郎は泰との共同名義だったのかもしれない。ただし、後述するように、泰名義の訳本が恵子の手になる場合があったようだから、実際のところは分からない。後に改造社『世界大衆文学全集』第二三巻（一九二九）に収録されたテキストは金剛社版と同じと思われるが、訳者名義は泰になっている。その際、姉妹編の『復讐』も同時に収められた。戦後になって、正編・姉妹編共に、東都書房『世界推理小説大系』第八巻（一九六二）に恵子名義で収録された。

「密輸入者と『毒鳥』」は、『女人芸術』一九二九年六月号（二巻六号）に発表された。シベリア鉄道経由でイギリスに渡る途上の体験を綴ったものだが、ここで言及される「毒鳥」については、松本泰も、「印度人と毒鳥」（『趣味の家庭』一九二六・二～？）「毒鳥」（『騒人』一九二七・五）「霧の中の謎」（『キング』同・六）として何度も作品化しているおり、これらは、あるいは恵子から聞いた話に基づくものかもしれない。

「あの朝」は、『月刊随筆　博浪沙』一九三九年七月号（四巻七号）に、**「思ひ出」**は、『月刊随筆博浪沙』一九四〇年八月号（五巻八号）に発表された。前者は松本泰に対する、後者は馬場孤蝶に対する追悼文。馬場孤蝶（1869-1940）は、島崎藤村・北村透谷らと親交があり、樋口一葉を評価した英文学者として知られているが、探偵小説黎明期の紹介者の一人でもあった。『新青年』や『探偵文芸』にエッセイを寄せたほか、創作も試みている。

「夢」は、『三田文学』一九四九年一月号（三三巻一号）に、「夢について（Essay on Man）」というテーマ題の下、発表された。夢をめぐる神秘体験を綴ったものだが、こうした神秘体験を語る傾向は夫の泰にもあったことが思い合わされよう。

「最初の女子聴講生」は、『三田文学』一九五〇年三月号（二四巻三号）に発表された。慶應義塾大学の文科で野口米次郎（1875-1947）の講義を聴講した頃の思い出を綴ったもの。講義中のやりとりが、恵子のみならず、泰の人柄をも髣髴とさせて、微笑を誘う。

「探偵雑誌を出していた頃の松本泰」は、『日本探偵作家クラブ会報』一九五二年一二月号（六七号）の物故作家特集号に発表された。珍しく、探偵作家・松本泰について述べた文章である。

「鼠が食べてしまった原稿」は、市川廣康編『むさうあん物語別冊／武林夢想庵追悼録』（夢想庵の会、一九六二・七）に発表された。武林夢想庵（1880-1962）は札幌生まれの小説家・翻訳家で、大正期のデカダンス、ダダイズムを代表する存在。晩年は失明しながらも、膨大な回想録『むさうあん物語』を残している。恵子との交流も面白いが、松本泰名義の訳書『アベ・ムウレの罪』が、実は恵子の訳業だと書かれているのも興味深い。他の泰名義の訳業で、恵子の手になると分かっているものに、イアン・ハミルトン Ian Hamilton（1853-1947、英）『思ひ出の日露戦争』（平凡社、一九三四）がある。

堀切利高氏から情報の提供をいただきました。記して感謝いたします。

[解題] **横井 司**（よこい つかさ）
1962年、石川県金沢市に生まれる。大東文化大学文学部日本文学科卒業。専修大学大学院文学研究科博士後期課程修了。95年、戦前の探偵小説に関する論考で、博士（文学）学位取得。『小説宝石』、『週刊アスキー』等で書評を担当。共著に『本格ミステリ・ベスト100』（東京創元社、1997年）、『日本ミステリー事典』（新潮社、2000年）など。現在、専修大学人文科学研究所特別研究員。日本推理作家協会・日本近代文学会会員。

松本恵子氏の著作権継承者と連絡がとれませんでした。ご存じの方はご一報下さい。

松本恵子探偵小説選　〔論創ミステリ叢書7〕

2004年5月20日　初版第1刷印刷
2004年5月30日　初版第1刷発行

著 者　松本恵子
装 訂　栗原裕孝
発行人　森下紀夫
発行所　論 創 社
〒101-0051 東京都千代田区神田神保町2-23 北井ビル
電話 03-3264-5254　振替口座 00160-1-155266

印刷・製本　中央精版印刷

ISBN4-8460-0419-8